故事汇 STORIES

老汉聊斋
—— 之今古奇观 ——

谏言 著

中国书籍出版社
China Book Press

图书在版编目（CIP）数据

老汉聊斋之今古奇观 / 谏言著 . —北京：中国书籍出版社，2014.1
ISBN 978-7-5068-4029-3

Ⅰ.①老… Ⅱ.①谏… Ⅲ.①故事—作品集—中国—当代 Ⅳ.①I247.8

中国版本图书馆 CIP 数据核字（2014）第 001295 号

老汉聊斋之今古奇观

谏 言 著

策划编辑	陆炳国　武　斌
责任编辑	成晓春
责任印制	孙马飞　马　芝
出版发行	中国书籍出版社
地　　址	北京市丰台区三路居路 97 号（邮编：100073）
电　　话	（010）52257143（总编室）（010）52257153（发行部）
电子邮箱	chinabp@vip.sina.com
经　　销	全国新华书店
印　　刷	北京中华儿女印刷厂
开　　本	710 毫米 ×1000 毫米 1/16
字　　数	230 千字
印　　张	15.25
版　　次	2014 年 3 月第 1 版　2019 年 4 月第 2 次印刷
书　　号	ISBN 978-7-5068-4029-3
定　　价	48.00 元

版权所有　翻印必究

代 序

为梦执著

2011年3月的一天,当邹立生(谏言)带着这本书的手稿到报社找到我,让我代他写序时,我不由得大吃一惊。

63岁的邹立生和我同村,和我父亲同庚,两人是发小儿,从小玩到大,形影不离。

现在,农民出书已不是什么新鲜事。但当他拿出书稿的那一刹那,还是让我吃了一惊。头发已经花白的他从一个布袋中拿出一摞书稿和一个U盘。打印稿厚达800页,凡六十多万字。这可是他一个字一个字地敲进电脑的。究竟耗费多少时日,流了多少汗水,只有他自己知道。

他天资聪颖,是周围四村八疃远近闻名的"小秀才"。我们都是从小听着他讲的故事长大的。每有农闲时分,或者傍晚下工,孩子们总爱缠着他讲《三国》、讲《水浒》……这些我都记得。

由于贫穷,他只读到高小就退学了。几次欲迈出农门而不得,加之环境恶劣,温饱难足,内心痛苦。一个有志青年的那种苦闷彷徨是常人无法理解的,许多青年因此而沉沦。但这些都没能阻挡住他对书的喜欢和爱好。他把一切苦闷彷徨都推开,从书中找到了乐趣,排遣着烦恼。在那个书籍匮乏、文化贫瘠的年代,他搜寻一切能找到的书来读,许多时候是在看护生产队的地瓜窖时,离群索居,铺着稻草,点着油灯,通宵达旦地读,第二天还照常出工。他之所以乐此不疲，只因他心中始终有一个梦。

对，就是文学梦。

这个梦可能是在他十四五岁时产生的。很多人都是在这个时候有了文学梦的，青春勃发、激扬文字。然而多是三分钟热度，能坚持下来的不多，能在艰难的环境中坚持下来更属少见，而能坚持五十年去圆梦的则更是难能可贵。这部书稿就是他在劳作之余，寒夜披衣，灯下博览群书后大胆拾笔创作的。

书中写的多是我们非常熟悉的农村生活，不时有"三言两拍"的影子。每个故事的篇幅都不长，有街巷趣闻，有传奇故事，有自身经历，有坊间传说。故事说古论今，以古喻今中夹杂着农民特有的质朴与幽默。不管怎样，笑中有泪、苦中有甜，读之总能感受到，它弘扬的是真善美，鞭挞的是假恶丑，传递的是正能量。人们在茶余饭后、月下灯前，读着这些古今趣事，或会心一笑，或有所启发，不亦乐乎？

是为序。

剑　君

2013 年 4 月 15 日夜

目 录

一 / 闲谈古事

无底之升 ● ● ● 002
鲤鱼神庙 ● ● ● 010
损人害己 ● ● ● 014
鬼推磨 ● ● ● 020
丰都相会 ● ● ● 029
智退鞑使 ● ● ● 036
相互请客 ● ● ● 041
圣人拜师 ● ● ● 048
穷唱喜歌 ● ● ● 052
少年海瑞 ● ● ● 055
乞丐添诗 ● ● ● 059
满门抄斩 ● ● ● 061
观联访孤 ● ● ● 075
老夫少妻 ● ● ● 077
赶考途中 ● ● ● 083

二 / 奇谈怪闻

粒米延寿 088
聪明奇女 091
测字先生 095
药引难找 101
棺材寿礼 105
菩萨也无奈 108
猴 111
风水先生 113
此地灵气 119
为老不尊 128
拾妈骗财 131
无头血案 135

三 / 异人奇事

千里寻兄 ● ● ● 146

傻徒救师 ● ● ● 152

寻衅受辱 ● ● ● 158

奇巧姻缘 ● ● ● 163

行善得良缘 ● ● ● 170

千里奇缘 ● ● ● 177

因偷结缘 ● ● ● 192

哑巴新娘 ● ● ● 202

四 / 街头巷尾

叫钱烧的　●●●　206
金屋藏娇　●●●　210
爹小儿大　●●●　222
对也是错　●●●　226
聋人答话　●●●　228
婴儿代过　●●●　231
弃实争虚　●●●　233

一

闲谈古事

无底之升

籴米途中　巧遇狐精

为人处世切莫太贪，人若穷奢极欲往往会为贪欲所害。

小时候，我就曾听有人说过"太阳山"的故事。那个故事说的是兄弟两人分家，老大把所有家产全占为己有，老二却一贫如洗。有一只神鸟可怜老二，就驮着老二飞到了遍地是金子的太阳山上。老二在太阳山上，虽然见到遍地都是金光闪闪的金子，可他只拿了一块不大的金子便叫神鸟驮他回家。神鸟当时叫老二再拿几块，可他却说："我有了这一块金子就可以渡过眼前的难关，以后的日子就得靠我自食其力了。"当老大得知老二在太阳山捡到了金子后，他就主动去找神鸟，请求神鸟也驮他到太阳山上去。神鸟答应了老大的请求，把他也驮到了太阳山上。可老大到了太阳山上后，却把藏在怀中的口袋拿了出来，他拼命地向口袋里装金子，直到把口袋都装得满满，仍然舍不得离开遍地是金子的太阳山。神鸟见太阳快要回山了就催着老大赶快走，可老大不但不走，还在继续向怀中和口袋里装金子。太阳就要回山了，神鸟无可奈何只好自己飞走，贪婪的老大最后被太阳活活烧死在太阳山上。那是过去老掉了牙的故事，而今请君笑看新故事——无底之升。

我所说的这个故事也是发生在古代。离海岸不远的九顶铁槎山起伏连绵、巍峨挺拔，山上山石参差、树茂林密，飞禽走兽栖身林间。山林中有不少野兽修炼多年得道成精，它们能仿人形、说人话，也能变化为多种器具，并且还有点石成金的本领。

在九顶铁槎山南面的山脚下有个王庄，庄里有个壮年汉子名叫王二，他因为多子而家贫。一日，因家中无米下锅断了炊，王二只得拿了点钱和口袋，准备到村西的粮店里籴米糊口。

当王二走到了村西的沙滩时，忽然发现了有一只老狐狸正躺在沙滩上晒着太阳睡觉。王二心中可就乐开了花，他想："我可以省下这买米的钱了，若把这只狐狸用口袋装回家去，那这只狐狸的肉也可以吃上三天两日的，而且狐狸皮也可以卖不少钱。"王二把口袋的口儿撑开慢慢靠近狐狸，把袋口儿在狐狸头部猛地用力一套，便把狐狸装进了口袋。王二高兴地背起口袋就要回家，却听见狐狸在口袋里说话："好心的王二哥，我求求你放了我吧。你若给我一条生路，那我今天晚上就送一升米给你。"王二听到狐狸会说人话，便知道是一只修炼成精的老狐狸。王二在心中想道："这是一只成了精的老狐狸，我如果是吃了它的肉，它的同类恐怕会报复我的，这样一来就对我不利了。它若真的能够送一升米给我，那就比吃狐狸的肉合算得多，可它会不会骗我呢？"王二心里这么想着，便把口袋从背后提到手中对狐狸说："你说你送米给我，可到时候你不给我送米来，我拿你也没办法。我看你是在骗我吧？"老狐狸忙说："你尽管放心，我是一诺千金不会食言的。"王二说："你光说空话顶什么用？又没有啥东西做抵押，我凭什么相信你的鬼话呢？"老狐狸为了逃生，无奈地说："你若实在不放心，那我就拿一颗宝珠给你做抵押。但这颗宝珠你一定要把它保存好，千万别把它弄丢了。等我送完一升米之后，你明天务必此时此地交还。"王二听后便说："你在胡扯啥？你的宝珠在哪里呢？你若能拿给我看一看我才相信。你若不能的话，可别怪我对你不客气。"老狐狸说："我留给你的宝珠就在口袋内，你若是不肯相信，看一看口袋里面就明白了。"王二似信非信地把口袋口儿扒个缝儿向里看，见袋内确实有颗闪闪发光的宝珠时，心里就乐开了花。

王二急忙把手伸进口袋里将宝珠拿出，紧紧握住，这才把狐狸从口袋里放了出来。那只狐狸出来后并没有急于逃命，而是站在王二面前说："王二哥，你可千万别把宝珠弄丢了，等你得到一升米之后，你一定要守信把宝珠还给我。"王二眼睛正在盯着手中的宝珠："你不要啰嗦了，你若是能送一升米给我，我自然会把它交给你。不过我有言在先，你必须送满一升米之后，我才能把宝珠还给你。你向我家送米时，我把我的米升放在房顶上，你若能把我的米升装满我也不耍赖，保证会把它完好无损地还给你。"老狐狸这才放心地离开沙滩向山上跑去。

王二兴高采烈地捧着宝珠回家了。路上他想："人们都说狐狸最狡猾，这一次我倒要看一看到底谁狡猾。"见王二提着空口袋回家，妻子开口便骂。王二却点头哈腰地笑着对妻子说："你先别急着发火，咱家从今以后不但不愁没米下锅，还可以卖米大发横财。"妻子没好声地说："你别做梦娶媳妇——尽想好事，天上难道能掉下馅饼不成？"王二笑着说："不是天上掉馅饼，而是我们的房子顶上能掉下白米来。你若是不信，那你就先看看这是啥东西。"王二说完便把宝珠拿了出来，并说出了他的歪主意。妻子见到了宝珠，听了王二的歪主意，高兴得不得了，一连叫了三个好："好！好！好！那就全照着你的主意办，现在就赶紧准备。"

只见他们夫妻二人把家中的所有物什都搬到了厢房里，又找来了木板把窗户堵死，连屋里地窖门也都揭开了。王二把住的屋子收拾妥当之后，又找来一个柳条制的米升，用刀把米升的底儿剜掉。架好梯子，他带着无底的米升爬上了屋顶，把米升固定在烟囱上。王二的妻子在屋内把烟囱的挡烟墙全都扒开，这样一来在屋顶上看是放了一只米升，而实际却是一个大漏斗。夫妻二人一直忙活到太阳偏西也不觉得累，满心欢喜地坐在炕上盼天黑。

贪得无厌　狐狸受骗

日落西山，夜幕降临，那只狐狸果不食言。它不但自己驮米而来，还带了十几个伙伴，也全都驮着用袋子装的米，排着纵队来到了王二门前。老狐狸想："我答应给王二哥一升米，这十几个伙伴所驮之米一定能把米升装满还有余。我要多送些米给他，好早点儿讨回我的宝珠。那宝珠可是我千年修炼之物，倘若有了差错我可就没命了。"老狐狸看到屋顶上放了一只米升，就对众狐狸说:"我们三个上屋顶就能把米升装满,其余的米可以放在王二哥的院子里。"说完后,它便同另外两只跃上了院墙跳到屋顶,把米放进实米升里。可三只狐狸所驮的米并没把米升装满。狐狸见米升未满,就把全部的米都倒在米升里,可仍不见米升满出。它一下子着了慌。老狐狸急忙说:"快,大家快点继续搬米,今天晚上一定要把米升装满。"老狐狸这一吩咐,狐狸队伍就更加浩大了,光搬米的狐狸就有数百只。这数百只狐狸一次又一次地向米升里搬米,整整搬了一夜仍然没把米升装满。雄鸡三唱东方放白,众狐狸不得不停下来,尽管米升未满也只好回到山林。

天亮之后,王二见到了满满的一屋子白米,心中乐开了花。他想:"别说这一屋子白米,就是地窖里那些米也够我家吃一年的,我从今以后不但不用买米吃,还可以开粮店卖米做生意。因为我这米升无底,这群狐狸就永远也不能把米升装满,所以我就会有永远也卖不完的米。这只无底之升只要是不满,那颗宝珠也顺理成章是我的私物。真是天助我发财。"妻子也是心花怒放喜上眉梢:"我这就洗米做饭,以后我们再也不用饿肚子了。可这么多的米你打算着怎么办呢?"王二说:"这么多的米我就是雇人搬,也得两天才能搬出去。早饭后,我就到沙滩上告诉那只狐狸,要它们每隔两天搬一次米。"

吃完早饭王二还没有走到沙滩,老远就看见了那只狐狸在沙滩上等候。老狐狸见到王二,没等王二开口说话就客气地对王二说:"王二哥,这件事儿你可别怨我失信,我们昨天晚上我们能有数百口子搬了一夜米,可你的米升还是没满,可能是因为你的米升太大了。我们送到你家那么多的米,足够你家吃上几年的,我求你把宝珠还给我吧。"可王二却是唱戏的老生生气——吹胡子瞪眼,他说:"你把米升装满了么?你没装满米升就想讨回珠子,休想!"狐狸刚想说什么,王二又接着说:"你想讨回珠子也不难,那你就必须老老实实听我安排。你们以后要每隔两天搬一次米,几时能把米升装满了,珠子我几时归还。"狐狸苦苦地再三请求也无济于事,只好离开沙滩又回到山林中。

却说那只狐狸为了讨回它的宝珠,只得和伙伴儿每隔两天就向王二的家中搬一次米。三十多天过去了，数百只狐狸搬了十几次米，可王二的那只米升仍旧不见满出。此时老狐狸还不知道自己是上当受骗了。

米升无底　得而复失

王二把白得来的米，雇着马车拉到市集上，并在那里开了一家粮店。因为王二的白米是无本经营，再加上有取之不尽的米源，所以他的米价就比别人的低，客户就比别人的多，财源滚滚而来。

此时的王二是洋洋得意，可那只老狐狸却在发愁犯难。老狐狸每搬一次米，它总是要催王二归还宝珠，可王二却死皮赖脸地不肯归还。老狐狸见苦苦哀求仍不奏效，只得说了实话："王二哥，那颗宝珠是我千年修炼的命根子，若离开了我七七四十九天之后，它就会失光粉碎。那颗宝珠若是碎了，我也会随之死亡。你就是留着那颗宝珠也无用，我求你还是把它还给我吧。"王二说："那好吧，你的珠子在我手里已有四十天了。你想讨回珠子也不难，那你以后就得每隔一天搬一次米，等过了八天之后我就把珠子还给你。"见王二还是不肯归还宝珠，老狐狸只得垂头丧气地回到了山上。

此后，老狐狸又带领着众狐狸搬了两次米，觉得气短无力身体不适。老狐狸知道如果五天之内，那宝珠若仍不附体自己就会气绝身亡，于是它只好再次低三下四地向王二讨珠子。王二说："你说话不算数，反而跑到我的面前要无赖。我问你，你把我的米升装满了没有？既然没把我的米升装满，那你就别怨我不给你珠子，你若是再来纠缠，我就是把珠子捏成粉儿也不会把它交给你。"老狐狸讨了个没趣，忽然觉得王二的米升有问题。当天晚上老狐狸就跑到王二的屋顶，它用前蹄向米升里一摸，大吃一惊，这才发现了米升无底。老狐狸此时气得把牙齿都咬碎了两颗，心里骂道："好一个黑心的王二，你竟弄了个无底之升来骗我，怪不得我们装了那么多米也不满。"

第二天天刚亮，老狐狸就隐身潜伏在王二门前。它发现王二雇车拉米，于是又跟踪了马车，这才发现了王二开店卖米。老狐狸查到了真相，顿时满腔怒火："王二你既然不仁，可就别怪我不义了。我要让你竹篮打水一场空。"

当天下午，王二门前来了四辆大马车，其中领头的马车上盖着彩棚，车棚里面坐着两个十分阔绰的商人，带了十多个仆人。两个商人在王二的门前下车后，便吩咐仆人敲王二家的门。

王二开门一瞧，见是两位阔商，忙点头哈腰笑脸相迎。其中一位商人说："我们是外地米商，听说你店里白米质量又好价格又低。我们愿意超出你现价的两成将你所有白米全部买下。"王二听后乐坏了，心想："我米店里积压了那么多白米，正发愁没有销路呢。这可真是想吃鸡而来了个尖尖嘴的。"不过王二却有些不放心，生怕他们没有那么多钱来骗米。王二说："你们得一手交钱一手交货，或是提前付银两做抵押。"商人笑着说："你若是不放心，就先到我们的车上看一看，我们的车上光白银就是六箱，而且还有两箱珠宝。"王二走到彩棚车前，商人叫仆人把六箱封条全都打开，但见得白银满满六箱。商人说："我们这六箱白银都是足箱的，那两箱是珍珠宝物，你若不信再把那两箱也打开给你看看。"仆人把两箱珠宝打开后，王二的眼睛一直盯着珠宝，此时的他对银两已不感兴趣了，心中只盘算着如何才能得到那两箱珠宝。商人此时说道："你尽管放心就是了，我们决不会干出骗人的勾当来。你米店里的米再多，可也绝对值不了我这八箱金银珠宝的二分之一。就拿这珠宝来说，恐怕你从来没见过这样的东西吧？"商人这一问，王二才想起自家还有一颗快要失光而粉碎的宝珠。王二问："你们那两箱珠宝卖不卖呢？"商人回答："我们是做买卖赚钱的，只要是有利可图我们就卖。"王二又问："我家中也有宝珠，只不过数量太少了只有一颗。我想用它换你们几颗，不知道你们肯不肯？"商人说："那要先看一看你的珠子成色如何，若成色好则能多换几颗，若成色不好可能一颗也换不成。"王二听说之后，就急忙转身回屋取出宝珠交给商人观看。

两人看后都赞不绝口。其中有个商人说："我们这两箱宝珠中，竟没有一颗能比得上你这颗。"王二忙问："我这颗宝珠能换你们一箱珠宝么？"商人笑道："你的宝珠成色再好，最多也只能换上几十颗，哪有换上一箱的道理呢？"王二忙问："那你一箱珠宝需要多少银两才能换？"商人说："一箱珠宝至少需要三箱银两方可交换。"王二听后就盘算起来："我米店里的白米能换他们一箱多银两，而卖米赚了四箱白银藏在家中。他们说一箱珠宝得三箱银两能换，那我就用四箱白银来换取他们两箱珠宝，米店里的白米换成银两也够我几辈子享用的。这两个走南闯北的商人也不精明，他们竟连快变成灰的珠子也不认得。他们买米不是砍价买而是抬高价格买，那我干脆连家中所存的米也给卖了，我再花银两去买别人的便宜货，这样的话还可以从中多赚钱呢。对，就这么办。"王二想过之后便和商人商量，他要用卖米赚来的四箱银两，再加上他手中的宝珠兑换商人的两箱珠宝，可人家不同意。王二为那两箱珠宝红了眼，又加上家中所存的白米，连妻子的首饰都加上了，人家才勉强同意。一个商人说："好吧，就按你的意思办。我们六箱银两可以作为买米的押金放在你家。等你把你家的银两和那颗宝珠，以及你妻子的首饰和你家的白米都装到车上后，我们的两箱珠宝归你。"王二见得了大便宜便满口答应，心想："只要你们的银两放在我家，就得由我摆布了。"王二把家中所有银两和白米，连同妻子的首饰和老狐狸的那颗宝珠全让商人装到了车上。商人见到车已装好，这才把六箱白银及两箱珠宝抬到王二家中。接着王二就眉开眼笑地领着商人到米店里取米。

　　王二同商人到了米店后，他却又想出了鬼点子。为了占更多的便宜，他突然间又提出新条件，要求买方必须在两日内把米店里的白米全部搬走，若是搬不走则要额外加价。商人道："无须两日，我们今天晚上就可以全部搬走。"王二万万没有想到，那两个商人竟找来了那么多的车辆和装车人员。装车速度快得惊人，刚过子时，就把米店里的米颗粒不剩地全装到了马车上。一位米商笑道："王掌柜，今天时间太晚了，反正我们的押金也在你府上。这账就等到明天再算吧？"王二满脸赔笑说："不要紧！我们一次生两次熟，明天算又有何不可？"王二打发走了商人，高高兴兴地回家了。

　　妻子一直没有睡觉在等着他，虽然已是四更天，可他们夫妻二人都毫无睡意。一会儿看看那六箱白花花的银子，一会儿又看一看那五彩斑斓的珠宝。二人兴奋极了，一直等到快天亮时才和衣而眠。

　　第二天日出三竿，王二夫妻二人才美梦方醒，王二此时觉得腹中饥饿便叫妻子做饭。妻子去拿米时才发觉家中粒米皆无。她对王二说："昨天你为了多卖银两，结果你连支牙的米都没留下，叫我用啥做饭呢？"王二笑着说："我们家中有那么多银两和珠宝，还愁买不到米么？这么多钱，我们就是再活上几辈子也是用之不尽的，我这就拿银子去买米。"王二边说边去开箱取银两，可他刚揭开箱盖儿就大惊失色，只见箱里不是白银而是山石。王二又急三火四掀开其他几只箱子，没想到箱箱白银都变成了山石，两箱珠宝也变成了海边的贝壳儿，他只得叫苦连天。妻子见后更是哭丧着脸，紧接着就大哭大闹地破口大骂起来，把王二骂得狗血淋头。此时的王二是叫天天不应、叫地地不灵，只见他青筋暴跳，头流汗水哑口无言。而他的妻子在吵闹之后，便收拾个包袱跑回了娘家。

  这对儿夫妻以后会怎样呢？那都是书外后事暂且不提。可自从王二的那件事儿以后，附近的四邻八乡却多了一句歇后语：王二哥的升——没有底儿。这正是：

    人心贪无厌，自己找麻烦。
    得而又复失，仍是穷光蛋。

鲤鱼神庙

事有蹊跷　下令拆庙

北宋仁宗天圣年间，在华山南麓有个叫李庄的山村，此地山清水秀、风景优雅。庄内有个名叫李玉的壮年相公，幼年丧母，全靠他的父亲又当爹又当娘地把他养大成人。李玉已年过不惑，膝下有两子，虽然家景并不富裕，但李玉一边耕种几亩薄田维持生计，一边勤奋攻读，以求日后谋个一官半职。

李玉的父亲年过七旬，体弱多病。李玉对老父相当孝顺，衣食照料无微不至，大事小事都征询他的意见。这一年的清明节前十日，父亲病情加重，卧床不起食欲不振，已有两三天没有吃东西了。李玉听父亲说想吃点儿野鸡肉，就急三火四地跑到了集市去买野鸡，可他在集市上到处寻遍也不见有人卖野鸡，急得在直团团转。这时，李玉发现有人在卖活蹦乱跳的大鲤鱼，心想："野鸡买不着，就买条鲤鱼回家吧，兴许父亲能够多少吃点儿。"于是，李玉便掏出银钱买了一条活鲤鱼。为了保持鱼新鲜，李玉把自己的旧上衣脱下一件，在人家卖鱼的水桶中浸泡了一下，然后用湿衣服把鲤鱼包好。

李玉离开集市，抄山上近路匆忙回家。走着走着，李玉忽然发现了在山路旁的不远处，不知是谁用网捕鸟竟网住了一只野鸡。他高兴地跑了过去，见放网的主人不在场，他就站在网前高声喊人，喊了多时仍然不见有人回应。李玉心中惦念着父亲急着回家，可他又舍不得放弃这只野鸡，心想："我干脆找些银两放在网下，把野鸡拿走也就是了。"可李玉去摸钱袋儿时发现自己的钱袋儿不知何时弄丢了。李玉是个读书的正人君子，不肯贪图别人的财物，就在网前等了起来。但一直未见人来，李玉心中非常焦急。突然，他想到："我买的这条大鲤鱼价值也不亚于野鸡，干脆用鲤鱼把野鸡换走，这样也算是公平交易。"于是，李玉便从湿衣服中把活鲤鱼取了出来挂到了网鸟的网上，拿走了野鸡。

李玉回到家中之后，急忙叫妻子把野鸡收拾炖熟，端到父亲床前。父亲虽然吃过野鸡肉，可年老病重于事无补，事隔六日便离开了人世。李玉满怀悲痛，清明节前将老父入土为安。

同年秋天，恰逢科考，李玉便收拾了行装赴京赶考。李玉此次时来运转，金榜题名高中得官。随后便偕家眷上任。

暑往寒来年复一年，李玉为官不觉已两载有余。这年恰逢他亡父的三周年祭日，而且亡父的祭日和清明节相近，所以李玉便准备偕家眷及手下差人，回归故里祭奠亡父和祭扫祖坟。李玉把府中事务托付给下属，即日启程回乡。不几日李玉便回到家乡境内。这日，李玉坐在轿中看见一座山上人山人海，焚香烧纸的人们川流不息。李玉见后就下轿观看，只见山路旁的田间由于来往的人员过多，竟把地里禾苗践踏得狼藉一片。李玉是个苦出身，虽然高官得坐却未忘根本，他见禾苗被踏甚感痛心，便差人前往打探，想知道这座山上为何焚香烧纸。

没过多久，差人便回来禀告："启禀老爷，此山在三年前曾有一农夫在山上网鸟，可他没网到鸟却网到一条活蹦乱跳的大鲤鱼。此事经巫婆解说，那条鲤鱼是条神鱼，人们便把神鱼送到河中，放了鲤鱼一条生路。事后有当地官员和绅士带头在百姓中募捐了修庙的银两，并在网到神鱼的地方筑起了一座庙宇，并给此庙取名叫做'鲤鱼神庙'。据祭庙的人说这座鲤鱼神庙很灵验，能预知人之生死。此庙一年四季香火不断，现因适逢清明节前，所以祭庙的人更加多了起来。"李玉听说之后，感到事情很怪异，于是便带领人马前往山上观看。

李玉见那建庙之处，正是自己三年前用活鲤鱼换野鸡的地方时，心中觉得可笑。李玉知道此事是自己所为，可却反被他人借题发挥而大做文章。李玉此时为被踏坏的禾苗而痛心，不忍心让种田人无辜地受到损害，当场就下令手下人马，将鲤鱼神庙片瓦不留地拆掉。

不畏妖邪、根除妖孽

在这世上并不像人们所说的"有庙则有神"，而是"有庙则有妖邪"。拆庙的当天晚上，李玉坐在屋内的窗前灯下正看着书，忽然听到窗外风声大作。李玉听到窗外有个粗嗓怪声的东西在说："好一个不知天高地厚的李玉，你给我听好了！我就是鲤鱼神庙里的鱼神，你若想太太平平地活着，必须七日内把我的庙宇重新修好。你若明天不开始动手修建，三日后我就叫你的小儿子命丧黄泉！"李玉急忙开门观看，只听见一阵风响，不见那怪物的踪影。

李玉根本没把怪物的话放在心上。至于怪物说叫李玉的小儿子死，他清楚地知道小儿子染病半年已是一息尚存，凡是给他看过病的郎中，全都说此子已是病入膏肓，熬不过几天了。李玉虽然是当父亲的人，心疼儿子，但他下定决心要扶正祛邪永不修庙。第三天早晨，李玉久病不愈的小儿子果然离开人世，但李玉仍是不肯修庙。

就在李玉的小儿子夭亡的当天晚上，那个怪物又来到李玉的窗前，在窗外高声威胁："李玉你听好了！你要是还不给我修庙，我就叫你的大儿子三日之后也气绝身亡！"李玉对这个妖物恨之入骨，他暗将官印拿在手中，在屋内高声说道："你若想叫我给你重新修庙，那你必须把手伸入窗内，让我看一下你是何方神圣才给你重新修庙。"那怪物听后暗自高兴，不知是计便用自己的黑手捅破了窗户纸，把黑手从窗外伸入了窗内。说时迟那时快，李玉迅速用官印把怪物的黑手压在了窗台上，那怪物用力向外抽也抽不出去。

看官看到此处会问："官印怎么能压得住怪物的手呢？"其实并不是因为官印是金或者是铜铸成的所起的作用，而是官印代表了国法。常言道："邪不压正。"这国法是正的，所以可以镇压妖邪。李玉大声问道："我就是不给你修庙，你能叫我的大儿子也死吗？"只听见那怪物在窗外哀求道：

"不能，不能，你就是不给我修庙，你的大儿子也死不了。至于你的小儿子之死也实在是与我无关，我只不过见他病重知道他熬不过四天，这才借机来吓唬你的。我是想威逼着你给我重修庙宇，只要有了庙宇人们就会送来供果与食品，我就可以装神静享清福。请你开恩饶了我吧，我会永远记住你的恩德。"李玉为官秉正刚烈视民如子，断不肯听信妖邪之言，他呼唤差人用乱棍将怪物打死。那个怪物死后现出了原形，原是只成了精的猴子，却借庙宇装神弄鬼愚弄百姓。

无私无畏的李玉扶正压邪、根除妖孽，为一方百姓除害造福。此有《浣溪沙》一首评得好：

> 无私无畏国法在，妖邪自然吃不开，太平盛世谁不爱？
> 若为己利把私顾，妖邪猖獗百姓苦，猴子成神享清福。

损人害己

明朝世宗嘉靖年间，道教曾一度兴旺。当时在东岳泰山的半山腰处有个村子叫郑家庄，庄里有个叫郑五的人，他是从损人开始，以害己而告终。郑五为人素来下作，并且又爱惹是生非地损人。他略懂医术，与一个恶道交往甚厚，那道人赠他了一本《降魔奇法》。郑五从书中学练了一些降魔之术，尤为擅长持朱砂于手掌之中，再略吐点儿唾沫便可以产生一团火球和爆炸声，时人称之为"张手雷"。郑五多用此招对付飞禽走兽，就是有些修炼不精的异物也时常会命丧他的"张手雷"下。

施展法术　却害自家

郑五能施展法术叫树叶变成兔子到处跑，也能叫草叶儿变成蛇到处钻，并且还能用那些法术戏耍人。

有一年秋天郑五独自爬山，由于贪玩，都过了午时他才因腹饥口渴急忙下山。郑五家境比较富裕，家中的田地不少，每年农忙时总要雇人干活儿。归家途中，他看见七八个人在田间吃午饭，并且还是自家雇佣的短工，于是就急忙向那些人走去。

有人见郑五向他们走来就说："你们看，郑家少爷向我们走来了。咱们今天只管低头吃饭谁也别理他，谁也别吱声。"众人听后都点头称好。郑五走近那伙人时，他们都只顾低头吃饭装作没看见，谁也没有理睬郑五。现在虽是初秋可午间仍炙热如夏，此时的郑五是又饥又渴，本想上前讨口水喝和找口饭吃，可那些人都不理睬他，他只好讪讪地走开。

郑五讨了个无趣，嘴里虽然没吱声，心中却很生气。他想："你们不叫我吃饭，那你们也别想吃舒服了，我叫你们全都起来忙活一下儿。"郑五离开了后，便躲到一个石棚的后面。他在树上摘了一片叶子，施法术把树叶儿变成了一只兔子，他用手向吃饭的人群一指，树叶变的那只兔子就向那伙人跑去。那只兔子在那群人面前窜来窜去，那些人都弃了饭碗，抄起了镰刀便去追打兔子。那只兔子一会儿钻到割倒的豆棵堆里，一会儿又钻到了没割的豆地里，兔子跑到哪里那伙人就追到哪里。他们追打了好长时间也没有打掉一根兔毛，反而把熟透的豆粒儿打得遍地都是，而且连饭碗都打翻在地。郑五躲在石棚的后面看热闹，发现遍地是金黄色的豆粒儿时，这才想起了是自家的豆地，于是就急忙收起了法术回家。

还有一次，郑五和四个狐朋狗友在山上玩，那可真正是站在泰山上看东海——站得高来看得远。当郑五在山上玩得起劲儿时，忽见远方有穿绿衣和红衣两个女人向他们走来。郑五想卖弄一下自己的本领，于是对他的伙伴儿说："你们且看那方路上有两个女人向这边走来，我有办法叫她们一会儿把自己的裤子脱下，然后又自己穿上。"那伙人以前只见过郑五用法术降服飞禽走兽，以及用树叶和草叶变成动物到处跑，从未见过郑五有捉弄人的本领。四人听后便和郑五打起赌来，这个说："你若有那样的本事，那我今天就请客。"那个说："你若是能够那样，那我就将胸前的玉佩输给你。"还有两个人则说："你若有那样的本事，那我们二人每人输银五两。"物以类聚兽以群分，这伙人都急着看热闹，就催促郑五拿出绝活来。此时的郑五在地上掐掉了两棵长长的草叶儿，把草叶儿分别握在两手之中，又把两臂伸平双目紧闭，口中念念有词后就把两手一松向女人指去。

原来那两名女子，穿绿衣的是个未出嫁的黄花闺女；穿红衣的是刚结婚不到一年的俏媳妇，她们是姑嫂二人。二人在山路上正走着时，却忽然间听到耳边的风声响动，吓得二人急忙四周眺望，可看后也不见有啥异相。姑嫂二人看后却胆怯起来，走着走着竟突然间惊叫连天。原来她们两人都见到有条青蛇，由自己的裤角处钻入裤裆之内，吓得她们神魂颠倒、顾不得羞耻地惊叫着脱裤观看。可她们脱裤后却不见蛇在何处，又急忙穿好裤子向前奔跑。没跑出几步，她们又见青蛇钻裆，便急忙脱裤见无蛇复而穿上，她们边惊叫着边向前跑。如此反复，姑嫂二人惊叫着脱而穿上数十次，吓得魂飞魄散、大汗淋漓浑身湿透。

郑五这伙歹人站在山上大笑不止，可这狂笑声中有一人却着了慌，他发现了穿红衣的女人竟是郑五的妻子。那个忙说："快别玩了郑五哥，穿绿衣的是你妹子，穿红衣的是你媳妇。"郑五听后急忙收法，定睛一看果真是自家人，顿时觉得自己荒唐，脸窘得像猴子腚一样红。郑五生怕家人及旁人再知道这件事，急忙叫他的狐朋狗友龟缩在山石后面不准露面。郑五对伙伴说："今天这件事儿就不讲赢输了，我也啥也不要了。你们也要守口如瓶不准外露，咱们就当作根本没有发生这件事儿。"众人听后点头应诺。

而郑五的媳妇和妹妹回到家中大病一场，半月之后才恢复了健康。郑五虽然尝到了损人害己的滋味，可他并没有引以为戒。

伤损异物　招来报复

郑五从《降魔奇法》的书中学炼了"张手雷"，便常到山上打一些狐狸、黑子、兔子和山鸡回家食用。山上的飞禽走兽若是遇到郑五就很难逃生。郑五因为略懂医道，再加上修炼了会施法术，三村四乡的人们则都称他是郑五大夫。

郑五虽然有法术护身，可他常在河边走岂能不湿鞋？也有他吃亏的时候。郑五有一次在山上寻野味做菜下酒，遇见了两只老黑子在睡觉就心中暗喜，便施展起自己的高招"张手雷"来。只见郑五向右手掌上吐了点唾沫，然后把手一握一张则顷刻间一声巨响，他手中产生了一团火球向两只黑子扑去。那两只异物从梦中惊醒，可蒙头盖脑的烈火烧瞎了一只黑子的一只眼睛。而"张手雷"的爆炸巨响，竟把另一只黑子的门牙打掉了两颗。可那两只黑子并没有丧命，抖了抖身上的毛，眨眼间便不知去向。郑五也知道"打蛇不死，反受其害"这句话儿，此时他在心中也害怕："这两只黑子，十有八九是罴仙'黑二姑'了"。且说那两只罴子，确实是修炼了八百年成精的异物，那只掉了眼睛的母罴，它就是当地人称的罴仙"黑二姑"。"黑二姑"虽然得道成精，可它从不伤人，但它这一次却发誓要报复郑五。

事隔半年有余，郑五家门前来了一辆辕马是红色的彩棚马车，一看便知是阔绰人家的车辆。车夫把马车停下后，车内走出了一个管家模样的人，他下车后便去敲郑五的家门。郑五开门后，那人便施礼说道："我家的老爷病危，烦请神医相救，病愈后当以重金相酬。望郑大夫随车过府救人，切莫推辞以解倒悬之危。"郑五见来人举止文雅衣着阔气谈吐不凡，并且还有重金相酬，就急忙地收拾了行医之物，急三火四地上车随行。

当时正是深秋季节，郑五坐在马车上就不时地透过车厢小窗向外看，但见得路旁红叶向后奔去。郑五正心旷神怡地饱赏秋色，可双手竟神不知不觉地被绳索绑在了身后。郑五察觉之后就着了慌，但为时已晚。郑五惴惴不安地坐在车上，但见马车如飞顺着山路奔驰着。他现在已是无计可施，只好听天由命了。郑五正担惊受怕地向车外观看，却不想有块黑纱又蒙住了他的眼睛，他自知凶多吉少，心中惴栗不安地想："我是在劫难逃了。可这对方是我哪次得罪的呢？为今之计，只好是走一步算一步了。"郑五心中虽然害怕，但只能不停地安慰着自己，给自己打气壮胆。

马车跑了半个时辰后停下来，郑五被两人拖下了马车，押到了一幢房子里。此时有人把郑五的蒙眼黑纱去掉，他看见屋内有二十多人站在两旁，中间却坐着年长的妇叟两人。郑五见到老叟须发皆白，口中门牙缺了两颗；老妇则眼瞎一只，此二人皆坐中堂上首。老妇先开口说话："郑五，你睁大眼睛看一看，你还认得我么？"郑五观后已猜到了此人非人、并断定那些人是世上异物所变，当他见到对方缺牙少眼时便想起了半年前的那件事情。郑五急忙开口说道："你我虽然不曾相识，可我现在心中明白，你肯定是大有名望的二姑了。是我一时糊涂，我在半年前曾失手击伤了二老，我现在就给二老赔礼了。我虽然得罪了二老，但望你念我上有高堂下有妻小，你大人有大量就饶了我吧。我当永世不忘二老的恩德。"瞎眼的老妇却说："我找你来也并非想取你的性命，免得到了阴间我们还要打官司。可世上的事儿是因果循环善恶有报，咱们之间的旧账还是要清算一下的。我今天只想仿武曌女皇的做法，那就是要以其人之道还治其人之身，今天就以你的牙齿和眼睛来还账吧。"说时迟那时快，老妇的话音刚落，两旁站着的人们就动手把郑五的门牙敲去了两颗，并挖去了他一只眼睛。此时郑五痛得大呼小叫，可能是把他痛得糊涂了。郑五说："好你个'瞎二姑'，有朝一日我要你加倍偿还！"当"瞎二姑"听到了这样的话不禁怒火中烧："我本想两家扯平，可你仍不服输，那我今天就和你比一下高低，叫你先尝一下'百痒攻身'是啥滋味。"老妇刚说完了话，就见有四人抬来两只木箱，他们从箱中放出蜈蚣爬到了郑五身上。郑五此时被蜈蚣咬得又痛又痒，比掉牙挖眼还难受，简直生不如死。郑五在这种刑罚下可"草鸡"了，只得跪在地上向"瞎二姑"求饶。

暗生杀心　反害自身

且说郑五敌不住"百痒攻身"，只好苦苦向"瞎二姑"求饶。"瞎二姑"在郑五的花言巧语下，心也软了下来，吩咐手下人停止用刑，并将带毒蜈蚣都收入箱内。

此时郑五又生杀心："我要想办法叫它们给我松开绑绳，然后趁其不备用我的'张手雷'将它们一网打尽，来个斩草除根以绝后患。"郑五计谋已定，就好言好语地求"瞎二姑"把他的两手松开。此时的"瞎二姑"也心慈手软有些大意，就叫手下给郑五松了绑。刚松了绑绳，郑五就想利用手中提前暗藏的朱砂进行反击。可郑五被人家折腾了半天，口中干燥已是挤不出口水来，只得心中暗自叫苦。郑五此时仍不死心："我何不利用'瞎二姑'的糊涂，骗它再送点儿水给我呢？搬不倒葫芦洒不了油，要叫这群野物全死在我的'张手雷'下。"想过之后，他便佯装浑身痛痒难忍，哭丧着脸哀求说："二姑，我现在难受得生不如死，求你将我杀死免得活遭罪。只是我现在口渴难忍，求你发发慈悲，在我临死前给我喝口水，免得我在黄泉路上渴得难受。""瞎二姑"听后于心不忍，吩咐手下拿水供郑五喝。

好一个诡诈的郑五骗到水后，急忙将一口水喷到右手之上。郑五这一口水的威力却不小，只听得一声巨响便烈火四起，那群异物死的死伤的伤，全都现出了原形。只见那座房子没有了，而是在一个宽敞的山洞里，狐狸和罴子死伤遍地，拉车的大马竟是兔子变的，也被"张手雷"击毙在洞口前，那马缰绳竟是山中的藤葛做的。

郑五心中正得意，却突然听见了远处的山头上传来了话音，那话音在山谷中回响："好一个奸诈的郑五，你这个不知好歹的东西！我本想两家扯平放了你，而你却冥顽不化变本加厉。你今天伤了我的儿孙与好友，你和你的高堂妻小要加倍地偿还，二姑我决不肯罢休。"郑五闻言大惊失色，方知自己惹下滔天大祸。郑五自知罪孽深重难免一死，吓得急忙跪地连连叩头，哀求二姑别伤及他的家人，自己愿意承担一切罪责。

"瞎二姑"见郑五这次是真有悔过之意，就善发慈悲说："好吧，我念你还有一丝良知就网开一面，但死罪可免活罪难逃，这也是你自作自受的天理报应。你若自行断了右手，从此不用'张手雷'伤及无辜，那我不但不伤害你的家眷，同时也放你生还。"郑五这次可是"打了一辈子雁，却被雁啄瞎眼"，为了家人只好自断右手。

郑五从此以后则变成了残人一个，他是以损人而开始，到后来却是以害己而告终。此有《三字经》附尾相评：

    警言者，有古人，使奸心，害自身。
    心不正，则胡行，行到头，有报应。
    损人始，害己终，做恶事，留骂名。
    善有果，恶有报，此天理，孰能逃？

鬼推磨

房主受气　忍痛舍弃

清朝道光年间，在冀中平原的张庄有一个名叫张财的人，年近四十却无儿无女，和夫人居住在四合院的房屋内。张财所住的四合院是座独门独院，房屋前后左右都是路。张财的夫人颇有姿色，却不守妇道，趁张财外出做生意之际，竟同情夫弃家私奔了。

张财在外经商发了财，归家之后见夫人与他人私奔，就觉得既好气又好笑。气的是觉得自己颇有钱财，可夫人竟看不起他；笑的是自己早就心忧夫人无生育，此次回家正准备纳妾生子延续香火。于是，张财便请来风水先生，为自己卜卦看宅问及后事。

风水先生给张财卜卦看宅以后对张财说："你的命运并不坏，若另娶妻则必能喜得贵子，但你必须另兴土木、购屋他处居住方可奏效。你现有的住宅四合院，因为四面皆临路，此有'八鬼抬轿'之说，乃是不祥之兆。你若仍住在这座四合院内，就是另娶女人，不但不能给你生子，她还会和别人私奔的。"张财听后就准备买地另建新宅。

新居建好之后，张财就在新居里张罗着娶妻生子。一年之后，他还真的喜得贵子。此时张财就想把旧宅卖掉，可他万万没料到就在这段期间，旧宅院内竟发生了一起杀人凶案。

凶杀案的案发时间是在中秋之夜。在那天夜里，有人发现张财的旧宅四合院内竟然躺着一男一女两具尸体。那具男尸张财认得，是本村的地痞吕二，可那具女尸就无人认得了。这件事出在张财的家中，张财感到无比晦气，只好到官府报案。官府经过调查，得知那具女尸是邻村一大户人家的丫环，女尸臂上有一刀伤，男尸手持匕首身上无伤。按道理来说女尸臂部刀伤不至于死亡，男尸身上无伤就更不至于亡命，可这两人为何双双倒地而身亡呢？

话分两头说。先说张财想卖掉他的旧宅，可由于发生了凶杀案，房屋自然少人问津。有一家急需用房的主户，不仅把房子价格砍得很低，并且还对张财说："我要先在那座房子里住上几天，看一看是否没事。我若是住在那里平安无事，半月之后我再花钱买下。"张财虽然不急着用钱，但若是留着这座闲房名声不好听且不说，更重要的是闲房无人居住会风吹日晒坏得快。于是张财便同意了买主的要求。可事与愿违，那个买主住进四合院的当天晚上，天还未亮就夹着被子跑了出来，到处扬言说四合院里有男女二鬼，说那两鬼在子夜时就出来争吵打斗。

张财是个走南闯北的商人，还从来没有遇到鬼，心中根本就不相信买主的话，认为买主是在故弄玄虚、想造谣趁机占便宜。张财为了试探虚实，就带着被子亲自住进四合院，准备睡上两宿看一看到底是否真的有鬼。张财住进旧宅的当天晚上，天黑不久便在床上酣然入睡。不到半夜时张财忽然在梦中被吵闹声惊醒，他只觉得阴风嗖嗖寒气逼人，并听见男女声争吵不休，吓得他连被褥都没拿就跑出了四合院。这样一来，庄里的人们谁也不敢买那座房子了，人们连白天也要绕过此屋走。

二鬼闹房　床下躲藏

张财的四合院内这男女二鬼是怎么回事儿呢？原来那个女鬼名叫彩娟，她生前在姓苟的官宦府里当丫环。彩娟死的那年一十九岁，她长得身材苗条、貌美如花，生前在苟府时，暗自爱上了在府中干活的小长工。彩娟本想向小长工吐露真情，可此事却被府上的大公子察觉。那个大公子虽已有几房妻室，却好色欲纳彩娟为妾，但彩娟誓死不从。

大公子见好事不成就恼羞成怒，随即便设下了阴险的圈套。他首先把自家的珠宝暗藏于小长工的屋内，并且用小长工的劈柴斧头杀死了一名护院的家丁。大公子以此栽赃嫁祸、诬良为盗，又使了不少的银两贿赂官员，将无辜的小长工打成了一个死囚。大公子本想没有了小长工就能斩断彩娟的情丝，哪知彩娟深知其中内情，她横下了一条心就是嫁猪嫁狗也不嫁给大公子，决心要为小长工报仇。

于是，彩娟暗地里买了一些砒霜，趁中秋节家人忙乱时，在大公子的饭碗里放了砒霜。彩娟下完毒后，便偷偷地离开了苟府。手上还拿了一瓶泡有砒霜的酒和一块牛肉，她也不准备再活在世上了。

彩娟走到张财的四合院时，见是一座无人居住的闲宅，心想："我自己从来也没有个家，死也要死在屋内免得暴尸荒野。"事有凑巧，彩娟开门进院时，被一个叫吕二的流氓暗中发现。吕二见一个女人孤身入院，便悄悄尾随其后，他从窗外向屋内窥看，一缕月光下的彩娟貌美如花。吕二色心起来，窜入了屋内意欲行奸。

彩娟心中大惊，慌乱中急中生智。她装作若无其事地对吕二说："你不要粗鲁无礼，小女子我正愁无家可归呢。我因投亲亲不认才落得夜宿此地，你若不嫌我丑，我情愿为你铺被做饭生儿育女。我们二人来日方长，你又何必急于一时呢？"吕二被彩娟说得心花怒放。彩娟接着说："你我月夜相见必是有缘，我这里有酒又有肉，我们还是先喝足吃饱了再做一对夫妻。"彩娟说完之后就把酒肉拿了出来。吕二见如此，就嬉皮笑脸地和彩娟在把酒肉都吃得干干净净。

吕二喝下毒酒不久就觉得腹中翻江倒海疼痛难忍，情知大事不妙。彩娟也腹中难受，强忍着疼痛说："这关我啥事儿呢？我本想自己寻死，是你不请自来。"吕二气急败坏地持刀在手喊着："是你害了我。我要杀死你这个臭女人！"边持刀疯狂地扑向彩娟。彩娟闪躲中臂部竟被吕二刺了一刀。吕二本想继续行凶，可砒霜毒性发作起来，痛得他在地上打着滚儿，一会儿便口吐白沫气绝身亡。而彩娟随即也一命归天。

他们二人死后本应归阴府所管，可阴府的判官审查卷宗时，查得彩娟阳寿未了，还有几十年的阳间姻缘在等她；吕二有人间苦役还未做，便没收留二人的魂魄，二鬼成了孤魂野鬼。女鬼彩娟生前就看中了四合院，变成野鬼后又回到了四合院中。男鬼吕二是因为采花死，做了野鬼也仍思风流，缠着彩娟也来到了四合院中。这样一样，张财的四合院里闹鬼就一传十、十传百，附近三村四乡的人们都有耳闻。

常言说："近怕鬼，远怕水"。这句话是说近方的人听到哪里闹鬼都害怕，远方的人不知详情，自然是不会害怕的，而出远门儿的人在路过水时，因为不知水的深浅自然会害怕。且说有南方客商一伙儿四人，因贪着赶路错过了客店，天黑了多时方来到张财的四合院门前，想到四合院里借宿。客商们刚要敲门却见到院门虚掩，他们见到是无人居住的闲宅就走了进去。四人进屋后点火观看，只见屋内陈设着两张闲床，不胜欢喜。由于他们奔波了一天，十分劳累，躺在床上不多时便鼾声如雷进入梦乡。

四人睡到亥时被阴风冻醒，见屋内有些柴草，便拿来柴草生火取暖。四人围着火堆刚坐下不久，那燃烧的火光竟被阴风吹灭，他们转头看时被吓得毛骨悚然。黑暗中两个怪物两眼发着蓝光，一阵阵冷风也随着两个怪物旋转。四人吓得一起钻到了床下，连大气也不敢喘一下。他们只听见男声说："我不曾玷污你，为何对我下毒手？"女声说："那是你活该！是你这个色狼自己找死的。"四人此时都吓得尿在裤筒里，一气等到雄鸡三唱二鬼无踪时，才敢钻出床底匆匆离开了四合院。

光棍大胆　捉鬼同眠

世上的多数人怕鬼，可也有极少数人不怕鬼。和张财同村有个光棍汉子名叫汪五，生性豪爽为人善良、胆量超群，他对鬼神之说从来是无畏无惧。可汪五的命运不佳，十几岁时就父母双亡，他现在都二十四五岁了，仍是面案上的擀面杖——光棍一条。

汪五住在三间破草房中，靠到湖泊中撒网捕鱼为生。这年的秋天北风劲吹，将汪五的破屋茅草尽撒荒郊，而后又连降大雨，破屋被雨水淋塌。汪五无处栖身，只好来到了张财旧宅中，欲借张财的四合院暂居安身。

张财见有人敢住四合院，便说道："咱们都是乡里乡亲的，只要你不怕鬼，你就是常住那里我也不在乎。"汪五听后非常高兴地说："那我就先谢谢你了。你若是肯把四合院卖给我，那你就先说个价格，待我日后有了钱再一并付清。"张财说："我不在乎那几间旧房，只要你敢进去住，那我就把房权归你所有。"张财边说边把房契拿了出来，要把房子赠给汪五。汪五急忙推辞说："你这偌大的财产，我无功怎敢受禄呢？你先说个便宜价儿，待日后我有了钱一定还你。你若是凭空将房权归我，我怎忍心夺你的财产呢？"张财说："此言差矣，这并非是你夺我的财产，而是我情愿相让。你如今不幸遇难遭灾，你我又是本乡本土的邻居，我们相互关照是理所当然的。那里闹鬼是众所周知的，你若胆大降住了二鬼，也是你我为百姓办了件好事。不过你到了那里也得小心一点儿，千万别出差错才好。"汪五见到张财情真意切，高兴地把房契接到手中，千恩万谢地离开了张财家。

第二天汪五就来到了四合院，把屋里屋外都打扫得干干净净，把自己的简单家当也搬到了这里。吃完晚饭，由于手脚不停地忙活了一整天，天黑不多时，他就在新家的床上躺下休息，很快就进入了梦乡。

不到半夜，汪五就被二鬼的吵闹声惊醒。汪五听到二鬼吵闹并不害怕，侧卧在床上大声吼道："你们说话就不能小点儿声么！你们若是再争吵就给我滚得远远的，别在这里影响我睡觉！"那女鬼此时却说："你以为你的声高我就怕你吗？凡事儿都要讲个先来后到。是我们先来到了这里，你是后来的，难道你还能管得了我们吗？你若是睡不着觉那是你不瞌睡。"汪五听后坐了起来大声说："你这个丫头别嘴硬，这座房子现在已经归我了，我才是这里真正的主人。我的家我若让你住那你就能住，若是我不让你住，那你就得给我快快离开！"那女鬼也不示弱："你先别急着说大话，恐怕你永远也治不了鬼。"汪五听后又气愤地躺下来说："好吧，我不和你磨舌头，可你等着瞧，我非叫你听我摆布不可。"汪五说完后又闭上了眼睛，双手捂着耳朵大睡起来。

汪五在四合院里睡了一夜，村里的人们都替他担心害怕，有好心的人们在天刚亮就来看望他，并问长问短。汪五毫无隐瞒地实情实说，众人听后都劝他离开这座房子，可汪五偏偏不肯离去。原来汪五心中有了他自己的小秘密：昨天晚上和女鬼说话时，借着月光看到了女鬼的面容，觉得十分喜欢竟想娶她为妻。

　　汪五吃完早饭，就在村里搜集了鸡犬之血一类污物。因为汪五曾听一个道人说过，说若用这些污物洒在鬼身上，鬼当时是啥样子就永远是啥样子，再也不能变成其他的样子了。

　　到了晚上，那二鬼不到半夜就又吵闹起来。汪五这一次可没躺在床上说话，而是披着衣服走到了女鬼面前说："又是你这个丫头在吵闹，你误我睡觉可知罪么？"那个女鬼见汪五胆敢近前和她说话，心中就十分佩服汪五的胆量，可嘴里却说："我又没拿棍子撑住你的眼皮儿，哪怎能耽误你睡觉呢？"汪五竟被逗得笑了起来："好你个臭妮子，我要你好好陪着我睡觉。"女鬼细眼端详汪五，见对方是个面带正气的俊俏青年，就有意地逗着汪五玩耍。女鬼嬉笑着说："你别半夜做梦娶媳妇——尽想好事儿，你想要娶我，那就要看你有啥本事了。"汪五张开双臂去抱她，可女鬼马上就闪开了，汪五抱了个空。汪五这才想起藏在身上的污物，趁那女鬼不备时就将污物全洒在女鬼身上。那个女鬼只觉得身子沉重了起来，汪五去捉她时她却躲闪不了，被汪五抱到了床上。那个女鬼被污物沾身后，已还原为人。此时的彩娟在汪五的手中，好似小鸡儿遇到老鹰一样，想抵抗也无济于事，只得俯首帖耳地陪着汪五。那个男鬼在汪五和女鬼刚说话儿时，早已吓得逃之夭夭不知去向。

磨刀霍霍　使鬼推磨

　　第二天天大亮汪五方醒，见身边多了个如花似玉的女人时就惊奇地问："你不再是鬼了么？"那女人也羞涩地起床穿衣，说："是你这个坏家伙又害得我重新做人了。"汪五听后非常高兴，又亲吻了她一下说："那你现在又是人了么？"那女人说："我又是以前的彩娟了。我若是鬼的话，怎能见到阳光呢？我和你既有夫妻之实，那我从此以后就是你的人了。我要为你生儿育

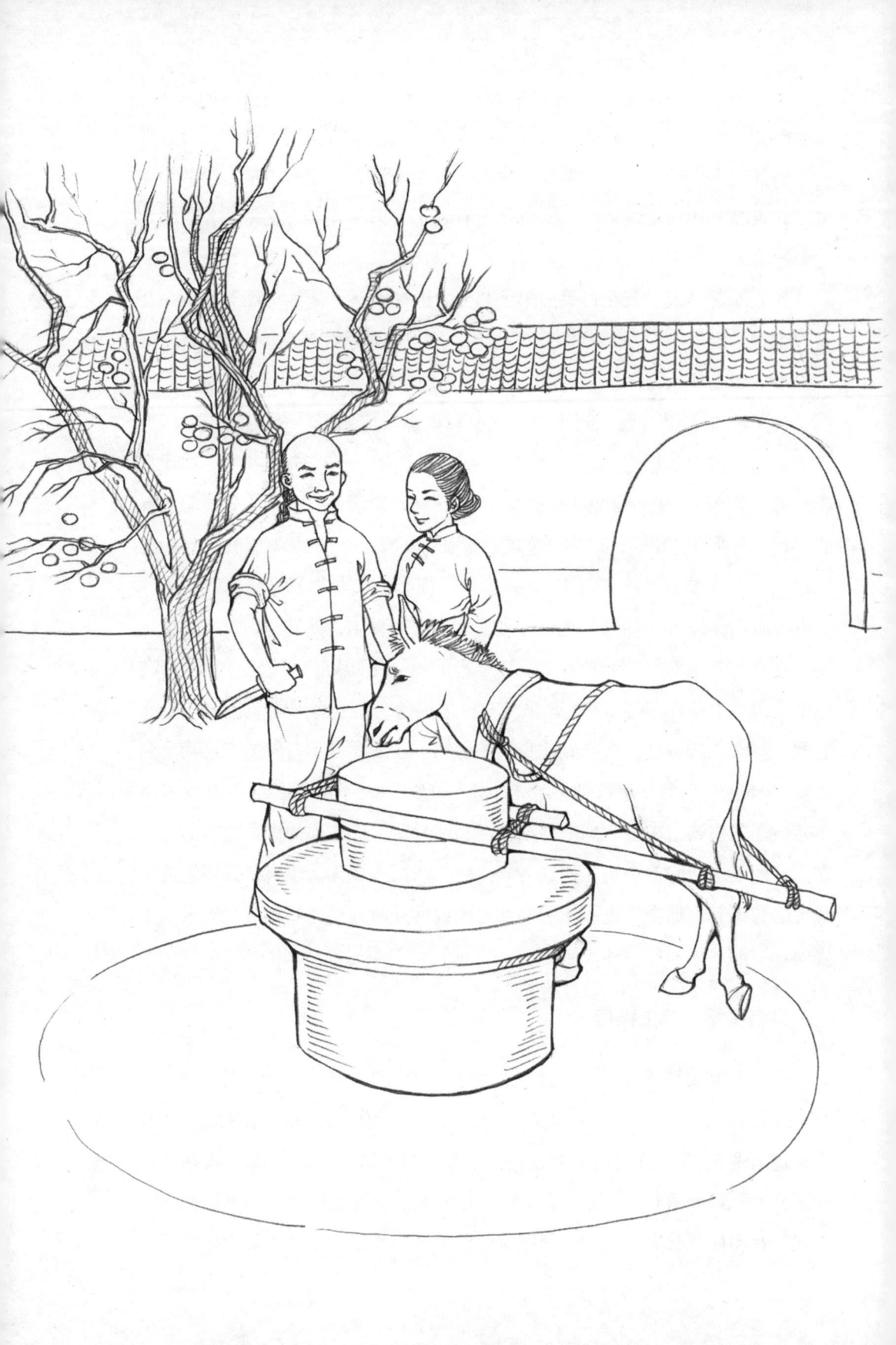

女，洗衣做饭一辈子。"汪五喜从天降，笑着把彩娟紧紧搂在怀中。

村里的人们听说有这样的稀奇事儿，纷纷提酒携肉前来贺喜。张财更是喜出望外，他还当了汪五和彩娟的证婚人。

从此，彩娟便非常高兴地和汪五在一起生活，但她对阴魂不散的吕二却不放心，她知道那个色鬼必然会来闹事。汪五也猜到了彩娟的心理，胸有成竹地对彩娟说："请娘子不必担心，天塌下来有我顶着，我自有办法降服那个色鬼。"汪五为降服吕二那个色鬼，心中早已有了主意。

吕二在当天子夜前果然自来寻事，它竟直接走到了汪五的面前说："彩娟是我的冤家也是我的伴侣，我和她相处了那么长的时间，可她从来也不让我沾着她，而你却轻而易举地霸占了她。你若是不把她还给我，那咱们从此以后便是冤家对头，我也决不会让你们过上太平日子。"汪五听后却大笑了起来："我难道听见了老鼠叫，就不敢种豆了么？你都有啥本事竟大言不惭地说要和我较量，我看你是癞蛤蟆跳到称盘里——想知道自己有几斤几两吧？你有啥本事就露两手儿给我看一看，若是我认输了，那我就把彩娟让给你。"吕二的鬼魂说："你只不过是个不善变化的凡人，而我却来无影去无踪，并且又善于多样变化。"汪五笑着说："只有鬼才相信你的鬼话。你若能变头毛驴给我看一看，那我就服输。"吕二那个色鬼不知是计，洋洋得意地说："你别说叫我变头驴，就是叫我变匹大马也不难，待我变头驴给你看一看。"说完，只见吕二的鬼影一晃，变成一头公驴站在了汪五面前。汪五见恶鬼上当，急忙从怀中取出一袋污物，全都洒在了这头公驴身上。吕二这个色鬼此时方知上当，可它想变也变不回去了，气得四蹄乱刨。

汪五急忙找出一条长绳，把绳子的一头系在粗树枝上，把另一头系了个套马扣儿。汪五等公驴靠近时，猛地把绳扣儿向驴脖子上套去。公驴见绳索套住了它，就用力地在院子里跑，当它跑到绳子紧绷时想回过头来咬汪五，可不见汪五在何处。汪五套住公驴后，找到了一条长鞭，几下抽打，那头公驴便老老实实的了。

汪五把公驴从树上解下，牵到了磨房架在磨上拉磨，可这头公驴挺倔，就是用鞭子抽它它也不肯拉磨。汪五又在家中拿出一把屠刀，并把磨刀石也搬到磨房里。汪五边霍霍磨刀边对公驴说："你不是不肯拉磨么？那我可不能白供养着你吃草料。我干脆把你杀掉卖驴肉算了。"那头公驴听汪五这样说，吓得赶紧用力拉起磨来。

常言道："有钱能使鬼推磨。"可汪五竟把古语反了过来，却是无钱能使鬼推磨。此有诗为证：

捉鬼为妻属奇说，阴阳两界相结合。
鬼也欺软却怕硬，无钱能使鬼推磨。

丰都相会

阳间结冤　含恨九泉

　　世间无鬼而说鬼的故事，但要说就要说个明白透彻。上一篇《鬼推磨》中说吕二变驴在人间受苦役，那是色鬼作恶多端、罪有应得；说彩娟死而还阳、重享人间夫妻的天伦之乐，那是她善恶分明、洁身自爱的造化。可故事中所提到的小长工以及那家大户人家的大公子，他们二人的下场又是如何呢？他们二人之间的恩怨瓜葛，此篇《丰都相会》中会逐段儿分解。

　　那个小长工的名字叫张喜儿，此时看官会问："那个如花似玉、貌美如仙的彩娟，怎么有可能爱上了一个小长工呢？"其实那个小长工岁数并不小，他在离开人间时已是享寿二十二年。因为张喜儿自幼就在苟府里当长工，所以，小长工的名称就一直保留着，直到他离开人间时也仍然没能长"大"。张喜儿十岁时就失去了父母，成了一个无依无靠的孤儿。十三岁那年就来到了苟府，劈柴担水自食其力。

　　张喜儿在苟府当了近十年的长工，当他二十二岁时，已长成一个膀大腰粗的健壮青年。张喜儿虽然和丫环彩娟很要好，但他从来不敢奢望娶她为妻。自古女儿爱多情，彩娟虽然内心中对小长工产生了爱慕，但她只是偷偷地藏在了心中，嘴上却不曾向张喜儿吐露半点儿真情。

　　有道是当事者迷旁观者清。苟府的大公子却看出了张喜儿和彩娟之间的秘密。大公子名叫苟玉贤，可满府的下人都背地里叫他"狗不贤"，顾名思义便知其人的为人。"狗不贤"已是四十多岁，吃喝嫖赌样样俱沾。虽说已有了三房妻室，可他仍然贪心不足，见丫环彩娟貌美就想强占为妾。"狗不贤"曾多次动手动脚，可都被彩娟机警躲开。"狗不贤"知道彩娟是为张喜儿坚守贞操，他想占有彩娟，就要置张喜儿于死地。

那年初秋深夜，张喜儿正在床上熟睡时，却被"狗不贤"带来了一班人马从床上揪了起来五花大绑。张喜儿莫名其妙开口质问："我什么错没犯你们凭啥绑我？""狗不贤"说："你自己干下了肮脏事，竟在这里躺着装糊涂。你们给我仔细搜一搜，看他能把赃物藏到哪儿。"那班人马都是"狗不贤"的打手，在张喜儿的卧室里到处翻腾，结果在张喜儿的床下搜出了苟府的祖传金如意和一些珠宝首饰及银子。张喜儿顿时惊呆了，急忙分辩说："这些东西不是我拿的，怎么会跑到我这里呢？我根本就不知道是怎么回事儿。""狗不贤"狞笑道："若是不打你，你怎么会知道呢？没想到我用大米干饭竟养出贼来。你胆子不小，竟敢杀人偷盗！""狗不贤"边说边从家丁手中拿来一把斧头，掷在张喜儿的面前说："这把斧头可是你劈柴用的工具吧？看来不把你送到官府去你是不会说实话的！"张喜儿知道自己是白布掉进染缸里——就是拿到黄河里也洗不清，急忙改了口气说："大少爷，你可要仔细地查查看，这件事儿绝对不是我干的，千万不要冤枉我。""狗不贤"说："赃物在你的箱里和床下找到，凶器又是你使用的工具，这杀人偷盗肯定就是你干的。等天亮后把你押到了县衙看你招不招。"

天亮后，"狗不贤"和他的爪牙捆押着张喜儿来到了县衙击鼓告状。

县令见是苟府的大公子告状，便明白了几分。县令手拍惊堂木厉声喝道："大胆的刁民，赃物既在你的箱内和床下，杀人的凶器又是你劈柴的斧头，那就肯定是你做的案子。休想在本官的面前抵赖，赶快给我从实地招来。"张喜儿还没有争辩几句，县令就怒道："大胆的刁民休要狡辩！看来不用大刑你是不肯招供的。衙役们，先给我打上二十大板！"县令一声令下，两班衙役的无情大板便噼里啪啦打在张喜儿身上，张喜儿咬紧牙关不肯招供。县令气得又下令再打四十大板，把张喜儿打得皮开肉绽死去活来，可张喜儿是宁死不招。无可之下，县令只好把张喜儿收监暂且退堂。

"狗不贤"心中有鬼，当天晚上就暗地里送了二百两白银给县令。县令得了钱，第二天升堂就更加狠毒起来，没问几句话，就开始对张喜儿动用了酷刑。张喜儿酷刑下实在熬不过，只好屈打成招含冤画押。

张喜儿被囚在死牢中想来想去，也想不明白世上为啥有人要栽赃诬陷他。按照律法，死囚要上报刑部复核，待刑部审批后才能秋后问斩。可"狗不贤"怕夜长梦多事情有变，就又贿赂了县令三百两纹银，要县令在狱中害死张喜儿。这一个狗县令见钱眼开，竟在牢狱中下毒手害死了张喜儿，并上报刑部说张喜儿是畏罪自杀。

张喜儿死后魂魄离体出窍，被黑白无常两个鬼差捆绑了起来，押送到阴界冥府处理。黄泉路上，张喜儿的阴魂连声呼冤叫屈，在过奈何桥时就执意不喝孟婆的迷魂汤。张喜儿说它在阳间的冤屈太大，就是到了阴界冥府也要记住。阴界奈何桥上的孟婆见张喜儿是个值得可怜的孩子，竟对张喜儿网开了一面没有强灌迷魂汤。这样张喜儿就是到了阴界冥府也仍然记得阳间的事情。

冤家路窄　丰都相会

作恶多端的"狗不贤"原以为小长工死了以后，彩娟就会俯首帖耳地投向他的怀抱，可他没想到事情恰恰相反。彩娟不但不理"狗不贤"，反而对他怨恨不已，"狗不贤"是半夜做梦娶媳妇——一场空欢喜。

张喜儿被押到县衙后的第十天，彩娟抽空到县衙的监狱里探监，可到那里却扑了个空儿。彩娟听狱卒说张喜儿三天前就畏罪自杀，深觉其中定有蹊跷，暗中下决心要查清事情真相。

回到苟府后，彩娟就开始偷偷注意"狗不贤"。彩娟在无意中发现县令有时乘轿来穿着官服，有时是穿着便服在苟府走动，与"狗不贤"每次见面后都谈得十分投机。

有一次，县令穿着官服来到苟府，"狗不贤"点头哈腰以礼相待，可他们却把下人都留在了二门之外，只有他们二人走进了客厅。彩娟悄悄钻进院里，躲在窗外窃听。只听见县令说："你只给了我三百两银子，我就替你结果了小长工的性命，你是不是也太小气了呢？此事若是被上司查出，那我不但官位不保，恐怕连脑袋也得搬家，你得再破费一些银两才是。""狗不贤"说："你也别勒索得太狠了，我前后总共给了你五百两银子，你要那么多的银两干啥呢？"县令说："你们府上的银两比我县衙的都多，你们要那么多干啥呢？""狗不贤"说："其实张喜儿就是杀人窃宝的凶犯，我就是不给你钱，你也得么判。"县令笑着说："你就别胡扯了，本官我早已查得清清楚楚，本案是你移花接木、栽赃诬陷害了张喜儿。是你自己杀死了看宝库的人，并事先把宝物藏在了张喜儿的卧室里，然后你再诬告张喜儿杀人行窃。""狗不贤"心中恐慌起来，忙说："你怎么能这样说呢？"县令奸笑着说："我若连这点儿小事都弄不明白，那我还当得哪门子官儿呢？我还告诉你，本官我不但知道这些事儿，并且还知道你为啥要害死张喜儿。听说你府上有个漂亮的丫环你想占为己有，而这丫环却偏偏爱上了张喜儿，所以你就杀人抢'花'。"没等"狗不贤"说话，县令又接着说："你莫须害怕，本官我也不为难你。我到贵府也别无他求，只想看一看那丫环长得啥样子，竟能值得你如此发疯。我光听说这个丫环长得亭亭玉立、貌美如仙。何不把她叫到本官面前走一趟，也好叫我一饱眼福，或者你我日后雨露均沾共享其乐。""狗不贤"听到这里，才知道县令是寻花而来。"狗不贤"急忙说道："我没想到大老爷也是怜香惜玉之人，此事再好办不过了，中秋节后我就把这个丫环奉送给你。"县令大笑道："你如此慷慨，那我先谢谢了，你不要说我横刀夺爱啊，哈哈……"

　　彩娟没等听完他们的对话，心中便明白了一切。知道了张喜儿是因她而死，彩娟强压怒火，决心要为张喜儿报仇。彩娟心想："我就是死也要把'狗不贤'除掉。"彩娟横下一条心，开始筹划为张喜儿报仇的事。她暗地里到药店里买来两包砒霜，听人家说过砒霜若是和酒在一起，毒性就能厉害好几倍。彩娟选定在中秋节那一天杀了"狗不贤"。

　　彩娟之所以选择在中秋节毒死苟玉贤，这是因为大户人家过节都要摆家宴喝酒庆贺，而且人多手乱容易下手。中秋节这天，彩娟提前把一包砒霜放在酒里，并在厨房里偷着拿了块熟牛肉，偷偷把这两样东西放到后门附近的花丛中——她准备报仇得手后，要洁身离开人间。彩娟把另一包砒霜暗藏身上，伺机行事。"狗不贤"在中秋节的晚宴上，最爱喝桂圆八宝粥，彩娟就趁机把砒霜放在粥内。见到"狗不贤"喝下毒粥后，彩娟就急忙离开餐厅，到后门处拿了酒和牛肉离开了苟府。彩娟走后之事，在上篇《鬼推磨》中已经言明，在此就莫须重提了。

且说"狗不贤"把毒粥吞下不久，就觉得腹中疼痛难忍，家人急忙请郎中前来观看。郎中看后说是因砒霜中毒所致，忙叫下人取来屎汤，强行灌入"狗不贤"的口中。可这也没能救他一条狗命，转眼间便一命呜呼。

"狗不贤"魂魄出窍后就被黑白无常两个鬼差逮个正着。两鬼差吼道："你良心丧尽坏事做绝，现在就到阴府受刑吧！""狗不贤"的鬼魂身不由己，被鬼差牵着直奔阴府。在过奈何桥时，孟婆强行给他灌了迷魂汤，使得他对阳间的事情一概忘掉。

世人死了之后，魂魄皆归阴曹地府管辖，都住在阴府的丰都城内。因为在过奈何桥时全都喝过孟婆的迷魂汤，所以，他们把阳间的事情全都忘得一干二净。可那张喜儿却是例外，因为他没有喝过孟婆的迷魂汤，所以，始终把阳间的冤仇记在心上。

有一次张喜儿在丰都城的街道上正走着，忽然。发现了苟玉贤在拉车干苦力，这可真是独木桥上见仇人——冤家路窄。张喜儿上前揪住苟玉贤，狠狠地用力打了起来。此时的苟玉贤被打得莫名其妙，因为他现在根本就不认识张喜儿。在丰都城内维持阴府治安的鬼差，见它们两个当街打斗，就将它们两个全都拘押了起来，准备进行管教。

阴府审冤　阎王判案

此时的苟玉贤记不得是在阳间结的仇，就把张喜儿告到了阎王殿上。在阎罗殿上阎王爷亲自坐殿审案，可原告"狗不贤"还没说出几句话，阎王便说："你不需要再啰嗦，你们两个就是不说，我也知道你们是在阳间结的冤仇。你来了阴间我之所以没有惩罚你，是因为有些事情还没有澄清，待罪状属实时，你就是受身下油锅、足踏刀山之刑的时候了。"张喜儿说："我在阳间无故受冤，全是苟玉贤一手造成的。"张喜儿还要继续说，阎王爷却打断了它的话："你们两个之所以打架，看来是因你没喝迷魂汤，你记得阳间之仇才造成的。此事违背了阴府的条例，这个责任虽在孟婆身上，可按例你也要受到惩罚。但念你在阳间受到了冤屈与酷刑，我今日就从宽处理。既然你们相遇又打官司，那张喜儿就把苟玉贤的罪恶说清，我今天在殿上一并判案。"张喜儿就把事情的前因后果详细地说了一遍，苟玉贤闻听急忙争辩道："你们所说得一切我怎么听不明白呢？我只知道是张喜儿把我打伤。"阎王爷也知道它对阳间的事确实不知，便叫牛头马面取来醒魂汤让苟玉贤喝下。苟玉贤刚吞下醒魂汤，就把阳间的一切记得一清二楚。苟玉贤为了减轻阴府的苦刑，抵赖说："张喜儿在人间所受的冤屈，全都是县令干的。至于张喜儿在县衙狱中遭杀害，我就更不知道了。"张喜儿说："是苟玉贤行贿买通了县令，那个贪官才在狱中杀害了我。"阎王见本案牵扯到县令，就叫牛头马面拿来生死簿，却见县令在生死簿上仍有十年阳寿。阎王心想："这个县令看来是个贪官，像这样的害人之徒留在阳间无益，干脆先减去他的十年阳寿再说。"想过之后，阎王便用朱笔在生死簿上勾去了县令的十年阳寿，并派黑白无常两鬼差去阳间捉拿县令。

再说那个狗县令，自从得了苟玉贤的贿银以后，日夜沉醉在酒色之中，常夜宿妓院，结果染上了梅毒大疮久医不愈，这天夜间就命丧黄泉。那个县令阴魂出窍，鬼魂就被鬼差押到了阎罗殿上，见张喜儿和苟玉贤都跪在大殿前，就知道事情不妙。阎王爷叫它们三个当面陈述案情。

善恶有报　两世循环

且说张喜儿和苟玉贤及县令，三个鬼魂在阴间打起了阳间的官司，可那县令毕竟是当过官，诡诈多端善于狡辩。他跪在堂前为自己争辩说："我在人间审理此案时，全都是按照律法办案。苟玉贤他也不曾给我银两，我在公堂上对张喜儿动刑是在执行公务，是我职权范围以内之事。至于张喜儿死在狱中，很可能是苟玉贤派人暗杀的，我只能承担失职之责。我之所以上报刑部谎说张喜儿畏罪自杀，是为了掩盖我的失职。据我在阳间调查，是苟玉贤贪图丫环的美色，而那个丫环又偏偏爱上了张喜儿，苟玉贤才栽赃嫁祸杀人抢花。阎王爷在上，请你把我放回人间吧，我被捉到了这里实在是冤屈。"因为阴府没有县令的档案卷宗，阎王爷只好要等到鬼差查明后再行裁决。

且说那鬼域之中有专管人间善恶的专使，把世人生前的丑美一一记载入册，查案极其迅速。鬼差在专使册中找到县令的罪行记录后，立即禀告了阎王爷。阎王爷得报后再次升堂理案，当堂命鬼衙役将苟玉贤和县令按倒在地，开口说道："你们两个且给我听着！这里是阴府不是人间，阴府有阴府的法度。你们在阳间的善恶我一查便知，阴府可不管你们是招还是不招，只要我查到了你们的罪行记录，就可以给你们定罪。你们两个的胆子不小，竟敢跑到了阎罗殿上撒起谎来，那就按法先罚你们说谎之罪，把他们分别先抽二百法鞭再说！"阎王爷一声令下，众鬼差就持鞭动刑，把贪官和苟玉贤抽得喊爹叫娘叫痛不止。

鞭刑之后，阎王又道："按照阴府法律此案宣判如下：张喜儿在阳间不曾做过坏事，并且受尽了阳间的苦和冤。赏张喜儿阴币四万，封为丰都城内的街道小吏，主管清理街道卫生。判贪官县令，因在人间为官徇私舞弊贪赃枉法，欺压良善草菅人命，罚减去十年的阳寿，阴间足踏三日刀山。三日刑满后变成一匹灰马供张喜儿当坐骑，并赠张喜儿打马法鞭一把，这匹灰马若不听使唤可用法鞭随意打它。这匹马将永留阴世做苦役，永世不得超生。判恶棍苟玉贤良心丧尽坏事做绝，杀人嫁祸诬良为盗。罚它先受三日下油锅酷刑，刑满后变成阴界一条狗永归张喜儿使唤。对这条狗不准喂它其他食物，终日在丰都城内清理街道卫生。若是偷吃了其他食物，谁都可以随意打它，永留阴间不得重返阳间。"阎王爷宣判之后，众鬼差便对县令和苟玉贤动刑，张喜儿也当殿拜谢了阎王爷。此有《浣溪沙》一首评说：

阳间结冤未了断，丰都相会仍纠缠，地府阎王把案判。
冤家路窄前世冤，冥府王法不容宽，善恶有报阴阳转。

智退鞑使

学士巧扮　解除帝难

北宋神宗在位时,有位大有名气的风流才子姓苏名轼,字子瞻,号东坡,曾官拜翰林院大学士。苏东坡天资聪颖处事敏捷,过目不忘出口成章,诗词歌赋无一不精,时人皆称其为文坛上的泰山北斗。苏东坡生性幽默,趣事繁多,可他有一事却不为世人所知。笔者如今提笔拾遗,且将此轶闻书写成章,供诸君饭余茶后传看,亦是趣事一桩。

北宋神宗元丰年间,因王安石变法失败,大宋的国力渐渐不济。当时宋人称其北方的辽国为番邦鞑靼。辽国垂涎中原米粮之仓,厉兵秣马对大宋的江山虎视眈眈。当时辽国曾屡屡委派鞑使,用其番邦的文字写国书送与大宋朝廷,因番使故意寻较难的文字书写,其书至大宋朝廷时满朝文武百官皆不识。大宋的群臣常常被番使戏耍得面红耳赤,瞠目结舌,有口难言。

神宗皇帝在离中秋节还有七八日时又犯起难来,因为他知道辽国的使臣在中秋节又要来汴京。可番邦的国书谁能解得通呢?神宗皇帝正在心烦无计之际,忽然想起了告假在家的大学士苏东坡,心中顿觉宽慰。神宗皇帝急忙命令拟了圣旨,遣宫中太监总管速去苏府,宣苏学士火速进殿面君。

且说苏东坡的官邸位于皇宫以北数十里之遥,苏东坡接旨后就立即快马加鞭地来到皇宫。神宗皇帝在南书房召见了苏学士,并赐座让苏学士坐下。

苏东坡侧坐下来，神宗皇帝便急不可待地将鞑使滋事一事告诉了苏学士，并问其有何良策可施。苏东坡闻后离座道："此区区小事不足为忧，微臣不费吹灰之力便可驱退鞑使，望万岁且安龙体不必担忧。"神宗听后高兴地问："爱卿有何良策？有谁能帮你的忙呢？还需要啥条件吗？"苏东坡笑道："臣要退鞑使只需一叶扁舟及一支短桨，外加一身旧蓑衣、一顶草帽、一双草履而已。"神宗听后紧锁眉头而不解其意，苏学士就将怎样行事说了一遍。神宗皇帝听后龙颜大悦，起身离席，拉着苏东坡的手说："爱卿不愧为栋梁之材，卿中秋节出发之日朕将亲率文武百官相送，望你不负重任。朕将在宫中大摆筵席，专候爱卿凯旋。"苏学士听后急忙跪地道："多谢圣上恩宠，只是此事为臣有为难之处，请万岁收回成命。"神宗不解其意，问道："爱卿有何为难之处？但说无妨。"苏东坡说："圣上有所不知，鞑使来京之日乃是八月十五佳节之期，此日也正是舍妹招婿的结婚吉日。退鞑使的汴河渡口离臣家只有两箭之遥，臣若退鞑使后不回宫中尚可不误舍妹的婚礼吉时，臣若回宫中赴宴，那就势必延误了舍妹婚礼。"神宗听后急忙扶起了苏学士，准苏学士退鞑使后不回宫中，只须遣人回报便可，但仍坚持出发前要亲自率领百官相送。圣命难违，苏学士只得应诺。苏轼为了节约时间，求骑马而不坐轿。神宗皇帝一一应诺，并传旨赐金银首饰及锦帛玉器，送至苏府为苏小妹庆贺婚礼。

且说神宗皇帝在中秋节之晨提前早朝，亲率百官送苏学士出发，其场面相当壮观。苏东坡深感责任重大，辞别了皇帝及百官后骑着宝马良驹，扬鞭策马直奔汴河渡口而去。

苏学士来到汴河渡口，早有下属的官僚在岸边专候。他到后就急忙下马乔装。苏学士乔装后竟变成了一个年逾七旬须发皆白，身穿蓑衣、足踏草履、头顶草帽的龙钟渔翁，众人见之皆拍手大笑不止。苏学士只留两人在岸边暗处等候，将余者遣回，他自己提桨登上小舟，划船直奔汴河渡口北岸而去。

智退鞑使　有功无史

苏学士船近彼岸见番使未来，便站在小船上举目观看汴河的秋景。只见宽宽水面碧波粼粼，秋风徐来风光旖旎，不觉诗兴大发。苏学士正准备借景吟诗，遥见鞑使及两仆在汴河岸边趋渡口而来。鞑使主仆三人来到了渡口站在岸边举目观望，却不见昔日的渡口官船而只有一叶小舟，他们只得招手和扮成渔翁的苏学士搭话。

小舟靠近了渡口时，番使问到："借问老丈，昔日的官船为何不见了呢？"苏学士回答："渡口官船年久失修，前日底部漏水，现在正修补之中。客人若渡河，可坐我船否？"鞑使见是老者划舟，不想乘小船过河，只道："我们稍等片刻再说。"等了两炷香的时间仍不见有别的船只过往，只得要求老翁摇他们渡河。

待鞑使主仆三人上船后，苏东坡并没有急于划桨摇船，而是向客人深施一礼："请问尊官仙居何乡？来京何干？"鞑使便趾高气扬地说："我等乃辽国使臣，今受辽国大王的差遣特来贵国相访。"苏东坡听后手捋胡须笑着说："既为辽国使臣，那必是精通文墨之士。我在外已是数年不曾写得家书，我今日奢想劳大架代笔修书，万望客官切莫推辞。"鞑使说："老丈无须客气，举手之劳有何不可。"鞑使便吩咐仆人取来笔墨纸砚。苏学士道："小老儿乃是鲁东半岛的文登人氏，离家至今已近十载。有劳客官了！老夫如何说你就一字不漏地写下，不然家中难晓此中义。"说到这里看官会诧异：苏东坡是四川眉山人氏，怎么竟说自己是鲁东半岛人呢？看官别急，是你有所不知，苏东坡曾遍游山川，深知各处风土人情。举国上下唯有鲁东文、荣两县的人说话土中有趣，仅荣成县之内就有"南腔北调中土话"的说法。例如：他们叫玉米饼子是"粑粑"，现在有人挂招牌卖这种饭食而写成了"粑粑店"，可那只不过是方言土语；他们把五谷杂粮或红薯丝做的稀粥则统称"尔"，可在饭菜谱上哪有此字呢？且不说这些，只听苏东坡说："老儿我且说你则且写，千万一字莫漏。"鞑使满口答应说："你只管放心，尽管说便是了。"老渔翁随后高声地说："妻小见书如面：我离乡八载，现已七十挂零。我虽身居在外，但常念家中的'粑粑尔'等饭食。今乃中秋团圆佳节，而我却只身在外，这里常刮'西北赶子风'，小船被'西北赶子风'吹得'趣律''趣律'到处跑。我'哼哈''哼哈'地摇船，船桨'别唧''别唧'地响，我也摇不动小船了。晚上累得我'哦喝''哦喝'地哼着睡不着觉……"老渔翁还要继续说，可那个番使早已搁笔不知所措。开始时他还写了几个字，可到了"粑粑尔"、"西北赶子风"、"趣律"、"别唧"等句他就觉得不妙，心知遇上了高人。只见那番使头出虚汗，面红耳赤写不下去了。无奈他只得起身对苏学士施礼道："老丈休言，恕我等有眼无珠不识泰山。我身为一国使臣而不能给你修得一封家书，甚是惭愧。我等以往多有冒犯，望勿见怪，有生之年我决不再踏入中原半步。"番使言罢便弃舟登岸，率二仆颓唐而归。

苏东坡见番使身影消失，便调转船头返回了南岸，并遣两个下人回宫报信，自己则脱衣换装策马回府。苏学士智退鞑国使臣虽有功于大宋的江山社稷，可现今已失传无人传颂，笔者如今提笔拾遗以传后世。

一石击澜　助得月圆

闲话不说，在此略提苏学士举手之劳助得洞房月圆之事。

且说苏东坡急于操办其妹的婚礼，急忙从汴河渡口骑马回府。宾朋亲友见他回府，尽皆出门迎接。

苏东坡回府后不多时便到了吉时，苏府上下忙碌非凡。只见得苏府宾朋盈门、门庭若市，鼓手乐队吹吹打打鞭炮齐鸣；新郎新娘穿红戴花拜天拜地拜高堂，新人拜罢了天地进了洞房。大户人家的婚礼自然是阔气壮观不必细说，婚宴的酒席一气热闹到金乌西下、玉兔东升方散。

待宾朋离开了苏府，满月已挂半天，但见得皓月千里夜同白昼。苏东坡送走了客人后自己也有点醉意，便乘酒兴信步赏月，不觉步入后花园。苏东坡奔波了一天仍毫无倦意，在园中月下赏花，觉得另有一番情趣。苏学士在酒兴的刺激下不觉诗兴大发，刚要开口诵诗，却忽听有闭门推窗之声。苏学士急忙昂首而望，见是新娘子苏小妹在闺楼上闭门推窗。苏东坡此时自觉冒昧，便欲退出花园。

可苏东坡刚要转身，却听见新娘子对新郎说："闻听郎君才学过人，今日我赋上联你赐下联，若答不出来且不得上床入睡。"新郎则说："如此甚好，请娘子赋出上联来。"苏学士听说两人要比才智，欲退又止。此时只听见苏小妹说："我提的上联是：闭门推出床头月。请君赐下联。"新郎听后良久而无回音，看样子是被难住了。那这个新郎是何方人士呢？此人姓秦名观字少游，也是当时文坛有名之士。当时三苏的文才盖世，而秦少游才华不输三苏。苏东坡借着楼内烛光，见新郎在屋内来回走动，就是听不到新郎答出下联来。苏东坡又等了将近一个时辰，可新郎仍在屋内踱步。

又等了一段时间，新郎秦少游仍是凭窗倚栏苦思冥想。"春宵一刻值千金"。苏东坡见夜已更深，就有意助新郎一臂之力。只见苏东坡在地上捡起了一块不大的石子投到了园内的鱼塘中，苏东坡这一石击水的提示，使依窗苦思的新郎顿有所悟："有了，有了，娘子你听好了。我的下联是：投石冲开水底天。"苏东坡这一石击澜确实帮忙不小，他替新郎秦少游解了围，从而助得洞房月儿圆。真乃是：

　　天外仍然有天，你能刁我更顽，
　　胜似李白吓蛮书，扮渔翁解帝难。
　　腹藏诗千万篇，投石子冲开天，
　　举手之劳巧解围，助得洞房月圆。

相互请客

字画兼优　独占鳌头

一年一度的比才选贤大会就要开始了，三乡四村的儒生相公闻风而至，他们那些人都想比一比出出风头，当然也有的人是来凑凑热闹。来参加的人老少皆有，老的已是花甲之年，并且还为数不少。最引人注意的是一个刚满十二岁的孩子，名叫周林。周林是因为他的爷爷病了，他替爷爷来参加的。

这件事发生在清朝乾隆年间，鲁东南有个依山靠海的周家庄。周家庄有个叫周开明的绅士，此人家财万贯，本人多行善事并且又颇嗜好诗画。周开明每年出资举办比才选贤大会一次，当地的文人墨客与其交往甚厚。周开明德才兼备精通诗画，每次的大会都是由他主持，诗题或对联的上联也是由他出，当然今年的大会也不例外。

当今年的比才选贤大会开始时，周开明标新立异、独出心裁地出了新题目。周开明对参会的人员说："众位贤士才子，以前我们总是比赛赋诗与对联，这些题目都是些陈年老醋——不新鲜了。我们今年别开生面另出新篇，大家要比赛依题绘画，试看谁能一举夺魁。"参赛的人皆拍手称好。周开明随后便叫他家的仆人发下了纸张笔墨。

一切妥当之后，周开明开口道："我们今年的比赛是要依题绘两幅画，请大家都听好了。一幅题为：'深山深处藏古寺'，另一幅题为：'万绿丛中一点红'。好吧，大家现在就开始依题绘画，时间限在午饭之前，大家不要耽误了午间的酒席宴会。"周开明话音刚落，参赛人员就开始磨墨绘画。

参赛的共有四十多人，都想显显自己的本领，谁都怕别人偷看自己的大作，所以，他们就彼此间隔开了一段距离。大家都在认真依题绘画，整个比赛会场鸦雀无声。

时近午时周开明宣布停笔收画。当参赛的画卷收上来之后，又由三个人当裁判，急忙对收上来的画卷进行评审。那他们为啥这样急呢？那是因为他们要选出头三名，好在午间的酒席宴会上安排坐席，这是后事暂且不提。

且说周开明等三人同在一处审阅着参赛的画卷。只见"深山深处藏古寺"一题，有人画的是在深山里露着寺庙的大门，有几个和尚从门中向外走；也有人画的是一群和尚在深山的小路上有来有往地走，可不见寺庙的踪影……画五花八门、各有千秋，但并无撼人之处。当周开明拿到了最后一张时，口中连呼："妙！妙！这真是妙笔生花、尺幅千里，太绝妙了。周林！谁叫周林？""是我，我叫周林。"一声童音"是我"，就把所有人的目光都引到了周林的身上。大家见是一个十岁出头的孩子，就怀着好奇的心情去看画面。只见那张画儿上画的是一个和尚，肩挑着两桶水顺着山间的羊肠小路向深山里走，只见和尚的背影却不见寺庙，而是在矮山的背后露出了半截儿旗杆。小周林的那张画儿的画面上，"深山深处藏古寺"七个字儿，写得也是刚劲有力。画作构思绝妙，意境深远，令人叹为观止。

周开明三人又继续评审。但见那"万绿丛中一点红"一题的画卷也是各式各样。只见有人画的是在树丛中长了一朵小红花儿；也有人画的是女人穿着红装站在草地上；还有人画的是万绿丛中女人抹着红嘴唇儿；可也有人画的是女人的红脸蛋半露绿丛中。在看到周林的画卷时，三人又是异口同声地夸他画得绝妙。只见周林画的是万绿丛中，有个男童倒骑在牛背上吹着横笛，那个男孩的眉间印堂上点了一个耀眼的小红点儿。在场的人们见到这幅画儿后，都异口同声赞道："这才真正是万绿丛中一点红。"经过评审，周林的字画兼优，一举夺魁独占鳌头。

论才入席　小尊老卑

午间的比才选贤宴席上，周林名列前茅当坐首席，可他是一个小孩子，若如此安排似乎有点儿不妥。但是，会试的规矩是不能变的，于是周开明就把小周林安排在首席上坐下。和周林在同一桌的还有几位须发皆白的老相公，那些老相公都坐在下席，并且还有位岁数最大的老相公反而坐在末席，这样的场面使得那个老相公如坐针毡，窘迫不堪。可此时的小周林却是大大方方，稳坐首席。多数人都对周林佩服有加，而坐在末席的那位老相公却倚老卖老不服气。但那个老相公也没有办法，因为他也见过周林的画卷，心中也不得不承认周林确实高出一等。

老相公何许人也？他也是周家庄人，姓周名宽。可他的性格和他的名字并不相符，宽字本应是宽宏大度，而他却恰恰相反，事事都爱斤斤计较。周宽这个老相公实际是挺着大肚子装孕妇——背了个虚名，虽然学识肤浅，却总是自觉高人一头。今天这样的场面，他自然就觉得不服气，于是，他就想玩弄一下口舌来炫耀自己的本事。

周林入席后举止大方颇有风度，那他是谁家的孩子呢？在场的人有人认得，知道他是西村周健的孙子。周健是个老秀才，往年的会试他是必到之客，曾在会试比赛中坐过首席，也曾在比赛时当过裁判。周林的父亲是一位教书先生，曾在仕途奔波多年，后改行教书谋生。周林自幼聪明好学，四五岁时就跟着爷爷吟诗，六七岁时便学画画，八九岁时就能赋诗作对，村里的人们都称他是奇才。可老相公周宽却不信那一套，心中想："这个小孩子画画儿倒是有两手，但他不可能是万能的。我今天要用诗句或对联，让他出点儿丑，也好给我捞点儿面子回来。"想到这儿周宽便趁着酒兴，皮笑肉不笑地对周林说："周小学士真是令人佩服，不想你小小年纪竟能字画兼优，在会试中荣膺魁首。老夫有一上联想向你请教，不知你意下如何？"小周林也没有推辞，微笑着说："那就请长辈赋出上联。"周宽听后心中得意，朗声说道："那你听好了。我的上联是：鼻孔子，眼珠子，朱子反登孔子上。"周宽说完之后，很多人都用怀疑的目光看着周林，因为这句上联若要对出下联难度着实不小。座上那些舞文弄墨之士，也都是面面相觑，心中没底。小周林稍等了片刻便起身问道："我若答出或答不出来，那将有何规矩呢？"周开明道："那当然得照老规矩了，你若答不上来就得罚酒一杯。你若答得出来，那就是提联的人要罚酒一杯。"周宽此时心中暗喜，他认为小周林是答不出来才那样问的。因为虽是周宽自己出的上联，他却也不知下联对啥好，就连周开明那样的博学之士，一时间也没有想出下联。但见小周林略加思索，大声地说道："那好吧，我对的下联是：须后生，眉先生，后生却比先生长。"小周林的话音刚落，在场的人无不拍手称好。周宽却只好在众人对小周林的赞扬声中，窘促地红着脸罚酒一杯。

心中不服　反而受辱

周宽万万没料到小小的周林竟如此厉害，自己和乳臭未干的孩子对对联，却反而吃下一杯罚酒。周宽虽然是抱着木炭儿亲嘴——碰了一鼻子灰，可他在心中还仍不服气："这个毛小子偶尔出奇制胜，那也未必就没有你跌跤的时候。我今天非要再想个别的法子难住你不可，不寻个机会叫你出丑我决不罢休。"心中虽是那样想，可他也并不敢轻举妄动，因为初试身手他已领教过了小周林的厉害。

在整个比才酒席宴会上，虽然周宽和小周林这一桌上有点儿小摩擦，但其余桌上的气氛还是挺热闹的。大家吟诗作联各显身手，猜酒划拳好不热闹，不知不觉中已是太阳西下。周宽在喝完酒吃饭时心中仍不服气，总想寻机报复小周林，可这样的机会是太难找了。他们那次宴会的饭有馒头和谷米米饭，菜有鱼有肉还有一盘油炸鱼子。功夫不负有心人，当小周林用筷子挟了一块鱼子吃时，老相公周宽可就瞅准了机会。周宽急忙把手中的碗筷放下说："周小学士，我刚才看见你吃鱼子，老朽就想赋诗一首，同时奢想你也能回答一首，不知你肯不肯赏脸呢？"小周林笑着说："前辈请讲，但说无妨。"周宽听后高兴地大声说道："一块鱼子成千万，若长成鱼装满船。一口你吃多少鱼，不知吞时难不难？"周宽说完之后自觉得意，便拿起了碗筷继续吃谷米米饭。

此时再看小周林，只见他在座位上略停片刻，然后站起身子高声说道："周老先生你听好了，我的这首是：'一碗谷米成千万，若长谷草堆如山。一口你吃多少草？不问自知难不难。'"小周林的语音刚落，竟引得吃饭的人全都大笑，不少人把口中的饭儿禁不住喷了出来。周宽讨了个无趣自取其辱，可他仍不死心地想："臭小子，你次次压着我三分点儿。君子报仇十年不晚。不报这次的受辱之仇我誓不罢休。"

寻机报复　相互请客

宴席散后周宽假惺惺地走到了小周林面前，客气地对周林说："周小学士，你我初次相交而言语却多有冲撞，老朽深感歉意，望你海涵。我想约你五日之后，至寒舍一叙，万望你且莫推辞。"小周林笑而应诺，说道："既蒙长辈厚意，焉有不至之理？期到之日我必前往。"周宽笑道："若周小学士赏脸莅临寒舍，老夫三生有幸、蓬荜生辉。五日后我在家专候，望你且莫失约。"他们二人言罢就此告别。

小周林回到家中以后，就将赴会的始末告知了爷爷。爷爷听后便说："我深知周宽的品行，你还是不赴约为好。你若真的到了他家，那恐怕是酒无好酒宴无好宴，他会多生事端为难你，我劝你还是三思而后行。"可小周林却笑着说："那也无妨，我倒要看一看这位老相公，他究竟还有什么招数。"

五日之期转瞬便到，小周林果不失约，步行来到了周宽家中。周宽对小周林也甚是客气，寒暄之后便分宾主坐下。在场的还有两位老者，都比周林早到，这两人是周宽请来看热闹的。他们宾主四人同坐一桌，此时只见周宽先将酒杯斟满，然后又到厨房里端来了一个大盘子。周林见盘中放了两个鸡蛋，还有一张写着诗句的白纸。周宽此时皮笑肉不笑地说："周林小学士，请你看一看盘中的菜该如何吃法呢？"小周林拿过了纸张用目细看，只见纸上的诗句是这样写的："大鸡两只入席间，莫怪老夫礼不全。因你早来十个月，鸡毛没长脚不全。"小周林在看纸上的诗句时，周宽等三人却在暗笑。

他们三人都在想："这次可给你这个小后生一个难堪，恐怕你面对着两个鸡蛋会是狗咬刺猬——无处下口。"只见小周林微笑着把纸放在桌上，然后泰然自若地说："多谢前辈的美意，既然是两只大鸡，可又是同席四人，何不用刀切成鸡块儿呢？那样四人可皆得食之。"周宽万万没想到周林竟能忍气吞声地谈笑自如，只得取刀割蛋分为四块，四人便蜻蜓点水地吃完两只"大鸡"。小周林吃完"大鸡"后，就微笑着说："今日承蒙长辈厚待，我的心中深感不安。自古以来皆是礼尚往来，来而不往非礼也，三日后晚生在家中专候三位长辈驾到，万望三位长辈切莫推辞。"周宽等三人自然是想看看小周林到底还有啥本事，就满口应承。小周林见三人答应后，就借口家中有事，便离席从容地告辞而去。

周宽等人在三日后应约来到了周林家中，小周林则以礼相待端茶让座不必细说。他们入席分宾主坐下，只见周家有三个仆人走来，其中两个仆人每人端着一盘菜，把菜放在桌上就退了下去；还有一个仆人在席旁倒茶斟酒。周宽等人再看盘中的菜儿时，只见一盘外面裹着面糊，是油炸的什么菜，块头不大一口能吃下两块；另一盘菜块头也不大，只见上面油津津的，一看便知是炒的什么菜。周宽三人年迈眼花，就更看不出盘中是啥菜了。有道是眼睛看不清楚可以用嘴尝，当主人的自然是要让客人先吃。周宽三人中有两位用筷子夹了油炸的，还有一位去夹炒菜，可他们把菜送到嘴里用牙一嚼却都傻了眼，一个个差点儿把牙齿硌掉，他们此时想吞也吞不下、想吐却又不好意思。周宽此时尴尬地问："哦，这是啥名菜儿呢？"就在这时，在桌席旁那个仆人从身上拿出了一张纸，双手交到了周宽手中。周宽等三人都站起身来看，见纸上有诗曰："名菜竹笋山间长，油炸锅炒有两样，因你晚来两三秋，两盘老笋待君尝。"三人看后都忍不住把"名菜"吐了出来，此时的周宽苦笑着说："周小学士不愧为才子，我等自讨无趣。"那两位老者中有一位解嘲地说："我活了这么大岁数，还从来没吃过这样的名菜呢。"说完之后，周宽他们三人全都大笑了起来。

那这两盘名菜是啥玩意儿呢？原来小周林叫仆人把捡草的竹笆子用斧头剁成了小块儿，然后裹上面糊油炸了一盘，又用同样的料炒了一盘儿。小周林就是用这样的菜回敬了周宽他们三人。周宽又一次见识了小周林的厉害，从此甘拜下风。且劝君：

> 人生胸怀当宽广，莫要无才自逞强。
> 不可心窄嫉妒人，免得蒙羞出丑相。

圣人拜师

儿童启蒙读物《三字经》中云："昔仲尼，师项橐（佗）。"提起了仲尼，几是家喻户晓，他是众所周知的文圣人孔老夫子。夫子姓孔，名丘，字仲尼，曾官拜鲁国丞相，是位大思想家、文学家和教育家。前文所说的"师项橐"是孔丘在燕国发生的事。年少的项橐请教他说："啥水无鱼？啥火无烟？啥树无叶？啥花无枝？"孔丘见是一个顽童所问，他在心中嫌项橐问得古怪，便轻率地说道："江河湖海凡水有鱼，柴草灯烛凡火有烟，无叶何成树？无枝怎开花？"小项橐则微笑着说："可那井水无鱼，萤火无烟，枯树无叶，雪花无枝。"孔丘听后自觉惭愧，甘拜项橐为师，这就是"师项橐"之说。

以上这段故事可谓众所周知，可那个时候的孔丘虽然拜了项橐为师，但他还未曾写下"三人行，必有吾师焉"这句金玉良言。孔丘是从拜项橐为师以后的两件事儿中，才领悟出了这个道理来。

其一是孔丘只身行于野外，踏青赏花阅草正在兴头时，迎面遇见一个农夫。农夫知来者是有名的孔夫子，便施礼开口问到："我听说老夫子的学问渊博，现今我有一字谜相烦请教，不知道老夫子肯不肯赏脸呢？"孔丘见是一个手提扁担、衣衫破旧、帽无沿、履露趾、浓眉黑脸四肢粗壮的农夫，心中想到："似此不知诗书的粗人会认得几个字呢？他竟不知天高地厚地想难我一下。"孔丘便傲气十足地说："你但问无妨。"只见那个农夫手提着扁担

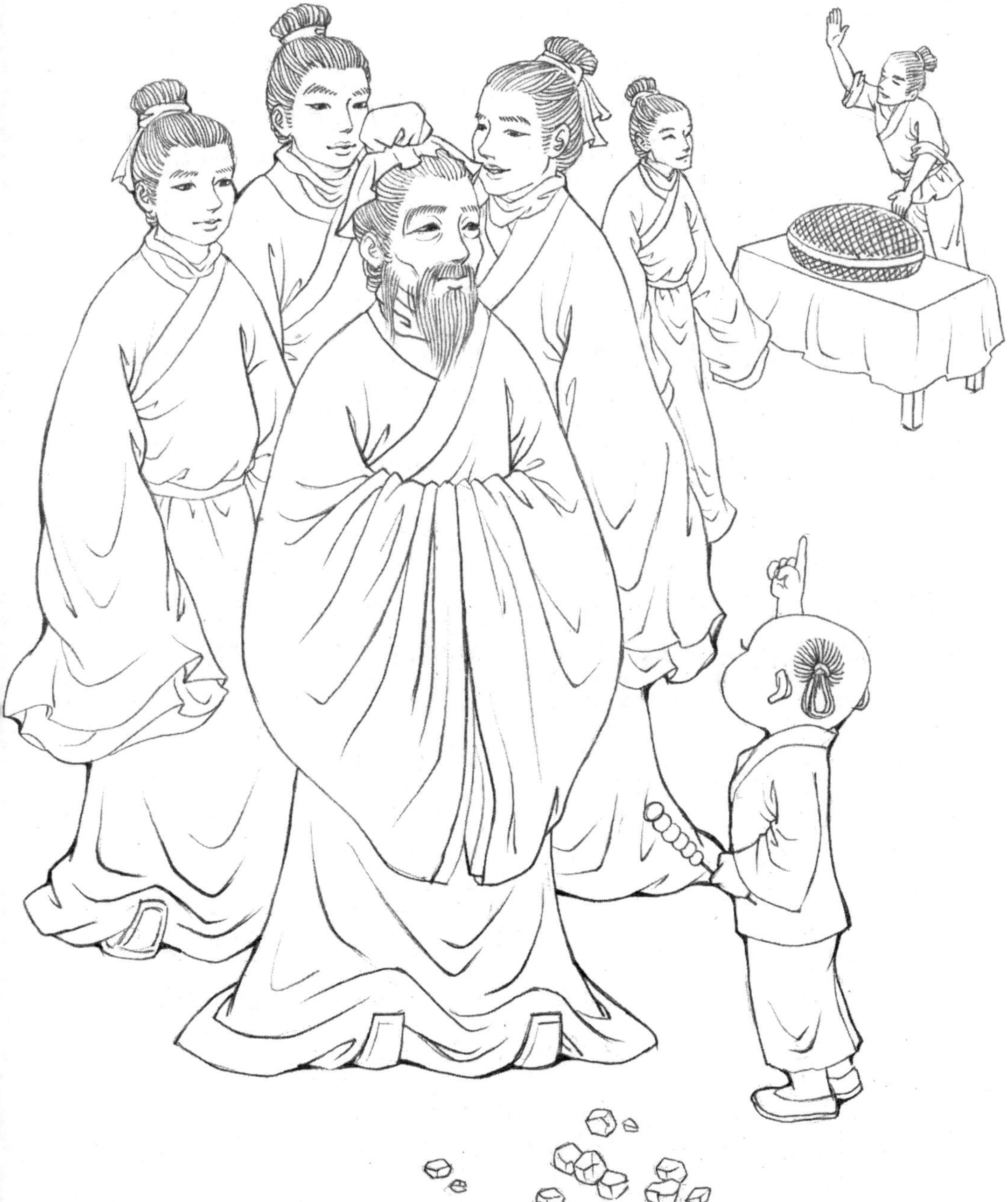

走到路边一口水井的井台上，把扁担横放在井口的中间，然后自己又站在了井旁。农夫笑着问道："请问老夫子，此谜面是何字呢？"孔丘见后大笑道："你的谜底乃不上不下，不左不右，乐在其中的中字。似此字谜何须问我？恐怕连刚入学的顽童也尽知之。"农夫见孔丘如此轻狂，便嘲笑着说："世人皆说夫子的学问大，今日见之乃徒有虚名。你见物不见人，连你自己的字号都不认得。"农夫说完后就拿起了扁担拂袖欲走。孔丘被农夫嘲弄后才幡然省悟："井口处横放着扁担，而井旁还站了一个人，那谜面的谜底正是我孔仲尼的仲字。"孔丘想到此处便窘促起来，他没想到饱读诗书的自己却被一个农夫嘲弄，觉得羞愧难当，急忙上前对农夫长揖施礼，谦虚地说："我甚是愚钝不敏，请勿见怪，今日在下受教了。"此事使孔丘从此戒骄，并且引以为戒牢记心中。

其二是孔丘在晚年周游讲学，他是鲁国人，立志要踏遍鲁国各地。孔丘有了这种想法后，便启程同众弟子要到鲁国的东海之滨天尽头一游（现今荣成市的成山头，又名天尽头）。当他们路过某地时，却有一蓬头稚子在道路的中间堆石垒物玩，正好挡住了孔丘的车辇。此时孔丘的弟子大声吆喝着说："小孩，赶快把石头搬走！好让我们的车辇过去。"可那个小孩仍继续垒着石头，他边垒着石头边不慌不忙地反驳说："自古以来只有车躲城的，可从未听说有城躲车的道理。"孔丘在车辇中听到小童言语不凡，便下车向顽童说道："我乃孔仲尼，欲率众弟子东去讲学，恳请神童方便一二。"顽童听说是孔老夫子来到了这里，就站起了身子边用手揉着眼睛边说："你既然是讲学的老夫子，那你必是学问高超了。我今日想请教老夫子几样事儿，不知可否？"孔仲尼和气地说："你莫须客气，但说无妨。"顽童问道："请问老夫子，天上的天鹅和我们家中养的家鹅，它们叫的声音为啥那么高呢？"孔丘回答说："鹅之脖子长，脖长者必声高。"可顽童笑着说："你说脖长者必声高，可鳖的脖子伸出来也不短，它的叫声为啥不高呢？而水中的青蛙和树上的蝉几乎没有脖子，可它们的叫声为什么也是那么响亮，那么高？"孔丘听后也觉得脖长声高的理论不妥，便自我辩护说："我说的是正理，那正理只有一条，可偏理便有三千。"顽童此时又笑着说："好吧，你说它是正理也罢偏理也罢，那我再问你天上的星星能有多少颗呢？"孔丘听后愕然得说不出话来，稍后他自我解嘲地说："此乃离之太远，此未可知也。"顽童此时反唇相讥："那好吧，你嫌我问得太远，那我就问离你最近的，那你说你的眉毛和胡须能有多少根呢？"孔丘听后大惊，没想到幼童提的问题竟处处难住了他。此时的孔丘长揖施礼感慨地说："后生可畏，老夫花甲之年方知吾师遍地，吾愿拜神童为师。"孔丘由顽童堵车提问之事联想到农夫问字之事，便叫弟子取来简札写下了"三人行，必有吾师焉"的名言。

孔丘写好了那句名言之后，对众弟子笑着说："此处连幼童都能难住老夫，可见此处真是文化登天。看来我等才学不足无资格讲学，那就到此为止无需东去了。"正因为顽童的"城"堵了孔丘的车，孔丘才没有到达他想去的地方——天尽头。

那个顽童堵车的那个地方，也正因孔老夫子所说的"文化登天"而得名文登（现今文登市）。此时看官若问："堵车的顽童姓甚名谁呢？"实不相瞒我也不知道他叫啥。有《菩萨蛮》一首评得好：

学海无涯乃真理，博学圣人花甲知。
人人皆吾师，师者亦徒弟。

曾有师项橐，又有农夫嘲。
顽童堵车时，方知才学少。

穷唱喜歌

明成祖永乐年间，鲁中村有位马老汉，膝下四个儿子。鲁中村是一个穷山沟，马老汉和老伴儿病体缠身，再加上家中人口多，生活过得非常艰难。一家六口人，三间破草屋，孩子们空有一身蛮力，终日劳作只求糊口。

马家兄弟四人，老大已经二十八岁，三个弟弟依次小当哥的两岁。因为家庭贫穷，所以，兄弟四人是大火烧了竹林子——一排子光棍，谁也没有结婚。马家穷得只有三间茅屋栖身，兄弟四人只得靠给人家出苦力艰难度日。

马家兄弟四人从外面打工回家，常常黄连树下弹琴——苦中作乐，总爱凑在一起说些顺口溜儿开心解闷。可马老汉却是一本正经，对四个儿子的说笑总是看不惯。但马家兄弟俏皮惯了，谁也不在乎老父亲的态度，结果在马老汉过五十六岁生日的那天晚上，可真是把老父亲气出了火来了。

那天晚上全家人在一起吃晚饭时，老大笑着开口说道："恭贺父亲五十六"，老二马上接着说："儿子成群添福寿"，老三也紧接着说："三间华堂居六口"，老四也不含糊地接上了话茬儿："以水代酒菜当肉。"他们那样说笑着不要紧，竟举起了盛着水的碗干起了杯来。弟兄四人是戏嬉着开心，可却把马老汉气得要命，他认为是儿子在取笑他无能，故意唱他的俏皮歌。马老汉生了一晚上气，第二天竟跑到了县衙击鼓状告儿子忤逆。

县官被鼓声催得急忙升了堂，并传击鼓的马老汉来到了堂前。县官听马老汉告儿子取笑老子,就决定在公堂之上,要给马老汉讨个公道。

县官叫衙役到马家传来了马家兄弟四人。县衙的大堂上此时跪着马家父子五人。马老汉陈述之后,县官说道:"你们兄弟四人好生无理,你们对父母的养育之恩不思回报,反而以怨报德,竟敢取笑他们呢?你们今天在大堂上必须对本老爷说个明白,如若不然,本官则判你们四人忤逆之罪,绝不容宽!"县官说完之后,马家老大说道:"禀告大老爷,我们兄弟四人并非取笑二老,只是因为草民家境贫寒,弟兄间为了开心解闷才说了几句顺口溜儿而已。"老二说:"我们所说的话儿并没有侮辱爹娘,而且我们也不想让他们生气,我们还想让他们开心点儿。"老三说:"我们所说的话,都是一些有趣的吉利话。"老四说:"我们都唱的是喜歌。"县官听完了马家兄弟的辩解后,觉得他们所言有理,不由得左右为难。

县官稍踌躇了一会儿之后,便对马家兄弟说道:"你们不是都说你们唱的是喜歌吗?那好吧,本老爷我今天就坐在堂上,听一听你们的顺口溜。你们现在就以堂外那棵杏树为题,先说一段儿给本官听一听。"县官的话音刚落,老大就毫不思索地说:"县衙堂外一棵杏",老二马上接着说:"上面结些小金锭",老三紧接着说:"金黄皮儿真好吃",老四则面含微笑地接着说:"里面有核钉钉硬。"县官听后觉得悦耳动听,脸上就露出了几分笑意,于是面带笑容地叫马家兄弟用堂前的一棵翠竹再说一段。

马老大领命后开口就说:"老爷堂前一棵竹,"老二接着说:"一节一节向上数,"老三道:"太爷今年是知县,"老四声音响亮地说:"明年大人升知府。"县官此时听后就大喜了起来,他让马家父子都站起来讲话,而且还奖励了马家兄弟每人白银五两。

县官笑哈哈地对马老汉说:"你儿子说这样的顺口溜,那你应当感到高兴才对,他们确实唱的是喜歌,是你不会欣赏才觉得他们气你。我看这样吧,今天你就以墙角那棵槐树为题,也说一段顺口溜儿给我听一听。你若能说得好的话,那本官也照样会奖你的。"这一下子可就难坏了憨厚的马老汉,望着槐树看了好一会儿,才无可奈何地说道:"衙门墙角一棵槐,长成可以做棺材,但等老爷绝了气儿,那就赶紧向里抬。"马老汉的语音刚落,就见

那位县官气得嗷嗷叫,急忙唤衙役将马老汉轰出堂外。这正是:

喜歌人人都爱听,实话实说却被轰。
喜歌虽好不实际,实话实说却难听。

少年海瑞

明世宗嘉靖年间，曾有一位廉吏，此人青年中举官封七品。他天资聪慧思维敏捷，德才兼备智慧超群，提笔成诗出口成章。此人出身于清贫家庭，为官之后居官而不奢、刚正无邪，嫉恶如仇、视民如子。

此人官居七品时，朝中有一奸相名曰严嵩，虽才高八斗但心术不正，并且老奸巨猾。严嵩之子严世藩，若论才智则胜于其父，可就是为人奸诈品行低劣。严氏父子二人恃才傲物、欺上压下，并结党营私诛锄异已，仗势欺人掠夺民财，过着声色犬马、纸醉金迷的生活。

在坊间流传着一句话："骑着驴骡思骏马，官居宰相望王侯。"这句话最初就是出在严嵩的身上。严嵩虽是一人之下、万人之上的一品相爷，可他仍然贪心不足，对朱家帝位垂涎三尺。他们父子二人暗地里结党营私，并私造龙袍，蓄意谋叛欲夺帝位。

严嵩欺上压下，当时多有正义之士与其争斗，但皆以失败告终并且下场悲惨。后来这位年轻的七品县令智勇双全，几经周折找出了奸相谋反的证据，终使奸相父子身败名裂。严嵩倒台后，曾在枷锁加身时心平气和、客客气气地请教这位年轻的七品县令说："汝世上奇才，老夫万万没想到会败在一个年轻的后生之手。可老夫尚有一事不明，今日欲请教一二，不知可否？"县令说："你老莫须客气，但说无妨。"严嵩说："老夫任职数十载从无挫败，今日因何败于你手？"县令回答说："水能载舟亦能覆舟，官如舟，民如水，因你失民心尔。"严嵩听后跪地而拜说："老夫愚蠢，今日方悟，多谢赐教，使我顿开茅塞，老夫我死而无憾。"此时看官会问："你啰嗦了半天，那你说的人究竟是谁呢？"其实我就是不说诸君也应该知道，此人就是广传于民间，素有"南包公"美称的明朝清官海瑞。我这样一说难免又有人会说："既然是广传民间人皆知之，那你又何必老调重谈（弹）呢？"实不相瞒，我今天欲说君等不知之事，却是海瑞少年时的故事。

海瑞在少年时就勤奋好学才华横溢，只是他的家境贫寒，而世人多是势利之眼，对他视而不见，有如金玉隐于土无人能识。海瑞的父母忠厚老实，他们只知道勤劳持家艰难度日，并教海儿子说："药人的饭儿你可别吃，犯法的事儿你可别做。"

离海瑞家不远处有位老秀才相当喜欢小海瑞，小海瑞则常到老秀才的家中读书练字。小海瑞的家在知府官邸的后面，那知府大人姓高。高知府也是个好弄文舞墨之士，只是此人傲气十足，心胸狭窄为人刻薄，是奸相严嵩的党羽。高知府的后园中翠竹成片，小海瑞就借门前翠竹为题，提笔在自家的院门上写下了一副对联儿。他的上联写："门前千棵竹"，下联写："家藏万卷书。"门框上的横幅是："纵观乾坤"。可事不凑巧，小海瑞写联后的第二天，对联就被高知府看见了。高知府心中就很不高兴："你这个无名的鼠辈，竟敢取我家的竹子为题。看你这破屋陋舍却妄自吹牛，竟不知天高地厚妄称纵观乾坤，我就不信小窝里能出个大螃蟹，破草屋里能飞出个金凤凰。"高知府想过后即唤家丁数人将后园中的翠竹全部砍倒。

高知府自以为是，满心高兴，第二天一早便派管家去看海瑞家的对联。管家向他回报说："禀老爷，那家的门联改了。"高知府问道："他是怎样的改法呢？"管家说："改成了'门前千棵竹短'，'家藏万卷书长'，添了短长二字。"高知府听后怒发冲冠，即刻命家仆提镢拿镐要将翠竹连根儿刨掉："我这一次连根儿都刨掉了，看你还短长不？"众仆人领命后刚刚刨完了竹根儿，恰巧小海瑞自外面回家。当他看到众仆人刨完竹根儿在喘息，心中暗笑并回家取笔，仍在门联的后面添了两个字儿：门前千棵竹短无，家藏万卷书长存。高知府的管家当时也在场，当他看见小海瑞添字改联后，就急三火四地报告了知府。高知府听说是一个孩子所为，他是又恼又嫉妒。高知府费尽脑汁想了一夜，决定把那个小孩叫到他的府中，他要当面羞辱小孩一番。

第二天一早高知府便差人去请小海瑞，小海瑞深知高知府的为人，他也知道自己三番五次地戏耍知府，知府这次名义上是请，实际上是黄鼠狼给鸡拜年——没安好心。但是，小海瑞毫不畏惧，神态自若、大大方方地随来人前往高府。小海瑞随着来人来到了知府的官邸，不走便门而直奔仪门而去（仪门又叫中门，是专供高官及贵客出入，一般人只能出入便门）。仪门的两个把门的见小海瑞要走仪门，赶忙阻拦，并让小海瑞从便门进入。小海瑞一听就大声地笑了起来，高声说道："大鹏展翅嫌天小，何见如此小仪门？"小海瑞说话的声音很高，高知府在屋内听到这气贯长虹、气冲牛斗的话语后，只好传令叫小海瑞走仪门。

高知府在客厅里接见了小海瑞，见海瑞是个身穿绿袄、衣服破旧得露着棉花的穷孩子，轻视之心顿起："你我今日要以对联比试，谁胜谁为尊者，不知你意下如何？"小海瑞微笑着说："好吧，那就请你出上联。"高知府见小海瑞的棉袄到处露着棉花，就借题发挥讥笑说："我的上联是：小学士一身木耳。"小海瑞听到这样的上联后，心中就想："你身为堂堂的知府却毫无待客之道，不仅不以礼待人，并且还笑我寒酸。那我今天就好好地会一会你这个大人物。"小海瑞边想边抬头看知府，当他看到知府的脸上长着一脸浅白麻子时，就毫不客气地高声说道："这个下联很简单，我的下联是：老大人满脸胡椒。"高知府听到这个下联后，心里十分恼火，表面上还得装出不在乎的样子。"不行，还得好好教育一下这个小家伙。"当他看见小海瑞身穿绿袄时，心中立马就想出了侮辱小海瑞的上联来："我这一次的上联是：出井的蛤蟆穿绿袄。"高知府说出了此联后沾沾自喜，觉得自己总算出了一口恶气。

见高知府出言不逊地开口骂人了，此时的小海瑞心想："你不仁，可别怪我不义。"小海瑞冷眼观看高知府，看见知府大人身穿红色长袍，就微笑着说："这个下联再简单不过了，我的下联是：入锅的螃蟹裹红袍。"高知府听到此联后哭笑不得，他此时才觉得这个小孩确实厉害。高知府怕再出丑受辱就不敢出联了，便甘拜下风地说："你小小年纪竟如此厉害，实在是令人佩服。"他说完之后便以礼相待。

高知府此时才客气起来，忙叫下人端茶送水不必细说，还客气地开口问到："你如此年幼又如此聪慧，不知令尊何干？"小海瑞见知府大人已是黔驴技穷，便神气十足地回答说："家父挑日月，我母掌乾坤。"高知府和他的下人听到了这样的答话后，百思而不解小海瑞的意思。高知府和他的下人东猜西猜，可他们怎么也猜不出小海瑞的父母是干啥的。

知府大人实在是没有办法了，只好开口问到："我虽为官却很愚钝，请明示何为挑日月，又怎么称得是掌乾坤呢？"此时的小海瑞却嘻嘻哈哈地笑着说："我父卖豆腐，豆腐筐满则圆，圆时则如日，筐半时则似残月。我母磨豆浆，磨有上页和下页，不是就有天地之说吗？"小海瑞的话音刚落，在场的人们全都被逗得大笑起来，大家纷纷竖起了拇指，脱口夸道："此童真是旷世奇才。"曾有词《菩萨蛮》一首赞得好：

青出于蓝胜于蓝，自古英豪出少年，
翠竹次次短，门联回回添。

日月挑在肩，乾坤手来转，
大鹏嫌天小，才华盖九天。

乞丐添诗

唐朝代宗永泰年间，长安城内有一位诗人，独自在酒楼里喝酒。这位诗人喝得略有些醉意，见到窗外鹅毛大雪飘飘扬扬地下个不停时，因景生情，不觉诗兴大发。诗兴激得那位诗人起身离座，向店主讨来了笔和墨，然后便拖着醉步儿，提笔蘸墨走到了店外的粉白墙壁下，挥毫写下了"大雪纷纷飘落地"七个大字。他写完这七个大字后，又在墙壁的左下角写下了："请君赐下句"五个小字儿。那位诗人写完之后，就把笔和墨放在被写上了字儿的墙角下，又面带微笑转身回到了酒楼里，坐到座位上继续喝起酒来。

酒楼人来人往川流不息，那位诗人写完字儿后没有多久，那壁墙下便云集了很多人在观看这七个大字。此时有很多人夸这七个大字写得刚劲有力，也有不少的人在议论着下句写啥好。

正在大家议论纷纷之时，有个阔家少爷和管家来到了墙壁下。那个阔少爷看了看墙壁上的字儿，趾高气扬地说："管家，你和我给他添上两句。你先写第二句，我再写第三句，那第四句就留给别人写了。来吧，咱们今天就凑凑热闹，我倒要看一看最后一句别人会是怎样写法。"管家听主人说叫他先写，他就急忙矮个子放屁——低声下气地说："少爷你这是说的哪里话，我怎么能占先呢？还是少爷先写吧。"那个阔少爷却傲气十足地说："我叫你写你就写，何必那样婆婆妈妈的！"管家听后急忙点头哈腰地说："那好吧，那小人我就抢先了。"管家这才弯腰拾笔，要在墙上写下第二句。

在场的人们都好起奇来，他们全都想看一看那个管家会如何写。此时只见那个管家执笔摇头晃脑地写下了"尽添官家富贵气"这七个字儿。冒雪围观的人们见到了此句后，私下议论纷纷。有人说："这个下句可不文雅。"也有人说："当狗腿子的就会拍马屁股。"还有人生气地说："别人一看到这一句，那就会知道是奴才写的。"管家写完了之后，笑着把大笔双手交给了阔少爷。那个阔少爷接笔在手后，竟不知天高地厚地写下："再下三年也不怕"七个大字。阔少爷写完后把笔掷在地上，昂首得意地和仆人步入酒楼喝酒。

此时围观诗句的人更多了，他们七嘴八舌说啥的都有。绝大多数人皆嫌二三句不好，可也有人说："这第四句该怎样写呢？若是真的连下三年大雪，那人就是死不绝也差不多了。""这一句太简单了，让我来添一句。"此时在场的人们听到了话音后，全不约而同地把目光投到了说话人身上。只见说话人衣衫褴褛，一手托瓢一手提棍，原来是一个讨饭的乞丐。人们都用好奇的目光看着乞丐，只见他放下瓢和棍，在地上捡起笔，又去蘸了墨，一挥而就写下："放你娘的狗臭屁"。乞丐写完后将笔抛到了雪地里，拿起瓢和棍愤然离去。看热闹的人们看到此句后全拍手叫好，竖起了拇指交口称誉。

粉白的墙壁上此时便有了完整的七绝诗句，那就是："大雪纷纷飘落地，尽添官家富贵气。再下三年也不怕，放你娘的狗臭屁。"这正是：

诗人自文雅，奴才把腰哈，
阔少狂得意，乞丐把人骂。

满门抄斩

恃才捣蛋　游戏人间

　　清高宗乾隆年间,鲁东半岛有个田家庄,庄里出了一个远近闻名的"神童",乳名叫小宝,官名田世刁。小宝自幼天资聪明、顽皮古怪,八岁时就能吟诗作对,时人皆誉称其为有七步之才的"神童"。

　　当时曾有一名人慕名而至,特来面试这位"神童"。名人是以对联而试,第一次出上联为:"鞭打牛腔","神童"马上就对出下联是:"棍捅狗牙"。那名人听后便对小宝的老师说:"此童答句虽对可其意不雅。"当时小宝的老师还护着小宝说:"是你出联不祥,他故有此不雅下联。"来人便对小宝的老师说:"那好吧,我再另出一联且看他如何对答。"那个名人这一次所出上联是:"一人坐在正中堂,站两旁文武大臣。"那个"神童"小宝立刻就开口说道:"只身立于大街上,叫一声婶子大娘。"那个名人听后啥话儿也没再说,只在背后对小宝的老师说:"此童纯属歪才,是金玉其外、败絮其中,难登大雅之堂,他乃河沟里的泥鳅——永远也成不了龙。"可小宝的老师当时并不相信这句话。

　　俗话说:"三岁看老,薄地看苗。""神童"田世刁果不出那名人所料,虽然聪明却顽皮不知进取,竟恃才自傲而目无师长。曾有一次因田世刁过于顽皮,老师就用戒尺打了他两下手掌,可他并不检讨自己的错误引以为戒,反而对老师记恨在心伺机报复。

三天以后，他就爬到树上采集了一种会蜇人的昆虫的毛，那种昆虫名叫"百刺"，它的毛刺细得用眼睛都难发现，人若被它蜇到则疼痒难熬。田世刁把采来的"百刺"毛，偷偷地抹到了老师的被褥上，结果把老师蛰得满身红肿、又痛又痒。老师心知肚明此事是田世刁所为，就用戒尺打田世刁并追问是不是他干的，可无论老师怎样打他问他，田世刁就是来个死不承认。最后老师实在是没辙了，只好作罢。

老师罢休了，可田世刁却不肯罢休，挨打的当天晚上就在老师的讲课桌下拉了一泡屎，并在旁边的地上写着："田世刁拉屎一堆。"第二天老师发现后，准备对田世刁严加管教。可老师还没有问上几句，田世刁就说："老师，你看这事儿是不是有人在故意诬陷我呢？你仔细想想，我就是再笨也不能那样傻，我白天刚挨过了教训，怎么可能晚上又做坏事儿呢？再说了，假如事儿就是我干的，那我怎能把自己的名字写下做记号呢？你又不是不认得我的字体，你可以看一看那字迹像是我写的吗？"那个老师听后也觉得田世刁说得有道理，他再看一看地上的字迹也确实不像田世刁的字迹，也只好不了了之。

光阴似箭，日月如梭。田世刁长大之后虽是一个读书的相公，可他好像对仕途并不热衷，嬉逗女人却是他的爱好。田世刁有一次和他的狐朋狗友在一起玩耍，当田世刁看见远处一群姑娘在溪边洗衣服时，就对同伙儿说："你们看见那群姑娘没有？那群姑娘们个个都和我要好。无论是哪一个，只要是我想亲，她们都会让我亲一下，你们信不信？"他的狐朋狗友当然是不会相信的，于是他们就打起了赌来。那些人都说："你若能那样的话，那我们每人输一两银子给你。你若不能，那你就得输给我们每人一两。"田世刁笑着说："那你们都必须呆在远处看，而且还得藏起了身子，不要叫那群姑娘看见远处有人。因为她们都害羞，若是知道有人在看她们，那她们就不会让我亲了。"同伙儿果然当真，各自找了个地方藏了起来，想看一看田世刁能不能做到像他所说的那样。

田世刁可是吃黑芝麻长大的——肚子里的黑点子不少。他竟先到自家的菜园里把韭菜扯得满地皆是，田世刁的菜园就在小溪旁，然后他拿着韭菜走到了洗衣服的姑娘身旁，装模作样怒气冲冲地发起了火来。他说："你们这些人也太不讲道理了！你们偷吃了我家的韭菜倒不要紧，可不该吃后又把它扯得遍地都是。你们这不是祸害人吗？"那几个姑娘都被田世刁说得愣住了，都说自己没有吃韭菜。田世刁却装作不信大声地说："我才不相信呢。凡是吃过韭菜的人口中都有味儿，你们若能让我闻一闻你们的口，那吃没吃韭菜我自然明白。"姑娘们为了证明自己的清白，只好让田世刁闻一下口，可她们哪知这是圈套呢？田世刁的"狐朋狗友"这一下儿可惨了，他们怎知是田世刁在闻人家的口呢？他们在远处看见的是田世刁和姑娘们亲嘴。那些人没有办法只得认输，糊里糊涂地每人输掉白银一两。因田世刁不用心读书而是恃歪才游戏人生，所以他虽然天资聪明，第一次京中会试竟名落孙山。

二次赶考　沿途取闹

第一次赶考落榜之后，田世刁回到家中又继续攻读，准备日后能求得一官半职。暑往寒来斗转星移，转眼间又到了京中科考之期，田世刁又结伴赴京科考。

此时的田世刁已是两个孩子的父亲了，但花花之心有增无减。田世刁和他的同伴儿在赶考的途中，走到了济南府的一个村庄附近，见到一对夫妇在甜瓜地里正摘甜瓜。其中有一个秀才停下说："我们就在这里休息一下吧，顺便去买几个甜瓜解解渴。"田世刁向瓜田里看了一眼说："咱们想吃甜瓜还用花钱么？"同伴儿听后诧异地问："难道不花钱能吃到瓜吗？"田世刁摇头晃脑地说："和我在一起，你们就能不花钱而白吃瓜。"大伙儿谁也不信他，其中有一个快嘴秀才问："难道你能去偷人家的瓜吗？"田世刁笑着说："呸、呸、呸！读书之人哪能偷？我们就是去偷也不能叫偷，那得叫窃。"那个人又说："那你去窃？"田世刁说："我一不偷二不窃，而是叫瓜主人请我们白吃瓜，那才算真正有本事。"田世刁这样一说，大伙儿就更不相信了。那个快嘴秀才打赌说："你若能叫人家请我们白吃瓜，那今天晚上的酒饭我请客。你若不能的话，那你就得把今天晚上的饭钱包下。"田世刁听后笑着说："那你就准备今天晚上的饭钱吧。"众秀才见到这种情况都急着看热闹，便在路旁静观田世刁如何行动。

只见田世刁大摇大摆地走进了瓜田里，可他没有奔男主人那里去，而是缓步走到了女主人面前，嬉皮笑脸地对女主人说："大嫂，你过来咱俩亲一亲。"女主人听得清清楚楚，顿时气得脸色发紫，脱口大骂起来。

男主人听到了妻子的骂声，也不知道是发生了啥事儿，急忙走到妻子的面前问："这到底是怎么回事儿？"妻子怒不可遏地说："这个不要脸的酸秀才，恬不知耻地调戏我，他说'你过来咱俩亲一亲'。"可此时的田世刁却装模作样地发起火来，大声冲着女主人吼到道："你才是真正的不要脸！是不是你的耳朵聋了呢？我是说你的瓜叶儿真新鲜，你竟听做咱俩亲一亲。你也不撒尿照一照自己是啥模样，竟白日做梦想起好事来，你觉得你配么？"男主人叫田世刁这一数落，觉得实在是下不了台。女主人却争辩着说："我清楚地听到你是这样说的。"田世刁不肯让步："那好，你咬定我是那样说的，那你就得拿出证据来，这一次你找不到证据，那你肯罢休我还不肯呢。我倒要问一下你为啥这样栽赃诬陷我？"男主人觉得在这光天化日之下，一个过路秀才是不会说出那样的下流话来的。就在这时，田世刁的同伴儿都到了瓜田里，七嘴八舌地帮田世刁说话，弄得瓜田的男主人脸色发红很难堪。

此时最感到窘促的是男主人，他怕时间拖长了，这事儿若叫村里的人知道就成了难为情的笑话。为了了事，他便满脸赔笑地道歉。他对田世刁说："这事儿可能是我妻子听差了，大家就别为这事儿再生气了。你们既然来到了瓜田里，那我以瓜待客，就算是我对你们的道歉吧。"田世刁随即接着男主人的话茬儿说："我本来想买几个瓜儿解解渴，可没想到会这样晦气，我们吃瓜给你钱就是了。"男主人便借梯下台说："好、好、好，那你们先吃完瓜再说。"众秀才也再没客气，就开始吃起瓜来。饱食一顿甜瓜之后，田世刁还假惺惺地拿出碎银子付钱，可男主人不肯收，田世刁也不客气地把银子收了起来。男主人就这样请众秀才白吃了一顿瓜。当然啰，那个多嘴秀才也输掉了一顿酒饭钱。

当天吃过了晚饭后,那个多嘴秀才不甘心认输,又别出心裁地想了个小题目。他对田世刁说:"你这个'闹包'可真是白了尾巴的老狐狸——狡猾得很。今天这样的吃法吃瓜,我有生以来还是第一次。不过咱们二人再打一次赌,限你明天一天的时间,你若能只说一个字儿,说完后能逗得大家都笑的话,那我就输银十两给你。你若是不能,那你就得输十两银子给我,你敢不敢打这个赌呢?"田世刁听后并没有立即答复,因为这个赌注不算小。可田世刁稍等了一会儿便问那个秀才:"这事儿我若找个人帮忙,那算不算数呢?"那个秀才想了一会儿说:"行,你只要是只说一个字儿能逗得大家全笑就行。"田世刁问:"那你说的话可算数?"那个秀才斩钉截铁地说:"你真是从门缝中看人,我决不食言,大家可以作证。"田世刁说:"我打赌还从来没有输过,那大家明天就等着看好戏吧。"

第二天吃完早饭,田世刁他们就带着行装离开了客栈。大伙儿在路上就催着田世刁拿出绝活儿来。可田世刁说:"这是今天一天的事儿,又何必急于一时呢?"

眼见得太阳偏西将要落山,一行人走进了济南城里,可依然不见田世刁有啥招儿。此时那个多嘴的秀才在想:"我这一次可难住了这个'闹包',这一回也该他输银子给我了。"众秀才正在城里的街道上走着,对面走来了一个手拿探路杖的盲人。大家谁也没在意,可田世刁却装作要解手,他等众人走开后就去追那盲人并把他领了回来。大家见田世刁领了个盲人回来,就好奇地问他带着盲人干啥,可田世刁只是笑而不答。

当众秀才和那个盲人走到了一个湖边时,田世刁伸手示意让所有的人都止步。只见田世刁把盲人带到了很陡的湖边上,叫那个盲人的双脚紧挨着湖岸边。田世刁此时又对众秀才说:"好吧,我们二人的打赌现在就可以开始了。不过你们可千万不要笑,你们若是笑了,那我可要白得白银十两了。"大家也不知道田世刁要耍什么鬼点子,就着急地催他快开始。此时只听田世刁大声地喊:"跪——"跪字的话音还没完,只见那个盲人一下子跪到了湖里去。湖水能有一米深,盲人湿得像落汤鸡一样站在水中,众秀才见到此景后都大笑了起来,连那个打赌的多嘴秀才也笑出了声来。原来田世刁用半两银子雇了盲人，告诉他只要依着一个字的口令去做就能得到白银半两。盲人求钱心切，情愿照办，这样一来，田世刁就轻而易举地只说一字而得银十两。

一字得银　半宿丢尽

田世刁只说一字而得银十两，那天晚上就高兴地请众秀才在客店里喝酒。秀才们在酒席间吟诗作对其乐无穷，可回回都是田世刁独占风头。

客店的店主是个姓李的年轻少妇，不但长得丰姿绰约，而且性格开朗，落落大方，当她见到是一伙秀才在喝酒时，就笑脸上前招待他们。田世刁见她有几分姿色，就借机邀请她陪他们一起喝酒。女主人也没推辞就同众秀才一起喝起酒来，可没想到这女人的酒量特别大，众秀才都不是她的对手。田世刁在酒席间，不时地挑逗女主人，可女主人的性格豪放，满不在乎。田世刁从女主人的口中，得知男主人经商不在家，就心怀鬼胎地求女主人写诗助兴。

女店主是个生意场中人，便开朗地说："好吧，既然你看得起我，那我只好恭敬不如从命了。"只见她持笔在手，毫无胆怯地写道："秀才本姓田，科考至济南。金榜题大名，但愿是状元。"众秀才见到这样吉利的五言绝句，个个拍手称好，可狗改不了吃屎的田世刁却接笔在手，他要回敬人家一首诗。田世刁写道："大嫂本姓李，言语实可取。洞房寻同乐，旱苗求甘雨。"女主人见他这样下流，就不卑不亢地说："你这个书生好不正经。你们继续喝吧，我还要忙活别的事情。"说完便离席而去。可此时的田世刁，早就对女主人心猿意马、想入非非了。

且说女主人根据田世刁的言行，看出田世刁是个好色之徒，对他已有了戒备之心。女主人当晚就安排妥当，也可以说是故意地引鱼上钩。那时节正是初秋季节，虽是初秋但不亚于盛夏，女主人晚上睡觉时，寝室并未关窗。

田世刁心中贪色，半夜趁黑悄悄地溜到了女店主的寝室外。当他见到女主人敞窗而眠时反以为是为他留路。可田世刁哪知人家是欲擒故纵有意敞窗呢？当田世刁的头刚钻进窗内，就立即被窗户夹在中间，他是进也进不去退也退不出来。女主人见状大喊捉贼，这时的田世刁可就惨了：窗外有人拿着棍子打他的屁股，窗内的女主人搧他的脸。人家把田世刁打了一顿不要紧，并且还用绳子把他五花大绑地捆了起来。田世刁见事不妙只好低三下四地跪地求饶。可女主人的家属们不依不饶，扬言要把田世刁交官法办。这时众秀才都来到了现场，一起为田世刁求情，最后的结局是田世刁拿了白银十两给女主人压惊，并且赔礼道歉，这才把事情私下了结。

色狼作恶　强取豪夺

田世刁这一次京中科考可谓时来运转，可能是沾了酒店女主人所作的吉利诗句的光，此次确实是金榜题名，虽然他并没有中得状元，却也被封曲县为官。田世刁中榜得官以后，便携家眷一起来到了曲县上任。

有道是"为官一任，造福一方"。而田世刁却是横行乡里，掠夺民财鱼肉百姓。古人云："文官不贪财，武官不怕死，天下太平矣。"可田世刁却是财色俱贪。他为官后以手中权力，"近水楼台先得月，向阳花木易为春"，竟自己随心所欲，私立名目巧夺民财。田世刁光是私征鸡狗之税就刮到民脂成千上万，致使曲县百姓颠沛流离，亡命他乡。当地百姓深受其害，都称田世刁是"田祸害"。他淫人妻女无恶不作，曾一手制造了一桩颠倒是非、杀人霸女的冤案。

乾隆三十四年的秋天，也就是田世刁任县官后的第四年，曲县从外地来了父女二人。那父女二人姓李，女儿名叫李倩。父女相依为命来到了曲县卖唱谋生。那个李倩年方十八，貌似出水芙蓉，又唱得悦耳小曲。李家父女曾到田世刁的官邸说唱过，田世刁见李倩色艺俱佳，淫心遂起。此时的田世刁已有两房妻室，他却对李倩的美貌朝思暮想。田世刁虽对李倩的美貌垂涎三尺，可他心里明白，自己现在已是四十多岁的人了，若是托媒提亲那是水中捞月，于是暗地里打下了歪主意。

在曲县境内有一惯匪名叫李大麻子，田世刁则与李大麻子交往甚厚。他就差人把李大麻子请到了府中，并以重金收买了李大麻子行凶。李大麻子见钱心动欣然领命，便趁月黑风高之夜，闯入了李老汉的居室将李老汉杀死。第二天早晨李倩见父亲惨遭杀害，悲痛欲绝地到县衙击鼓报官。县官田世刁在大堂上装模作样，下令差役一定要捉到凶犯为李老汉报仇雪恨。田世刁当堂善言安抚李倩，并邀李倩暂住他家，说是待抓到凶手后再另做打算。李倩对田世刁的盛情感激不尽，又因在曲县无亲无故，她便答应栖身于刁府。

三日后，众衙役在县城内捉到了陈奎、吴强的两个壮年汉子，说他们二人就是杀死李老汉的凶手。田世刁升堂问案时，陈、吴二人皆不承认自己是凶手，可县官没有问上几句就动用了重刑逼供。陈吴二人在重刑下也拒不认罪，反而破口大骂狗官。此时的田世刁却大耍威风，他手拍惊堂木说："大胆的刁民竟在公堂上辱骂朝廷命官！你们二人从来就不安分，以前你们就领头抗捐抗税，如今你们又杀人行凶扰乱治安。你们说你们不是杀人的凶犯，那杀人凶器和李老汉的祖传玉兔，这两样东西怎么会在你们两家呢？如今有物为证，分明是你们图财害命，可你们却想矢口抵赖蒙混过关。你们二人若是聪明一点儿就赶快招供画押，免得大刑伺候皮肉受苦！"田世刁刚说完，陈吴二人就叫骂连天。田世刁气急败坏地吩咐把他们二人分别关监，监内大刑伺候。退堂回到了家中后，田世刁在李倩面前表白自己，并把陈吴二人说得一无是处。田世刁说那二人一向在曲县城里无恶不作，是烧杀掠抢的强盗。田世刁还讨好地安慰李倩叫她节哀放心，说他一定会主持公道。李倩被田世刁的花言巧语所蒙骗，内心中对田大人充满了感激。

陈、吴二人入狱后，衙役对二人毒刑用遍，把二人折磨得死去活来。两个恶奴还伪造了陈、吴杀人的假口供，趁二人昏迷时强行画押，陈、吴二人这样一来便被冤屈成了图财害命的杀人凶犯。县衙将此案上报刑部，可没等上司的批文下达，曲县大牢的院中却有四具尸体倒在血泊中。那四尸有两具是狱卒之尸，另外两尸则是陈、吴二犯。田世刁又上报上司，称陈、吴二人杀死了两名狱卒后企图畏罪越狱，被衙役班头发现了。陈、吴二犯持械拒捕，在打斗中官兵也有损伤，陈、吴二犯在搏斗中受伤身亡……这样一来，李倩父亲的血案就这样在曲县了结。

李倩住在田府期间，田世刁对她花言巧语、体贴入微，并以优厚的衣食善待李倩。李倩被田世刁所蒙骗，对其心怀感激。田世刁见时机成熟便托人为自己说媒，结果无亲无故、无依无靠的李倩以身报"恩"，认贼为夫，嫁给了诡诈的田世刁为妾。胸怀歪才的田世刁此次可算得是一石二鸟，既得到了他朝思暮想的李倩，又解了他的心头之恨。为什么这么说呢？因为陈奎和吴强二人，以前曾嫌县衙税重徭役多，就率众反抗苛捐杂税。田世刁对此怀恨在心，视那二人为眼中钉、肉中刺。田世刁此次正好借刀杀人。

田世刁到曲县任官不到五年的时间，就添了两房妻室。他在娶二房时倒也不算显眼。田世刁的二房妻子名叫王巧儿，原是妓女从良嫁夫，嫁给了一个乡绅。田世刁常到那个乡绅家中走动，结果与王巧儿臭味相投，二人早就暗中有染。那乡绅也深知此事，但为了攀高枝巴结县太爷，故意休掉了王巧儿成全了田世刁的美事。可这个李倩不同，她是糊里糊涂地受骗上当嫁给了田世刁。

贪得无厌　满门抄斩

乾隆三十六年初夏，也就是李倩嫁到田世刁家的第二年，曲县境内发生了蝗灾，蝗虫把田间的庄稼食至半截。蝗灾过后庄稼虽又恢复了生长，但却相应地延长了成熟期，再加上秋霜早来，致使庄稼绝产。田世刁却瞅准了这个"发财"的机会，一边上报灾情求得皇帝免税，另一边却向下面催税。好一个贪得无厌的田世刁，就是别人死了孩子请他喝酒他也能喝下肚；就是皇帝老子的马他也敢把马杀肉吃。他把税银装入了私囊，赈灾钱粮也独吞大半，致使曲县百姓拖儿带女背井离乡，老弱残疾饿死无数。

灾后的第二年春天有位钦差代天巡狩，此位巡按大人就是罗锅子刘墉。他在巡视邻县时遇到了曲县的流民拦轿喊冤。刘罗锅子闻知实情后便率队到了曲县，只见曲县境内哀鸿遍野满目凄凉，百姓们怨声载道瘦骨嶙峋；陈奎和吴强的亲属也来找巡按大人告状。刘墉是一个满腹经纶、足智多谋、爱民如子的好官，当他见到百姓苦成了这样，就在外面扎营，连县衙也不进。田世刁听说巡按大人到了曲县，几次求见却都被刘墉的部下拒之门外。

刘墉在曲县明察暗访了几天，对田世刁的犯罪事实仍然没有掌握到充分的证据,他深知田世刁刁顽古怪、老谋深算,想要叫狗县令伏法那必须要有铁证。刘墉为了找到证据,打算从田世刁的两个恶奴下手。这两人就是曲县的衙役班头,一个叫谭得,另一个叫吴偃,曲县百姓总把二人的名字连在一起叫,叫他们是"贪得无厌"。两人臭味相投,是异姓的结拜兄弟,可谓朋比为奸、形影不离。刘墉为了从"贪得无厌"的身上打开缺口,就乔装成一位算命先生。

这天中午,"贪得无厌"在酒楼喝完酒向外走时,正好和扮成算命先生的刘墉碰了个满怀,算命先生竟被撞得仰面朝天倒在地上。谭得此时却毫不讲理地叫骂连天,他嫌算命先生挡路,可算命先生躺在地上不但不恼火反而哈哈大笑起来。算命先生高声说道:"你们二人都死到临头了还敢如此发狂,你二人在十日内要是没有血光之灾,那我就给你们当马骑。你们快要做鬼了,那我就不和你们计较了,你爱骂就骂吧。"谭得听后更加恼火,气势汹汹地就要举手打人,可吴偃却上前拦住了他。吴偃没好声地对算命先生说:"你赶快闭上你的乌鸦嘴,从这里滚开!"算命先生不慌不忙地从地上爬了起来,边扑打着身上的泥土边似笑非笑地说:"算我今天倒霉,我怎么竟和两个活鬼碰到了一块儿。"谭得这一次可不客气了,他一把抓住了算命先生的衣领儿就要动手打人。可吴偃急忙上前拦住说:"你先等一等,等他说不出个子丑寅卯来,那我们再打他也不迟。"可算命先生说:"你们二人在十日内若是无灾,那我给你们当马骑。"吴偃做贼心虚,半信半疑地问:"此话当真?"算命先生斩钉截铁地说:"我看相还从来没有错过呢。"谭得听后可就被镇住了,急忙改了口气说:"请先生不要生气,是我粗鲁了。敢问先生可有解法吗?"算命先生说"若想找解法,你们二人不管是谁在手上写个字,那我一看便知。"吴偃为了找到解法,急忙取笔在左手的手背上写了一个字,毕恭毕敬地送给刘墉看。刘墉见手背上写了个"人"字时,就故作惊恐状脱口喊道:"啊!原来你们有人命血案在手!"二人听后惊慌失措,谭得竟脱口吼道:"你若胆敢再胡说,那我就先割了你的舌头!"可算命先生毫无惧色:"我只不过是实话实说,你们两人若是想死的话,那我就不多言了。"算命先生说完话后转身要走,"贪得无厌"急忙上前拦住,用央求的口气说："请先生留步，这里不是说话的地方，请你到酒楼一叙。"算命先生也没推辞，随着"贪得无厌"一起走进了酒楼。

三人找了一个僻静的雅座间坐下。吴偃一脸笑意对算命先生说："我们刚才有些粗鲁，请先生原谅。我们以薄酒表示歉意，同时也想请你说说我们怎样才能逃过此劫呢？"算命先生说："你们不必客气，我是想帮你们渡过劫难才斗胆说实话的。就面相来看，你们二人也确实是犯了杀劫，十日之内也确实要有血光之灾。就你们在手背上写的那个'人'字来说，一是说你们手上有命案，二也点明了你们的生性和命运。我且将这个'人'字解给你们听听。世上万物皆分八卦阴阳，手背为阴、手心为阳，也就是说这个'人'字为阴人，说明了你们干过阴险之事。就命运来讲，手背为下、手心为上，说明你们一生只能给人家当下人，乌纱帽跟你们是无缘的。"算命先生的一席话把"贪得无厌"说得心服口服，他们都一齐跪在地上求解法。

此时只见算命先生举右手掐指一算，随后说道："你们二人若想消灾唯有一法。今日生神在西，你们二人必须在今晚子时之前，一起到城西的城隍庙里烧纸焚香。你们要跪在城隍爷面前忏悔，把以前所干的恶事全部说出来，千万不要隐瞒。你们说完之后再叩三个头，然后起身回家。无论是在庙里还是在路上千万别回头观望，一直回家睡觉方可逃此劫难。""贪得无厌"讨到了解法满心欢喜，殷勤劝酒并赠送银两给算命先生。

当天晚上半夜前，二人便结伴到了城隍庙，跪在城隍爷的面前烧香拨火地叩起头来。他们把如何拷打陈、吴二人及对假口供强行画押，如何杀死了陈、吴和两名狱卒，以及布置假现场和作假证说了个明白。当他们说完后给城隍爷再叩头时，却被刘墉的手下军差捆了起来。

第二天升堂问案时，"贪得无厌"见是"算命先生"在审问他们，方知自己中了计。二人也只得从实招来。"贪得无厌"在刘墉的审问下，供出了是田世刁指使他们在狱中杀死陈、吴二人，然后又杀死了两名狱卒，并布置了互相打斗的现场。他们还招认为诬陷陈、吴二人杀死狱卒越狱并因拒捕而在打斗中身亡做过伪证。刘墉又追问李倩的父亲是谁杀死的，并追问是谁栽赃陈、吴二人，可"贪得无厌"皆说不知，但提供了一个可疑的线索。他们说惯匪李大麻子常出入县太爷家，李大麻子也"弃恶从善"住在县城。他们二人还告诉巡按大人，说李大麻子不知是怎样发了财，家中近两年大兴土木，县太爷也敬他三分。

刘墉白天审讯了谭得、吴偃，当天晚上就派官差刺探了李大麻子家，有道是善恶有报在劫难逃，李大麻子这个披着羊皮的狼终于露出了尾巴。两位官差当晚就潜入了李大麻子的院内，伏在窗外偷听李大麻子说话。他们在窗外听到李大麻子和妻子窃窃私语，其妻说："听说刘罗锅把衙役班头捉去了，我看这风声很紧，我们不如带着孩子和细软珠宝趁早逃往他乡。"李大麻子却说："我们哪里也不用去，杀死李老汉之事只有你我和县太爷知道。田世刁这个人刁得很，你就是把刀架在他的脖子上，他也不会说。依我看只是我们的财源要到头了，县太爷恐怕是难逃法网的。"李大麻子的妻子说："就是没有了他也不要紧，他这两年给了我们那么多的银两，我们就是再活几辈子也享之不尽。我看你以后就别到他家去了，免得显眼招风。"李大麻子却说："越是这种情况那我越要去，我要趁机再捞一把，免得他做了刀下之鬼后我就无处讨钱了。"他们夫妻的私语却被暗探听得清清楚楚，当天深夜就禀告了巡按大人。刘墉得报后当机立断，连夜就派官兵包围了李大麻子的住处。第二天天亮以后，李大麻子刚打开了院门，官差就将他捉住捆了起来，抄了李大麻子的家。

官差把李大麻子押到了巡按大人的大堂上，可刘墉并没有直接问案，却笑着说道："我听说你要到县太爷那里再捞一把，我看你不如到我这里来。我的官儿比他的大，钱也比他的多，你先说个数字给我听一听，你需要多少呢？"当李大麻子听到此话后，便知自己和妻子的谈话被人偷听了，一贯做匪的人也腿发软，身不由己地跪在地上直喊"饶命"。此时的刘墉则威风凛凛，手拍惊堂木大声地吼道："大胆的刁民，你竟敢贪钱害命乱杀无辜！若想皮肉少受苦，那你就将怎样杀死了李老汉，又怎样嫁祸于陈、吴二人从实招来。田世刁给了你多少银两也得给我说个清楚！倘若不招则大刑伺候！"在刘墉的威慑下，李大麻子情知事情已经败露，若负隅顽抗只能是自找苦吃，无奈之下就把怎样杀死了李老汉，又怎样到陈奎和吴强的家中栽赃，以及田世刁给了他多少银两都说了出来。李大麻子连田世刁得到李倩后，又赏了他多少银两也供认不讳，并在口供上画押。刘墉得到李大麻子的口供后，当堂就派人到县衙捉拿田世刁，并派了官兵将田世刁的官邸围得水泄不通，不准任何人出入。

田世刁被押到了大堂后，见李大麻子和两个恶奴都跪在公堂上，此时他的歪才已飞九天，平日的淫威也不见了。田世刁在刘墉的威慑和证人作证之下，对杀人霸女之事只得招认。刘墉又追问他贪污了多少赈灾银两，田世刁却矢口抵赖。此时的巡按大人手拍惊堂木怒吼道："你就是不供出贪污赈灾银两之事，就你杀人霸女连诛五命，也同样是死罪难逃。看来你在临死前还想尝一尝大刑的滋味，那我就成全你。衙役们，给我大刑伺候！"一声令下，那个田世刁可就惨啦，重刑之下喊爹叫娘，招出了搜刮百姓、贪污赈灾银两的数目。刘墉见田世刁所贪数额巨大，气得怒发冲冠，立即命令军卒把田世刁用囚车拉着，要在曲县城里游街示众三天。

田世刁被捉了以后，巡按大人当天就移居了县衙。刘墉在移居县衙的第二天便升堂理案，堂下传来了陈奎和吴强的家属，李老汉的女儿李倩也来到了堂前。巡按大人又呼唤衙役，把田世刁及李大麻子等人也押上了公堂。刘墉在公堂之上，先审理了李老汉一案，四名罪犯四人以前已经招供画押，此时他们个个供认不讳。刘墉当堂就判田、李二犯死刑，将李犯立即处斩，为陈、吴二人平冤昭雪，并赔偿银两安抚死者家属。随后他又为李老汉一案做了了结。此时的李倩是悲喜交加、百感交集，她喜的是父仇得报，悲的是自己不明是非曲直竟认贼为夫，况且她的腹中还有贼种。李倩回到田府后的当天晚上，自觉无颜生存于世，跳井自杀。

刘墉在田世刁游完三天街后又升堂理案，根据田世刁的犯罪事实，按大清律法："为官者，贪赈灾钱粮当满门抄斩。"田世刁既贪污了巨额赈灾银两，又贪色害命乱杀无辜，就他伤害五人性命也是当斩。不杀田世刁难平民愤，刘墉判田世刁两罪俱罚——满门抄斩，并判两个恶奴发配边关服苦役十年。刘墉判案后先斩后奏，当天执行，并且将田世刁的所有家产救济灾民。

可怜可叹可恨的田世刁，昔日被誉称有七步之才的"神童"，结果恃才不自爱，成了巡按大人的刀下之鬼。有一首《减字木兰花》评得好：

诙谐捣蛋，恃歪才游戏人间。
一字得银，思风流半宿输尽。

金榜有名，不知珍惜而胡行。
满门抄斩，罪有应得乃必然。

观联访孤

　　清圣祖康熙皇帝名叫玄烨，幼年登基，聪明好学博学多才，文韬武略无一不精。玄烨执政后则勤政爱民、励精图治，清内患平外乱、一统江山百业俱兴。康熙当了六十一载皇帝，是我国历代封建君王中在位最长的一代明君。他为了体恤民情，常到民间微服私访。

　　这年元宵节过后，朝中无事，玄烨便偕同二仆乔装出宫。他们信步于京城之内的小巷间。玄烨颇喜好文学，同仆人在街道上行走时，不断地观赏着各家门上的春联，不觉行至一座草屋门前。玄烨举目观看门上的春联，看后不觉讶异。只见草屋春联的上联写："家有万金吾不富"；下联书："吾有五子仍是孤"，横批："寡人居此"。身为皇帝的玄烨见过春联后甚是不乐，心中暗想："天下者唯朕九五至尊方称寡人，此人怎敢妄自称孤道寡呢？他说家有万金而不富，有五子而算孤，此人岂不是太不知足了吗？可再看他这破屋陋舍，哪像家有万金的样子呢？我倒要进屋看看是啥样的人在此居住，问一下写的春联是何意。"玄烨便带二仆敲门求见。

　　闻听敲门声，屋内主人便起身开门。见有客人来访，主人客气相请。玄烨主仆三人也没推辞，寒暄之后便随着主人进了屋内。玄烨入屋后举目观看，不觉愕然而无语。只见主人是位须发皆白的老者，破屋之内仅他一人居住，老人家中破旧、衣着寒酸，弯腰驼背咳嗽不止。

　　玄烨开口对老者说："我等皆是游客，今日冒昧打扰了老人家，还望见谅。"老者还礼让坐。玄烨坐下道："请老人家不要见怪，我等只因见到了老人家所书的春联，可观后却不解其意，故此特来相烦讨教。"老者闻言潸然泪下，长叹一口气说道："写此联乃为实事，我确实是家有万金，同时也有五个'儿子'。自古皆称女子为千金，而我共有十女，合为万金。现今十女皆已出阁，各有夫婿共计十婿。自古称婿为半子，十半则折五，岂不是拥有五子么？我虽有五子但仍然生活凄凉，十女之间互相推诿，老夫衣食不得保障，寒暖无人照顾，病贫交迫栖身草堂。我只身居此度日如年，岂不是寡人一个？"玄烨听闻此言不觉对老人起了怜悯之心。

此时的康熙皇帝又气又怜，气的是晚辈没有良心，连乌鸦尚知反哺，何况人呢？怜的是这位孤苦伶仃、病体缠身的凄惨老人。康熙此时心中想道："我大清律法应拟定赡养长辈之法才对。"他究竟定的什么法呢？书外之事在此不必细提。此有词《鹧鸪天》题赠看官：

    寡人不寡仍是寡，人老珠黄孰有法？
    九五至尊尚恻隐，休叫旁人传笑话。

    花开时，莫忘凋，自古人生孰不老？
    乌鸦成令尚反哺，人伦常理不可绕。

老夫少妻

花甲年纪　娶回少妻

　　清朝光绪年间，江苏沙河镇有个富翁名叫胡奇，虽然称不上是百万富翁，可在那个小镇里也是首富。胡奇家中开办的绸缎生意财源茂盛，开的药店更是挖金的窝子。可他也有美中不足的地方，那就是胡奇到了花甲年纪，膝下却无一儿半女。说到这里有人肯定会问："像胡奇那样富裕，怎会不留后代呢？在封建社会里结发妻子没有生育能力，那他可以娶三妻四妾为他生儿育女延续香火呀。"其实，胡奇并非是正人君子，正因为他风流了大半生，才弄得他无儿无女。

　　胡奇年轻时是一个风流郎中，遵父母之命娶了吕氏为妻，可胡奇婚后并不如意，便弃家弃妻成了走江湖的郎中。胡奇远离家乡，来到了天津卫走街串巷地卖药行医。胡奇财运不错，赚的钱倒是不少，可他并没有积攒下来，也没有成就一番事业，而是用赚来的钱花天酒地，眠花宿柳寻欢作乐。

　　胡奇离家二十五六年，既不回家又不和家人通信，家人及亲属还以为他已不在人间。胡奇在外面放荡不羁地胡混，可妻子吕氏却在家中为他坚贞守节、从一而终。胡奇的大哥常到天津卫做生意，偶然间遇到了二弟胡奇。胡奇的大哥见胡奇在外不务正业，而二弟妹却在家中守活寡，他就把胡奇带回了家中。

胡奇回家后，一来是他大哥管教严厉，二来是他都到了五十多岁的年龄，性情上有所收敛，便安分起来。胡奇开了一家药店，又用药店赚来的钱开了一家绸缎庄。没有几年时间，他就积攒了不少钱财。风流了大半生的胡奇，算是破船板儿做棺材——漂流了半辈子才成（盛）人。

胡奇手中有了钱财，觉得自己应该有个儿子继后才对。随着年龄增大，这种念头愈发强烈。胡奇现在已是六十多岁了，临渴掘井想要个儿子，可孩子不能像其他商品可以花钱买到，也不是一朝一夕就能长大成人。情急之下胡奇心中就产生了一种想法，那就是他想过继他小弟的儿子为子。

胡奇的小弟并不小，也是近五十岁的人了，他有四个儿子。可胡奇万万没有料到，他的想法竟被小弟拒绝了，他的小弟并不愿把儿子过继给他。胡奇为了做通小弟的思想工作，就故意在小弟的面前显富。有一次他把小弟请到家中喝酒，竟用四个元宝垫着桌子腿。胡奇对小弟说："小弟，我看你还是过继一个孩子给我吧。我家的财产多得很，我保孩子到了我家中，一辈子吃、穿不愁。你看我家连垫桌子腿都用元宝。"小弟却说："孩子是爹娘的骨肉，谁也不愿把他交给别人的。再说，孩子自己宁肯守着穷爹娘，也不愿到富家去叫爹娘。至于你用元宝垫桌子腿也没啥了不起的，等哪天你到了我家，我就让你开开眼界，我用的东西敢保比你的元宝好。"胡奇听小弟这样说，心中很不服气："你家中穷得叮当响，竟在我面前吹牛皮，你骗得了别人可绝对骗不了我。"

时隔两日之后，胡奇的小弟请他喝酒。胡奇盼的就是这一天，他急忙穿衣整带前去赴宴，想看一看小弟家中有啥东西比他的元宝好。胡奇用眼观看桌子下面，见桌子腿处并没有垫什么东西，只有四个孩子蹲在四个桌子腿旁。胡奇心想："我还以为有啥了不起的宝贝呢，原来只是四个孩子。"胡奇的小弟问道："二哥，你说是你的元宝垫桌子好呢？还是我这四个孩子垫桌子好呢？"胡奇不以为然地说："元宝这玩意儿是世人皆想，我说还是元宝好。"小弟却笑道："我说还是孩子比元宝好，元宝是死宝，可孩子是活宝，你若不信就试试看。"胡奇的小弟说完了这段话儿后，他又对四个孩子说："你伯父吃不到桌子那边的菜儿，你们要每隔几分钟就把桌子转一转。"他的话音刚落，四个儿子就把餐桌转了半圈儿，此后就每隔几分钟都要把餐桌转一转。胡奇见此情景，不得不承认孩子比元宝好，也打消了过继侄儿为嗣子的念头。

胡奇回到家中，悟出了"要儿自养，食谷自种"的道理，他觉得自己"宝刀不老"，便决定要娶一房小妾为自己生儿子。胡奇财大气粗，非要娶一个年轻靓丽的淑女为妾。胡奇挑来选去，终于在本镇选了一个十九岁的姑娘为妾。胡奇的妻子吕氏一气之下自缢身亡。胡奇新娶的姑娘名叫小花，容貌艳丽百里挑一，可惜的是这枝小花竟插到了一块朽木上。

报时失灵　疑问重重

风流了大半生的胡奇满以为娶到了年轻靓丽的小花，就可以生儿育女，自己觉得也是美事一桩，可小花却正好相反，整天价哭丧着脸儿。胡奇想生个儿子可天公又不作美，他因年轻时风流成性，娶了小花不到半年，就房事不举力不随心，只能面对着美人无能为力。

小花从内心中就不喜欢胡奇，无奈父母之命无法违抗，只得强忍泪水与胡奇成了亲。天天守着能给自己当爷爷的老丈夫，小花常常暗自掉泪。思前想后，她只好认命："我到了这样的地步就啥也别怨了，这是林黛玉葬花——自叹命薄，要怨就怨我自己的命吧。"

斗转星移时光流逝，不觉间小花已嫁到胡家六七年了。胡奇已是须发皆白的老头儿了，小花的肚子仍不见动静。此时的小花才二十五六岁，已长成了如鲜花盛开般的成熟女人。面对着须发皆白的老丈夫，虽然心中觉着恶心，但表面上还得严守妇道。胡奇因年老体衰，就雇了一个名叫王俊的后生帮忙，王俊聪明能干一表人才，很快便成了胡奇的得力助手。王俊虽然颇有才干，但因为他家弟兄多，又身为老大，家中一切就靠他一人支撑着。王俊的爹娘常年有病，家中一贫如洗，二十七八岁了还是光棍一条。胡奇很喜欢王俊的才干，他知道若是没有王俊，生意仅靠自己是独木难支。胡奇为了笼络王俊，常常带王俊到家中喝酒。胡奇同时还发现了一件事儿，那就是只有王俊来到他家，小花脸上才有笑容。

胡奇上了年纪，睡眠自然就少，每天天不亮，他便起床到绸缎庄清点账目或者到药店里忙。胡奇的门前有一棵老槐树，在那树上有一窝老鸹，老鸹每当听到胡奇的开门声和脚步声时，就在树上"吱吱喳喳"地叫个不停。那窝老鸹长此以往形成了条件反射，有时胡奇就是不起床开门，到了那个时间老鸹也会叫起来。这样倒也不错，老鸹的叫声倒变成了胡奇的定时闹钟。可最近几天胡奇老觉得老鸹报时有误，因为他觉得睡觉的时间没有往日多。胡奇往往在店里把该干的事情都干完了，可天仍然不亮，等伏在桌子上再睡一觉后天才渐渐亮了。胡奇心中奇怪，为了解开谜团，他就决定查一查究竟是啥原因。

跟踪寻源　真相露馅

一天夜里刚过半夜，他就悄悄地起床穿好了衣服，然后轻手轻脚地走出家门，到院外找了个隐蔽的地方藏身。那时正是晚秋，子夜之时正好残月偏东，胡奇借着暗淡的月光窥视着树下的动静。藏了半个多时辰，仍不见有啥情况。由于秋天的深夜特别冷，他忍耐不住便想回屋继续睡觉。刚要起身，他却发现在老槐树下，有人拿着长棍子捅得那窝老鸹叫个不停，搅得老鸹惊叫之后，那人便提着棍子离开了。胡奇见后匪夷所思，为了查看明白，他就挨着寒气一直不肯显身。但一直等到了天亮，胡奇再也没见到那个人的身影，此事使得他更是猜疑不定。

胡奇第二天改变了方式，他子夜起床后并没有到院外去，而是藏在院内看树下的动静。胡奇发现的情况仍同昨晚上一样，一样的时间，那人也是用同样的办法让老鸹惊叫。胡奇为了弄清那人的用意，便轻步回到了屋内，他在家中稍等了一段时间，然后才打开院门朝药房的方向走去。可胡奇走到半路时又转身返回，离自家不远时，他就警觉地观察着门前的动静。

观察了一会儿也没发现啥情况，他就走到门前轻轻地开了院门，院中也没见到有啥异常。胡奇猜想："会不会是我的小夫人有问题呢？"胡奇轻手轻脚地走到寝室窗外，侧耳窃听屋内的动静。

胡奇虽然年过七旬可耳聪不聋，他不听还好，这一听却是醋瓶子打老认鹰——酸气冲天。只听得一个说："你的肉儿真细腻，好像粉团儿一样滑溜。"另一个说："你的也一样，比面筋儿还柔软还滑溜。"听屋内话音，竟是自己的妻子和王俊窃窃私语、卿卿我我，气得胡奇老眼发花，便想闯进屋内捉奸，可他并没有那样做，他考虑到了利害关系：一方面自己人老体衰，自古就是捉贼凭赃、捉奸拿双，他就是闯进屋内也捉不住王俊。若是无凭无据，小花也会咬定没有此事，弄不好会反咬一口说是在诬赖她们；另一方面则更重要，那就是胡奇在生意上也确确实实少不了王俊，他怕若真闹翻了，王俊一走了之，那他这两个生意摊子就支撑不下去了。胡奇反复思量，想找一个两全其美的办法，既让王俊不离开他，还能让王俊不再和小花有来往。胡奇费尽脑汁想了半天也没想出辙来，只好生了一肚子气，酸溜溜地朝药店走去。

老夫少妻　难属自己

屋内之人怎会是王俊呢？原来王俊常到胡奇家中喝酒，小花就喜欢上了王俊。小花每当给王俊端菜送酒时，就背着胡奇的视线对王俊频送秋波。王俊自然是心有灵犀，很快便心领神会对方的意图，这对儿男女就干柴烈火地炽热在一起。王俊初时不敢造次，每天都是等胡奇被老鸹吵醒出了院门儿走远后，他才心惊肉跳地去会小花。可去了几次后他的胆子就大了起来，他和小花都忍耐不住春宵苦短夜不留人。王俊为了叫胡奇提前离家就想出妙法来，那就是他用棍子搅得老鸹惊叫，他们二人便可多处一段儿。可万万没有想到此举竟是弄巧成拙，把事情搞得糖包子出糖——露了馅儿。

胡奇知道了真相后，费尽心机，终于想了个办法。胡奇觉得只有那样，才能既不得罪王俊，又能使别人不知道他家的丑事，同时也能劝说王俊再不和小花有来往。胡奇拿定主意后，就在家中摆了一桌酒席，专请王俊过门赴宴。王俊到了胡奇家中后，二人便把盏饮酒畅谈。胡奇借故把小花支开，家中只剩下了他们二人。

三杯水酒下肚后，胡奇就说："我今天作诗一首，且看你如何对答。你若也能作一首诗说出道理来，那从今以后我们二人互不干涉。"王俊听后也猜出了对方的心意。王俊就回答说："那你就请吧。"胡奇找来文房四宝，提笔写道："子夜之时月偏东，树上老鸹却被捅。粉团搂着面筋睡，弄得寒郎窗外听。"王俊接笔在手，不假思索便写道："老有少心世上奇，老夫竟然娶少妻。力不从心别怨人，迟早也是人家的。"当胡奇看完了王俊的诗句后，心中甚感不乐，但也毫无办法。从此以后，他只好是牙齿打掉咽下肚，自己暗中生闷气。此有几句话相赠各位看官：

老夫娶少妻，美人多生事。
年衰莫贪色，顺然最相宜。

赶考途中

在我的童年时代，就听我叔父讲过一个故事，是有关清朝道光年间江苏境内乔氏兄弟四人的趣事。乔家是书香门第，弟兄四人全是读书人。有一年正逢天子开科考，他们兄弟四人为了博取功名，一同前往京中会试。

在乔氏四兄弟中，老大直爽、老二柔和、老三刁滑、老四憨厚。乔氏兄弟四人在赶考途中，老三嫌老四憨厚笨拙寡言少语，就想把老四挤兑回家去。

老三为了把老四挤兑回家，就城隍奶奶害喜病儿——怀上了鬼胎。他对老大说："大哥，我们兄弟四人去赶考，若像现在这样鸦雀无声地闲走着，你看是不是有点儿太无聊了？我们都是读书人，我提议咱们每遇到一件事儿，就每人一句作诗一首，谁若作不出来就干脆别去考试了。"老大说："我们遇事作诗倒是个好主意，只不过谁作不出来也不要回家，我们兄弟四人结伴而行多好。"老二说："我听大哥的。"老四知道老三的用意，故意默不作声。老三却寸步不让："那不行！谁若说不出来就得回家！若连句简单的打油诗都作不出来，还去京中考啥试？"老四开口说："好吧，我也同意。"老三又说："我们每次都由大哥作第一句，按年龄的大小向后排，现在我们就以赶考为题作诗。"老大见大家都同意了，就开口说："兄弟科考到京城，"老二说："但愿金榜皆有名，"老三说："不知是否随心愿"，老四闷声闷气地说："碰"。老三见老四只说了一个字儿，便说："四弟，这一次还用别人说么？你自己就该着自觉地回家了。你只说了一个字儿，这哪能算数呢？"老四却慢言慢语地说："我这是画龙点睛。"老三却讥笑着说："你这是狗尾续貂，不行！你得回家！"老大此时开了腔，他说："我们作诗也并没有规定格式，只要是随题押韵即可，老四虽只说了一个字儿也得算数。"老二也说："大哥说得对，我看四弟作得不错，不用回家了。"老三见大哥和二哥都向着老四，也只好闭口不语。

他们兄弟四人又向前走了一段路程，老三见到前面有根独木桥，又提议以桥为题作诗。老大说："独木一根化为桥，"老二说："人走上面晃又摇，"老三心想："我这一次要说完了一句话后，使这个呆子连一个字也无法说。"老三想后就开口说："失明盲人过不去，"老四笑了笑说："绕。"老三见老四又是说了一个字儿，并且与上句贴题押韵，实在是没有办法，只好继续向前走。

老三走归走，心中老是在想办法排挤老四，当他看见结婚娶新娘的队伍时，又提议作诗一首。老大说："前面喜遇娶亲队，"老二说："新娘坐在花轿内，"老三干脆把事情说到了家，他说："拜罢天地洞房入，"老三的话音刚落，老四就紧接着说了个"睡"。老四把老大和老二都逗得大笑了起来，把老三气得脸色发红。

兄弟四人走到了一段山路时，见斜对面的山坡上有支送葬队伍。老三又有了新题目，他就催着老大为送葬的队伍作诗。老大向那边看了看之后开口说道："众人抬着一棺材，"老二说："丧家哭得好悲哀，"老三接着说："一气抬到坟地里，"老四仍然说了一个字儿："埋。"老三这一次有了心理准备，没露出任何声色。

老三虽然没露声色，可他心想："你这个呆子每次作诗都占便宜，我就不信找不到机会整一整你。你等着瞧吧，我非找个机会叫你吃亏不可。"

兄弟四人走了一上午的路，觉得腹饥口渴又劳累，老大就带着三个弟弟投店寻食。店主人问众兄弟吃啥饭儿时，老三就抢着先开了口。他说："给我们来上四盘水饺。"不长时间，小伙计就把四盘水饺放到四人面前的饭桌上，可老三竟把水饺全拿到了自己面前。

原来老三刚进店时,就发现店中梁下有窝燕子,并听到窝内的雏燕在"喳""喳"地叫,于是想出了一个整治老四的主意。老三把水饺拖到了自己的面前,笑着说:"我们今天吃饭也要作诗,别以为这水饺是每人一盘,到底每人能得到多少个儿那可没有准儿。我们这次就以那窝燕子为题作诗,作诗每说一个字儿就能得到一个水饺。我给你们数着作诗的字数,大哥,你现在就开始说吧。"老三这样一说,自然是司马昭之心路人皆知了。老大和老二都说:"我们都饿坏了,就不作诗了吧,还是先吃饭要紧。"可老三却双手捂着水饺谁也不让动。老四此时开口说:"我看就随着三哥的意思办吧。大哥,那你就快说吧,我也急着吃饭呢。"

老大无奈开口说:"店内梁下燕一窝,"老二接着说:"内有雏燕七八个。"老三洋洋得意地说:"母燕捕食回家转,"老三说完后还没等老四开口,就用自己的筷子夹了一个水饺送到老四面前。老三此时在心中想:"这个呆子这次肯定会说个喂字,那我就先把这个水饺送到他的面前。"老三刚把一个水饺送到了老四的面前,老四就开口说:"众多雏燕都很饿,喂了头个别的饿。本是同母所生子,不能偏向有厚薄,母燕喂了头个后,急忙转身又出窝。母燕一去二三里,捕到食物忙回窝,喂了二个三个饿,四五六七在等着。为母仁慈不觉累,转身展翅飞出窝,穿过八里杏花村,越过九里十字坡,幸喜捉到虫一个,回窝又喂第三个。三个吃饱正得意,四个一旁干等着。母燕捕食来回飞,公燕它也没闲着。雏燕吃食得拉屎,却把粪便拉在窝,有进有出乃自然,公燕把屎衔出窝。母燕公燕都劳累,夫妻两个搞合作,父母为子来回飞,一来一往似穿梭。母燕寻食需多时,七燕喂完头个饿,可怜天下父母心,只好忍累又忙着。雏燕食欲也太大,个个争吵都说饿。身为母亲怜子女,只好依次来喂着,头个喂了喂下个,下个喂了又下个,下个喂了又下个,下个喂了又下……"老三见老四不但没说一个字儿,反而说了长长一大篇,并且把"下个喂了又下个"周而复始地说个没完没了,只好红着脸儿说:"老四把这七个字儿反复地说,就不能算数了。"老四这一次可不让步了,他说:"怎么能不算数呢?这七八个雏燕由一个母燕来喂,赶到母燕喂完第七个时,那第一个早就饿了,而那几个雏燕还得挨着饿在等待着。这样一来,母燕就得依次循环着喂,这一循环岂不是下个喂了又下个吗?"此时的老三很窘促,被老四说得哑口无言。老四又说:"三哥,请你数一数这四盘水饺,它能否顶上我所说的字数儿呢?若是顶不上的话,那你好叫店里早点儿包饺子。"老三被老四数落得面红耳赤无地自容。

还是老大打了圆场,他说:"四弟,你就别取笑你三哥了,若按你说的字数儿吃饺子,那你就撑死了。你若是下个喂了又下个地说个不停,那我们都不用进京赶考了,还不得被饺子压死在这里吗?"在老大的说和下,他们兄弟四人才开始吃饭。这正是:

莫要心窄把人挤,老实未必就可欺。
一奶同胞应团结,怎能相斥搞分离。

二 奇谈怪闻

粒米延寿

"锄禾日当午,汗滴禾下土。谁知盘中餐,粒粒皆辛苦。"颗颗粒粒粮食,皆由种田人春耕夏种秋收冬藏,其中所费辛苦无法形容。一粥一饭当思来之不易,可总有不少人饱餐之后把剩饭竟随意弃掉,令人惋惜。

年少时曾听我爷爷讲过了一个故事。故事发生在唐朝高宗调露年间。当时朝中有位丞相名曰王涯,其人在官位显赫之时,奢侈浪费日食万钱。厨房中淘米的水中有生米,洗锅净碗的水中有熟米,尽皆随厨房排水沟的水流到了府外的小溪里。相府外有一寺庙与相府为邻,寺中的主持长老是惠勤方丈,当他见到溪中如玉似银的生熟米后非常怜惜,合掌口称:"阿弥陀佛!罪过罪过。"惠勤长老吩咐众僧,每日将相府弃掉的白米尽皆借溪水去污洗净,晾晒成了米干收藏以备不时之需。正是那聚沙成塔粒米成箩,众僧不到三年时间便收集了四十多大缸米干。

"天有不测风云,人有旦夕祸福","为官者抱虎而眠",宦海沉浮中确实如此。王涯身为相爷官居高职之时,欺上压下贪赃枉法。高宗皇帝一怒之下降旨将其削职为民,并将其家财全部查封充公。此时的王涯已是相星坠地,昔日在朝中权压百僚,今日便变成了百僚的仇家。王涯现今又是戴罪之身,亲戚朋友尽皆疏远,不敢接近。

王涯被革职后不到半年,家中便米尽粮绝。常言道:"仓充鼠雀喜,草尽狐兔愁。"此时王涯家中至亲家人二十三口,已是吃了朝顿无夕顿,三尺肠子闲着二尺五。即使是以糠菜充饥也难以为继,无奈只好沿街乞讨。

惠勤方丈见王家落魄到如此地步心中不忍,便将昔日收藏的米干浸软蒸熟派小僧送至王家。王涯吃着送来的白米饭甚感其恩,便到寺中向长老致谢:"寺中化缘度日,安有余粮接济于我?"惠勤长老便将白米的来源如实告知。王涯闻后心中大疚:"我昔日暴殄天物,此乃鬼神难容,安有不败之理?现今福过灾生江河日下,实是自取其咎。"王涯自觉罪孽深重便遁入了空门,从此后吃斋念佛忏悔自己的罪过。

上面这个故事,是说有人不惜钱粮而遭天谴的故事。还有一个古人只为他怜惜了一粒之米,从而感动鬼神,使他的阳寿多了十年。这个人据说是明太祖朱元璋。

朱元璋是我国历代农民起义唯一打江山又坐江山的马上皇帝,在他执政的三十一年中是国泰民安百废俱兴,称得上是一代明君。明太祖在位时朝中有两位星相大臣,相传能观星相卜凶吉。在洪武二十一年(1388年),两位星相大臣初夏夜观天相,只见帝星灰暗,预测到太祖本年秋天将驾崩归天。可都到了洪武二十二年的春节过后,朱元璋仍安然无恙。朱元璋见到两位星相大臣胡说八道,就将二人革职并逐出宫外。

两位大臣被逐出皇宫后,二人走在路上就私下议论。其中一人说:"我们二人一向都推算得很准,可偏偏这次这么大的事情却栽了跟头。"另一人则说:"这是我们的官运就该到此为止,那是天不让我们当官了。可这话又说回来,此事是你我二人同观天相,那帝星的迹象也确实预兆着皇帝要驾崩。不知其中发生了什么变故?大概是天意如此吧!"

二人边谈论着边向前赶路,迎面走来一个手拿探路杖的瞎子,瞎子走到两棵杨树中间时,竟被一棵杨树的树根儿绊倒。瞎子爬起后就用探路杖敲打着那棵树说:"你不用绊我,你把我绊倒了,你的下场也好不了,一会儿就会有人把你砍掉。"瞎子口中念叨着不觉又碰到另一棵杨树的树干上,他又生气地说:"你也不用碰我,你的命运也好不了多少,你就是不死也得发会儿昏。"瞎子说完后就手持探路杖继续赶路。那两位大臣把瞎子的话听得清清楚楚,"难道他真的能知道两棵杨树的命运吗?"二人为了证实瞎子说话灵不灵,商量着要在路旁休息一会,想看一看瞎子是否真的那么神奇。

二人坐在地上没等多长时间，就见两位手持大板斧的壮年汉子急匆匆地走来，他们走到碰了瞎子那棵树前举斧便砍。砍了三四斧子时，其中一人突然停下斧子说："大哥，别砍了，我们砍错啦！东家叫我们砍那棵粗的。"另一人听后急忙停下斧头说："多亏你发现得早，要不然东家肯定会骂我们的。"于是他们二人就弃了碰瞎子那棵杨树，去砍绊倒瞎子的那棵杨树。二人不长时间就把绊倒瞎子那棵杨树砍倒了。两位大臣看后非常惊讶，万没想到世间却有如同仙人一样的奇人异士，竟对两棵树的命运也了如指掌。两位大臣顿时兴奋起来，赶紧起身去追赶那位瞎子。

　　两位大臣三步并做两步走，两步并为一步行，迅步流星向前赶，不一会便追上了那位瞎子。二人赶忙上前跪拜："我等有劳仙师想请教一二，万望仙师且莫推辞。"瞎子说："你们二位请起身说话，莫须行此大礼。你们二人且是官身，我是草民一个，若要行礼的话那应民跪官才对。"那二人听说后，对瞎子更是佩服得五体投地，瞎子竟连二人的身份也尽皆知晓。两人起身后有一人说："惭愧惭愧！我等已被逐出宫外革职为民，焉有为官之说？"瞎子说："你们二人莫须犯愁，还是快回宫吧。你们回去后就会官复原职，继续做你们的星相大臣。"其中另一人说："我们已被赶出了宫门，还有何面目再回宫呢？我们就是回宫，若说不出个子丑寅卯来，照样还会被赶出宫的。"那人咳嗽了一声接着说："我们二人夜观天相，各种征兆皆是皇帝要驾崩归天，但不知为何又发生了变故，敬请仙师指点迷津。"瞎子笑着说："此次变故非你们之过，而是洪武皇帝自身的造化。朱元璋贵为天子身居九五，他在厕所方便时见地上有一粒白米，他将米粒捡起食之。此举恐怕连平民百姓也做不到，此事感动了鬼神加赐了他十年阳寿。你们二人速回，且在皇帝面前将此事说与他听，他自然会恢复你们的官职。"二人听后千恩万谢地拜别了瞎子转身回皇宫。

　　两位星相大臣回到了皇宫后，便在明太祖的面前依照着瞎子说的办，二人果然官复原职。那个明太祖卒于洪武三十一年（公元 1398 年），正因为惜了一粒之米，才多得了十年阳寿。这正是：

　　　　人生在世当节俭，暴殄天物鬼神谴。
　　　　只因惜得米一粒，多得阳寿一十年。

聪明奇女

读过《周公解梦》的人不少，世人都把周公当作智慧的象征，但事实上那个大名鼎鼎的周公，才智远远不如其师妹桃花女。

周公和桃花女二人同师求学。桃花女在小的时候就聪明过人，桃花女五岁时，曾有位商人利用一段圆柱形的瓷块到处招摇撞骗。那段瓷块中间有道弯弯曲曲又细又滑的小孔，孔的两端通气，商人就用瓷块诱骗钱财，他扬言："大伙儿无论是谁，你只要花半钱银子就可以试一试用线穿瓷块，谁若能用线穿通瓷孔，我就赏他白银二十两。"商人走南闯北招揽买卖，很多人都想得到这二十两赏银，但皆不能穿线得银。当商人到了桃花女的家乡时，五岁的桃花女用细长的线儿系住蚂蚁后腿由一端进入，在另一端抹上蜂蜜，蚂蚁寻蜜甜味很快就带线穿过瓷块。商人见状愕然，按约给了她白银二十两。

桃花女既聪明又顽皮，她在上学时曾发生了一段趣事。那时候都是私塾教学，老先生只教了桃花女和周公二人。有一年正月刚开学，老师因为家中有客人要招待，便叫两人自习练字。顽皮的桃花女见老师不在就开始贪起玩来。她见老师桌上放了一个精制的小泥娃娃，这个泥娃娃是老师搁笔用的，她就拿起小泥娃娃玩耍起来。只见小桃花女把泥娃娃向空中抛得很高然后再用手接住。如此反复三次都稳稳接在手中。可到了第四次，她却失手没有接到，泥娃娃落在地上，头部和身体分了家。小桃花女见自己闯了祸，就急忙把泥娃娃从地上捡了起来，然后把泥娃娃的头和身体组合在一起放到了原处，然后又若无其事地写起字来。

老师送走客人后又回到了学堂里，他稍一动桌子，小泥娃娃的头部便从身子上掉在桌上。老师是位博学多才的隐士，一看便断定是顽皮的小桃花女所为。

老师此时板起脸来问道："你们两人谁把小孩的头打掉的呢？"小桃花女面不改色地说："我一直都在这里练字，它的头掉了那可不关我的事儿。"老师有意逗逗桃花女，于是板着脸说："你不用说假话，我就知道这事儿就是你干的。"小桃花女却振振有词地说："看起来这世上哪座庙里都有屈死的鬼呀！你没有亲眼看到，那你怎能说是叫我弄的呢？"老师一本正经地说："你还敢犟嘴！我刚进了学堂这个小娃娃就告诉我了，它说是你这个小姑娘把它的头弄掉了。"小桃花女听后说："既然是这样，那我打了它是活该！那是它自己找打。我从来没有招惹过它，可它却为啥要开口骂我呢？它能骂我，那我就得打它。"老师忍着笑说："你瞪着双眼在说假话，这个小泥娃娃是泥做成的，它怎能骂你呢？"小桃花女说："那你也在说假话，小泥娃娃既然不能骂我，那它怎么能告诉你话呢？"老师不但没有生气，反而被她逗得大笑起来。

桃花女长大后懂易经、通八卦，虽然有一身本领，但因她是一介女流，在封建社会是不便于出头露面的。而那个周公则名气颇大，他给人家预测吉凶祸福而成大名。周公成名归成名，可他若是和师妹桃花女相比，那他则大为逊色了。

曾经一次，周公的夫人的金头钗不慎丢失了。善于给别人测失物去处的周公无论用啥方来测，都测到金头钗离不开"豆"字。于是，周公就在自家的豆囤子里找，可他把豆粒倒来倒去地找也不见金头钗的踪影。周公在豆囤子里找不到夫人的金头钗，又开始在豆秸里面找，可他把豆秸翻来覆去地找也仍不见金头钗。周公出于无奈，只好去求助师妹桃花女帮忙。

周公徒步而行来到桃花女的村庄，进庄后，他见有几人在垒房子的宅基，便问是谁家在盖房。得知是师妹桃花女家在盖房时，他就不由得愣住

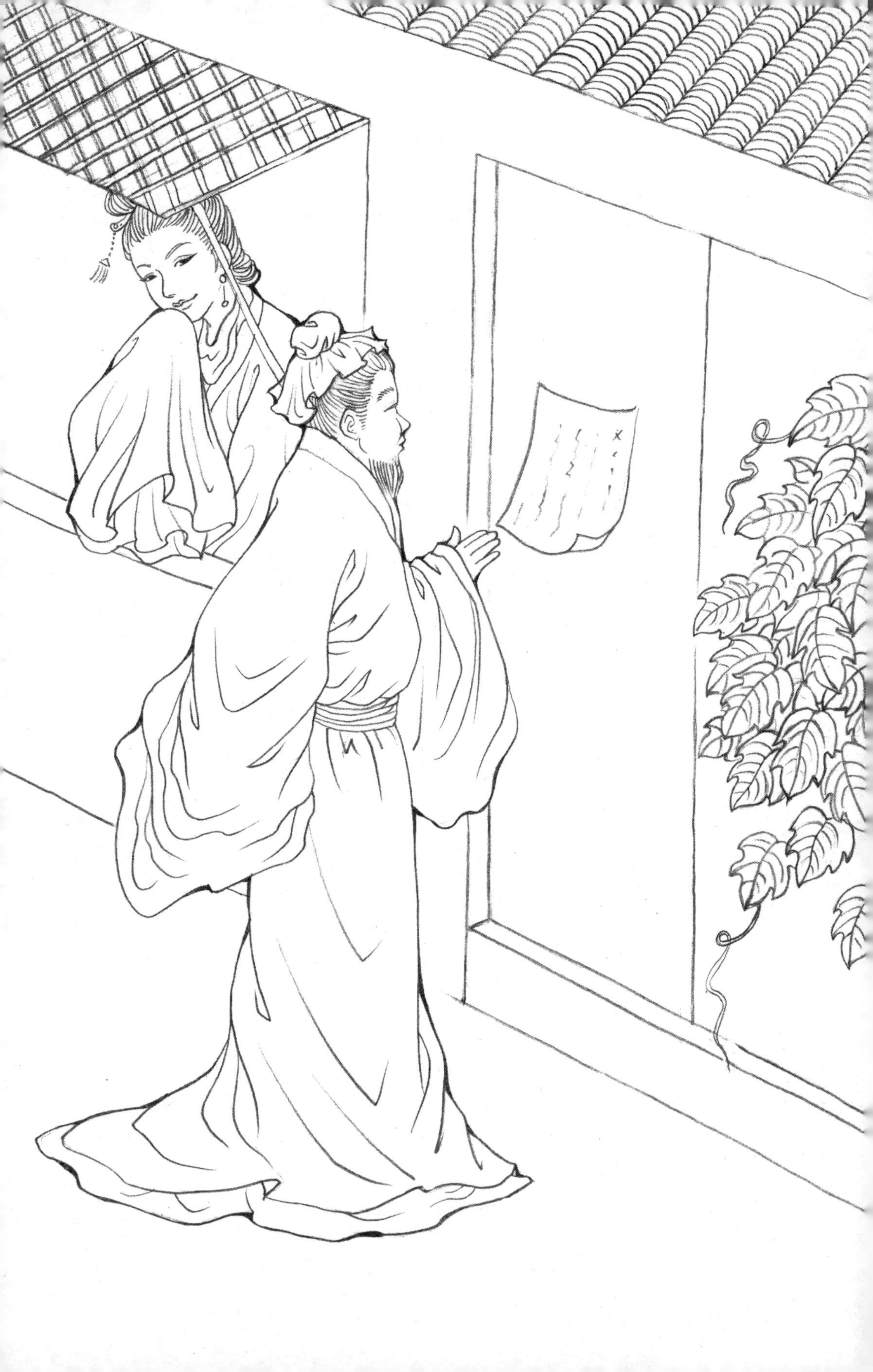

了。周公心想："我师妹聪明绝顶，怎么会选在'火'日子盖房呢？这日后会很不吉利的。"

周公边想边向前走着，不知不觉地来到了桃花女的门前。周公正准备敲门，却见桃花女的门上贴着张红纸，纸上还写着字。周公急忙仔细观瞧，只见上面写着："我'火'日子盖房'水'日子开，我知周公你必来。夫人金钗掉在豆酱缸内，何必倒了豆囤子又翻豆秸？"周公看后吃惊不小，他万万没有想到自己还未到，而桃花女竟将自己的来意都了如指掌。此有几言评曰：

盘古开天至如今，世世代代有能人。
周公测梦知后事，金钗丢时无处寻。

测字先生

清代道光年间，山东半岛有位姓郭名延年的老先生，他在胶东大地颇有盛名。郭老先生懂易经、通八卦，未卜先知测字如神。郭老先生在壮年时曾任过县令，后因厌恶官场黑暗便弃官回归故里，并尽其所长做一些有益于百姓之事。

因郭公测字如神，当时的人们尊称他为郭先生。郭先生一向为人厚道待人热情，无论贫富贵贱凡是有求于他，他都一视同仁。郭先生未卜先知的本事，确实是神乎其神，我不妨略说几事。

当时曾有一妇人，丈夫外出多年杳无音信。妇人有一天正在碾子上碾米，巧逢郭先生从此路过，她便想求郭先生卜卦吉凶。郭先生听那妇人诉说后，就叫那妇人写出一字他便可解，妇人说她不会写字。郭先生说："你随意划上几划即可。"妇人听说后就用食指在碾盘的米上划了一横。郭先生见后笑着说："你不必担忧，你男人已在你家门前等你。"妇人似信非信地问："是真的么？"郭先生说："米上加一横乃是来字，说明了你丈夫已经来到家了。"妇人听后急忙向家中跑去，果真见丈夫在门前等候。

还有一个读书人赴京赶考回家后，就急于知道自己科考是否金榜题名。他便来到了郭先生家中，写了个"囚"字求郭先生预测。郭先生见后笑着说："恭喜你榜上有名。"读书人问道："何以见得？"郭先生说："四方框里坐着一个人，那就是说有人坐在轿子里，预示你要当官儿了。"读书人回家后事隔两日，他就高兴地将此事告诉了同去赶考的老秀才。老秀才听说之后，也要找郭先生预测一下。

老秀才见别人写了个"囚"字能考中，他到了郭先生家中后，也写了个"囚"字并求郭先生预测他能否考中。可郭先生见字后紧锁眉头一言不发。老秀才再三追问，郭先生才开口说道："依你的字相而言，你写得字很不吉利，可我也得实话实说。你写得四方框一头宽一头窄有似棺材，而且中间又有一人，我就是不说你也明白其中之意吧。"果不出郭先生所料，先写"囚"字的读书人中榜做官，后写"囚"字的那个老秀才则一命呜呼了。

郭先生给人家测字儿从不要钱，可礼尚往来乃是人之常情，谁若是求他办了事，总要送点礼品表示谢意。有个名叫胡充的懒书生见后眼馋，也学着郭先生给别人测字，想从中捞点儿实惠。

有个少妇的金耳夹丢了，她就想找郭先生求寻。少妇走到半路时，遇到了胡充。胡充就对少妇说："你不必去求他了，你若写出一个字来，我也能测出你失物的去向。"少妇信以为真，就在地上写了一个"酉"字。胡充摇头晃脑地说："你写得是个酉字，酉字加三点水是个酒字，你的东西是丢到酒馆里面了。"少妇听后立时面红耳赤起来，开口就骂胡充。有人会问，少妇为啥要骂人呢？因为在封建社会女人进酒馆里被看作是很不正经的。

少妇到了郭先生家中后，也是写了个"酉"字给郭先生看。郭先生看后则说："酉年属鸡。你丢的东西不会太大，可能是叫鸡吃下又拉到了鸡粪里，你可以回家在鸡粪里面找一找。"少妇回到家中果然在鸡粪里找到了金耳夹。少妇去郭先生家中时，胡充也尾随偷听，当他听到了"酉"字还有这种解法时，就牢牢地记在了心中。

世上的事儿有时也太巧了。有个农夫的火镰丢失了，就想找郭先生帮忙。半路上同样碰到了胡充，也同样写了个"酉"字。胡充这一次可有了新的解法，他神气活现地说："酉字，酉年属鸡。你丢的东西是叫鸡吃了又拉到了鸡粪里？你可以回家到鸡粪里面找一找。"农夫听后大笑起来道："你家的鸡脖子能有多粗呢？就是再粗，那鸡能吃下火镰吗？"农夫没有理会胡充，便到了郭先生家中，也写了个"酉"字求测。郭先生看后则说："酉字，酉字放倒了像个风箱。你丢的东西是掉到了风箱里，你可以回家到风箱里面找找看。"农夫回家后，还真得在风箱里找到了火镰。

还有一次有个樵夫丢了东西，到处找遍了也没有找到，就想找郭先生帮忙。当樵夫走在半路时却被胡充拦住了，樵夫也写下了一个"酉"字。那次农夫寻火镰，他当然也尾随偷听。胡充这次又遇到了有人写下"酉"字，他就装模作样地掐指测算，然后洋洋得意地说："酉字，酉字放倒了像个小风箱。你丢的东西是掉到了风箱里，可以回家到风箱里面找找。"樵夫听后笑得弯了腰："你再别五（无）知充六知了，你家的风箱就是再大，它也放不下一条扁担。"胡充被嘲弄得瞠目结舌哑口无言。

樵夫到了郭先生家中后，同样也是写了个"酉"字。郭先生见后笑着说："酉字，酉字加三点水是个酒字。你八成是喝醉了酒，把东西丢到了酒馆里。"樵夫听后用手拍着脑袋说："你瞧我这破记性，你不说我还真是半点儿也想不起来。"樵夫果然在酒馆里找到了扁担。

郭先生不但精通八卦测字如神，就是看到了你的形态时，他也会知道你的来意和所发生的事情。

有一次，邻村里有个农夫早晨把耕牛栓在树下，可他吃过早饭后却发现牛不见了。农夫找了一上午也没找到，只好去找郭先生帮忙。

农夫胆怯地来到了郭先生门前，却见人家大门紧闭，他就不好意思去敲门。农夫在门前找了个高处，探头探脑地向人家家中探望。不巧被郭先生在院里看到了，郭先生站在院里喊道："你别老站在外面了，还是进院里说话吧。"农夫听到喊声后推门进了院里，可他脸儿憋得通红也不肯说话。郭先生见此情景就开口问道："你是不是想找牛？"农夫这才红着脸说："唔，是俺的牛丢了。可你怎么知道俺要找牛呢？"郭先生说："你午时而来，而我又先见到了你的头，那就是午字出了头。午字出了头乃是"牛"字！"农夫急忙点头称是，并问怎样才能找到牛。

郭先生见农夫很懦弱，就出了一个巧妙的寻牛办法。郭先生笑着说："你能否找到牛，就要看一看你的胆量是大还是小了。现在村西的小河桥旁，那里有很多女人在洗衣服。你若敢站在小桥上用石头击水湿了她们的衣服，然后再朝着正西的方向跑，那你的牛就可以找得到。你若是不敢那样做，那你的耕牛可就找不到了。"农夫听后半信半疑，抱着试试看的心态便来到了小河旁，果然有很多女人在桥旁洗衣服。可农夫站在离小桥不远处发起呆来，心中很矛盾："我这扔石头还是不扔呢？我若是无故扔石头湿了人家的衣服，人家捉到我，就是把我打死我也无话可说。我若是不扔石头，那我的牛就找不到了，唉！还是找牛要紧。"农夫想过之后，就急忙在河边找了一块石头，并把石头藏在自己衣下，蹑手蹑脚地走上小桥上，他见到女人们都在低头洗衣服，这才大胆地把石头扔到了女人前面的水湾中。农夫扔完石头后，吓得吓得连头也不敢回，拼命向西跑。

农夫累得气儿喘不急再也跑不动时，却发现了前面有头牛。农夫定睛一看，那头牛就是自家的耕牛，他便高兴地把牛缰绳扯到手中。农夫虽然找到了耕牛，可他并不知道是怎么回事。

原来那个农夫拼命向前奔跑时，偷牛贼见有人向他跑来，便认为农夫是跑着来捉他的。偷牛贼吓得弃牛逃跑，农夫才顺利地找到了牛。郭先生为啥不叫农夫直接找牛呢？因为郭先生看农夫太懦弱，怕他就是找到了偷牛贼，那个偷牛贼也未必会把牛还给他。

还有一个四十多岁的女人手拿纸折扇来到郭先生家中。女人来这里是想找郭先生卜卦丈夫的凶吉，她丈夫外出三年多音信皆无。彼时郭先生不在家，只有郭先生的长子在家。那时天气特别炎热，女人边等郭先生边用纸扇搧风，可折扇刚用了几下，扇纸就脱离了骨架落在地上。郭先生的长子见状后便对女人说："你不必再等我父亲了，我也略懂易经八卦。我见你刚才扇纸脱落乃不祥之兆，此乃暗示你和丈夫骨肉分离，你还是早点回家准备你丈夫的后事吧。"妇人听后不禁痛哭流涕，准备起身回家。

妇人泪水涟涟地刚要出门，碰巧郭先生自外面回家。当郭先生问明了情况后，就痛斥儿子不懂装懂，他对那个妇人说："你尽管放心，这件事情并不像犬子所说的那样，你丈夫明天便可回家。"妇人不解地问："那折扇的扇纸脱落又是何道理呢？"郭先生则说："那就是说女人只有在自己的丈夫面前方可脱衣露体。"女人听说后竟破涕为笑，高高兴兴地拜别了郭先生起身回家。

　　第二天天刚亮，妇人就起床梳洗打扮，又买来了好酒好肉好鱼，她把菜做好后，就高兴地专等丈夫回家。

　　妇人的丈夫午饭前果然回到了家中，可当他见到了自己的妻子浓妆艳抹花枝招展，并且又做了那么多的好菜摆在饭桌上，而且还有好酒放在一旁时，他在心中竟起了疑心："是不是我不在家久了，她便煎熬不过红杏出墙呢？"想过之后，他竟粗鲁地审起妻子来。妇人见到丈夫竟是如此无理，只好把郭先生之事全盘说出，可她丈夫听后也不相信，非要亲自到郭先生家中查访。

　　男人到了郭先生家中后，由于天热加上走路急，他浑身满头都是汗。男人便就拿出了汗巾擦脸，擦完后就把汗巾放在脖子上。男人急忙开口向郭先生问道："郭先生，我想请问一下，我家妇人昨天是否到过你家呢？"郭先生并没有正面回答他的问话，而是沉着脸说："你竟把人家的好心当成了驴肝肺，真是狗咬吕洞宾不识好人心。你妻子被你气得在家中上吊了！你得赶快向回跑，若是迟了你就救不了她啦！"男人听后似信非信问道："你怎么知道她在上吊呢？"郭先生说："你把汗巾放在嘴下，口下有巾不是个'吊'字么？"男人听后吓得急忙向家中跑去。一进家门，果不出郭先生所料，妻子由于受了委屈，还真的寻短见正在上吊。此事多亏被郭先生看破，这个家庭才幸免家破人亡。

　　郭先生晚年时和邻村一个私塾先生交往甚厚。有一次，那位先生来郭先生家中拜访，当他看见郭先生磨刻了两个玉石烟袋嘴儿时就爱不释手。那位先生在临别时求郭先生赠一个烟袋嘴儿给他。郭先生说："你若是喜欢它，这两个我一并送给你。"先生自然是高兴地笑纳。

　　先生拿着烟袋嘴儿回家之后，就把其中一个烟袋嘴儿安装在烟袋杆上。他非常喜欢那个烟袋嘴儿，时不时地拿出来把弄。有一次，先生嘴里正含着烟袋吸烟时，看见一只老鼠在他面前的桌上跑，他就急忙用烟袋去打老鼠。可他没想到，不仅没有打到老鼠，反而把自己心爱的烟袋嘴儿打碎了。先生痛惜地把烟袋嘴儿拿到手中观看，发现碎片中间夹了一张小纸片，他甚感奇怪，就把纸片取出来观看，只见在小纸片上写着"打鼠而碎"四个小字。先生见后非常惊讶，心想："郭老先生怎么会知道是打鼠而碎呢？这事真是太不可思议了。我倒要看看那个烟袋嘴儿又是怎样说法。"先生出于好奇，竟用锤头把另一个烟袋嘴儿敲碎了，只见里面也同样有块小纸片儿。先生把小纸片拿在手中细看，只见上面写着"自毁而碎"四个字。先生觉得太神奇了，当天就去拜访郭老先生。

"请问郭先生，你怎么知道那两个烟袋嘴儿的碎法呢？"郭老先生捻须而笑，只是答了四个字："是书而意。"意思是说只要是书读到了，那你的知识就多了，明白的事情也就多了。此有词《鹧鸪天》一首评得好：

能测会算已称奇，未卜先知难思议。
世人谬说书无用，岂知事事靠知识。
无知者，充有知，丑态百出羞自己。
书中自有黄金玉，少时不学老晚矣。

药引难找

唐代有位医生名曰孙思邈,当时的人们誉称其"赛华佗",也有人称其"胜扁鹊"。唐代以后迄今,人们皆称他为"药王"。孙思邈医术高超妙手回春时名极盛,他的故事广传民间。孙思邈虽然妙手回春,可他的医学著作却传世甚少,只有《千金方》一书尚存,余者皆无。大家知道他为啥仅此一书传世吗?据说孙思邈的医学著作倒是不少,只因为一个特殊的原因,使他的医学著作毁于一旦。

此事还得从孙思邈的哥哥说起。孙思邈的哥哥名叫孙思孝。孙思孝非常孝顺,一日三时向母亲问好,吃穿宁肯自己苦点儿也要孝敬母亲。孙思邈因为忙于给人们治病,老母就全靠孙思孝侍候左右。有一次老母病得很重,孙思邈煎了不少药给母亲服下,可对他母亲的病情却是无济于事。母亲的病情不但不见好转,反而每况愈下日渐加重。

孙思孝见到了老母被病痛折磨得死去活来,气得朝着弟弟发起了火:"你能给别人治好病,可咱娘的病你怎么就治不好呢?你连装进棺材里的人都能救活,可咱妈的病你却越治越坏,你到底安得什么心呢?"孙思邈被哥哥说得实在没有办法了,只好实话实说:"我也很想把咱娘的病治好,可她现在已是病入膏肓了,看起来是她老人家就该这么大的寿命了。"孙思孝听后怒道:"你别在这里胡诌八扯,咱妈是死不了的人,我不相信她会死的。"孙思孝眼看着命若游丝的老娘一天比一天消瘦,病痛也一天比一天加剧,不由得天天以泪洗面。

　　这天，老母也觉得自己将不久于人世，便对思孝说："孝儿，为娘我怕是不行了。你的孝心我皆知晓，可你也别过于悲伤，千万别把你的身子折腾坏了。我已有两个多月没有出门了，觉得闷得慌。孝儿，你能否背着我出门透透气呢？"孙思孝急忙说："能、能、能，你想怎样就尽管吩咐，我保证能做到。"孙思孝就背着老母出了家门。孙思孝嫌离村近了空气不新鲜，就背着老母亲向山上走去。

　　母亲见儿子这样孝顺，就强忍疼痛笑着对儿子说："我有你这样的好儿子，我就是死了也知足。"孙思孝急忙说："你可千万别说死，我是不会让你死的。"孙思孝见母亲的精神很好，自己也就不觉得累，竟把他母亲背到了离家三四里远的一座土山上。孙思孝虽然不觉得累，可他的脸上汗水直淌，母亲心疼地说："孝儿，咱们就不要再向前走了。我看这里就挺好的，咱们就在这里歇一歇吧，我也可以坐着看看风景。"孙思孝就依顺着老娘，把她安置在一块石头上坐下。可没坐多长时间就觉得口渴难受，她就对儿子说："孝儿，我怎么渴得受不了啦，你能不能想法子弄点儿水喝？"孙思孝连声说能，就离开了母亲去寻水。

　　在山上寻水是很难的。孙思孝满山遍野都走遍了，也没有找到一滴水，这就把他急得团团转。当孙思孝走到了一块坟地时，却在残碑断碣间见到了死人头骨的天灵盖里盛着水，并且还有两条小蛇正在水中游泳。此时的孙思孝怕渴坏了老娘，就顾不得那么多了，他急忙驱走了小蛇，双手捧着盛水的天灵盖儿向娘走去。

　　孙思孝把水端到了娘的面前，为难地说："娘，我实在是没有办法了，这荒山野岭的没有水，你老人家就将就着喝吧。"母亲见是死人头骨盛的水，本想不喝，可她又怕委屈了儿子的一片孝心，加上委实渴得受不了，她便大着胆子一口气喝下。说起来也太奇怪了，孙思孝的母亲把水喝下后，顿觉病痛减轻了一大半，她站起身子试试竟能自己站住。母亲高兴地说："孝儿，我觉得我的病儿好多了。我看你也太累了，你就扶着我走几步吧。"可孙思孝哪里肯听，仍然坚持着要背娘走。

当孙思孝背着娘走到了另一座小土山上时,他娘又说:"孝儿,我怎么这么饿呢?饿得我浑身直颤,咱们还是快点回家吃饭吧。"孙思孝见五六天也不吃饭的老娘想吃饭,高兴得流出了眼泪。他对娘说:"娘,咱们不回家也能有饭吃。前面就有几户人家,你就在这里等着,我到他们家中拿点饭儿给你,我一会儿就回来了。"孙思孝的娘说道:"那好吧!你快去快回!"孙思孝辞别了老母后一溜儿小跑向那几户人家奔去。

孙思孝很快就来到了一户人家门前敲门求见。当孙思孝向主人说明来意后,主人满脸带笑地说:"好好好,我家正喜得贵子,你就是贵客了。你稍等一会儿,我这就回屋拿饭给你。"不多久,主人就端着一只大碗笑呵呵地走了出来对孙思孝说:"我拿了一碗米汤,再加上两个红皮鸡蛋,你赶快送给你娘吃下。碗你也别送了,吃完之后你就背着你娘回家吧。"孙思孝接过了米汤和鸡蛋后,深鞠一躬谢别了人家快速往回走。

孙思孝的娘见到儿子拿来了饭,眼睛一亮,接过来后很快就把一碗米汤喝完,两个鸡蛋她也没有剩下。孙思孝他娘吃完后,顿时觉得浑身再也没有痛处了,精神抖擞红光满面,她站起身子走了几步,觉得走起路来也挺有劲儿的。这一次她可真的不让儿子背了。孙思孝仍要背他娘,他娘却说:"你这是怎么了?我都四个多月没有走路了,你让我活动活动还不好吗?咱们现在就回家。你若是孝顺的话,那你就让为娘自己走着回家。"孙思孝母命难违,只好让娘走着回家,他在旁边还小心翼翼地等着搀扶呢。结果老娘一口气就走回家中,中间连歇息都没有。

孙思孝见到了母亲完全康复了,心中特别高兴,可他高兴之后又恨起了弟弟来:"好一个什么'赛华佗''胜扁鹊',咱娘不用吃药病就全好了,可你竟给她判了'死刑'!"孙思孝越想越生气,当他看见孙思邈写的医书放在家中时,登时心中一阵火起:"你纯粹是个蒙古大夫,瞎编了那么多的书骗人。不如我一把火烧掉。"孙思孝一怒之下竟把孙思邈写的医书片页未留全部烧光。

孙思孝把书烧光余烟未了之时,孙思邈正好从外面行医回家。思孝余怒未消向弟弟发起怒来:"你算个啥医生?咱娘的病管都全好了,可你却说她的阳寿到头了。你今天先说说咱娘得的是啥病！你为啥说她治不好？"孙思邈见哥哥发了这么大的火，被哥哥弄得莫名其妙，他怕哥哥继续生气就不得不实话实说："请哥哥息怒，请你听我把话说完。咱娘的病不是不能治，确切来说是药引难找。要想治好娘的病，那必须有二龙洗澡水，而且还得盛在死人的天灵盖中，只有这样的水才能当药引子。而给咱娘治病的药更为出奇，那就是要用状元汤一碗，再加上两只凤凰蛋。只有这些条件才能把病治好。那我问你，这几样药物到哪里找呢？你能知道谁刚生下就是状元命吗？那凤凰蛋又到哪里找？至于二龙在一个天灵盖里洗澡，那可更是奇水奇药了。似此凤毛麟角的盖世奇物，亘古至今谁人见过了呢？"孙思孝经弟弟这样一说这才恍然大悟：娘的病愈完全是巧合幸运而得的药物，而这些药物和弟弟所说得一模一样。此时的孙思孝才为自己的粗鲁行为感到后悔，不该为了泄恨烧毁了弟弟的医书。孙思孝为自己的愚蠢和粗鲁而感到了惭愧，可就是后悔也已于事无补了。

　　正因为孙思孝的鲁莽行事，这才使得孙思邈的医书存世者寥寥无几，《千金方》一书那是他后期所著。这正是：

　　　　愚者不解智者心，只会烦恼与悲愤。
　　　　莽撞于事有何补，一怒焚毁岂千金？

棺材寿礼

有一段奇事不知你是否听说过：古时候有个人给他老师送寿礼时，竟送了一口棺材当寿礼。可能有人会说："你这是盲人拉弦——瞎扯，送礼有送金银珠宝、古玩玉器、名人丹青以及山珍海味与果品佳肴等等，哪有送口棺材当寿礼的？要不，那就是他和老师有仇，才故意送口棺材去气老师的。"其实，那人送棺材给老师当寿礼，完全是出于善意。

这是发生在隋炀帝大业十四年间的事儿。隋朝在我国历史上虽然是一个昙花一现、仅有三十几年的朝代，可开国皇帝杨坚却是一个相当了不起的人物。杨坚灭陈后完成了统一中国的大业，他所立的各项法制，在隋以后的几个朝代里都基本上沿用下来。可他的儿子炀帝杨广，骄奢淫逸昏庸无道，朝野上下君不临朝臣不问政，致使盗匪横行民不聊生。于是，天下群雄揭竿而起，皆想称孤道寡。当时有一人，曾以名言"兼听则明，偏信则暗"劝化世人而闻名。说到这里有很多人就知道此人乃是后来的大唐丞相魏征，而送棺材当寿礼的人也正是此人。

大业十四年的重阳节，正是魏征恩师六十寿诞，魏征就差人把他准备日久的棺材寿礼送到了恩师家中。魏征的恩师姓姜，是一位见高识广、德才兼备的老夫子，在姜老夫子的众多弟子之中，魏征是最令他称心如意的佼佼者。当姜老夫子见魏征送来的寿礼竟是棺材时，就不由自主地惊疑起来。心想："魏征虽然是我的学生，可自古以来只有状元徒弟，而没有状元老师，他是青出于蓝又胜于蓝。魏征素有先见之明，他给老夫我送口棺材来，难道他预知我的阳寿将尽？"可姜老夫子再一细想，便觉得这事如此分析不妥，因为他深知魏征的为人："魏征是一个聪明透顶的人，他若是预知我的阳寿将尽，那他绝对不会送口棺材来。可他送口棺材给我究竟有何深意？真是令人费解。"姜老夫子思前想后百思不解其意。

魏征送给恩师的奇特寿礼引起了一场轩然大波。在姜老夫子所住的村庄很快就无人不知无人不晓，并且随即传遍了三村四乡。有道是"大风吹折梧桐树，只有旁人论短长"。有人说："世上哪有这样不懂事儿的人呢？这人还好好的活着，他竟送个棺材当寿礼。别说姜老夫子是他老师，就是他的冤家对头，他也不该这样来气人。"也有人说："这个魏征太不是东西了，他可真是有娘养没娘教的混账东西。"还有人说："这个魏征这样做也太缺德了。多亏姜老夫子度量大，若是换成别人，还不得被这个魏征气死吗？"

寿诞宴上，姜老夫子的亲戚朋友和学生看到棺材时，都准备将其砸碎扔掉，还有人建议说要烧毁。可姜老夫子笑着说："这有啥了不起它只不过是几块木板凑在了一起做成的器具而已，没有啥吉利与不吉利的。你们也用不着那样大惊小怪，我相信魏征是一片善意。等日后我们见到魏征，自然会明白是怎么回事。"姜老夫子的嘴里虽然这样说，可在他心里也不愉快，他吩咐家人将那口棺材抬到盛柴草的西厢房里。

事情转眼就过去了六年，姜老夫子一直没有魏征的消息。他心中始终牵挂着魏征的安危。有一天，姜老夫子闲来无事，加上思念魏征已久，他就信步走到了西厢房里看棺材。仔细打量之下，才见那口棺材外观甚美，上面雕刻着山、水、花木及飞禽走兽，样样巧夺天工栩栩如生。姜老夫子见到这鬼斧神工的精雕细刻后，不觉心中非常奇怪，心想："这口棺材外观如此之美，里面又是啥样子呢？"于是，姜老夫子便自己动手揭开了棺盖。

不见则已一见惊心。姜老夫子万万没想到那棺材之内竟别有天地，只见里面盛满了山珍海味及果品佳肴，时隔六年竟肉类不腐果类不干，各类东西仍旧新鲜如初。姜老夫子见这旷古未闻的珍奇宝物后，内心中便责备起自己来："连我也把好心当成了驴肝肺，竟不知魏征是一片好心。世上万事不能只看外表不看内在啊。"姜老夫子看后又把棺盖封好。

转眼又过数年,魏征当上了大唐丞相衣锦还乡拜见恩师时,姜老夫子才打开棺盖,从里面取出了珍馐美馔与魏征共食之。有诗一首评曰:

光观外观不雅观,见偏听偏信也偏。
事事皆应讲求实,若要求实观全面。

菩萨也无奈

南海观音菩萨忙中偷闲,和财神赵公元帅在南天门外对坐下棋。观音菩萨一边下棋,一边透过了云海俯视下界的万物苍生。

菩萨面对着天庭的财神,忽然想起了一桩与财有关的事情。那就是凡间很多人常在她的神像面前祈求生财,但菩萨因为自己的权力所限,不能成全。可她又见人间贫富悬殊,富者是肥得流油骄奢淫逸花天酒地,穷者则衣不遮体食不饱肚,终年忙碌难以糊口。于是,菩萨便问财神:"你这个财神是怎么当的?为啥专向着富人却对穷人漠不关心呢?"赵公元帅说:"财物这东西是各有其主的,它该是谁的就是谁的,就是强求也无用。"菩萨说:"你说这话谁能相信?我问你,你今天身上带的什么财宝呢?你说这财宝又该是谁的?"赵公元帅说:"我今天带了八个十两重的大元宝,这八个元宝它该是下界赵员外的。"菩萨听后笑道:"你们天上凡间同是姓赵,你在这里面肯定有私情,我就不信它该是你们姓赵的。"赵公元帅说:"你若是不相信,那你今天就试试看。这八个元宝今天全由你安排,看一看究竟谁能得到它。"菩萨听后毫不客气,就把八个元宝全从赵公元帅那里拿了过来,揣在自己的怀中。菩萨心想:"我就不信这个邪,今天定叫这八个元宝一个也到不了你们赵家。"菩萨一心难以二用,第一局棋就给输了赵公元帅。

菩萨和赵公元帅刚把下第二局棋子摆好,却低头见人间有六个叫花子,他们要结队过一座木板桥。菩萨此时心想:"这一次可找到个好时机,我把八个元宝全放在木桥中间，桥那么窄，我就不信那六个人会发现不了这元宝。"菩萨想过之后便化了一道金光，离开天庭来到凡间，隐身站在木板桥上。这时那六个衣衫褴褛的叫花子已经走到离桥头不远的地方。菩萨急忙把元宝堆在桥上，然后一道祥光返回天庭，她要和赵公元帅一起等着看结果。

菩萨回到天庭后，笑着对着赵公元帅说："你现在还敢说那八个元宝就该着是你们赵家的吗？那六个叫花子连元宝都不认得吗？还是他们见了元宝也不捡呢？"赵公元帅笑着说："这元宝当然是赵员外的。那六人不是不认得元宝，也不是见了元宝也不捡，而是他们根本就看不到元宝。你若是不信那咱们就等着瞧。"这时，菩萨见那六个叫花子全都走近桥头，心中高兴起来。她想："这六个人不会全是瞎子，不然他们肯定会看到元宝的。"就在此时，菩萨却见到那六人都止住了脚步，其中有一人说："我们今天过桥，无论是谁都要闭着眼睛过。谁若是掉到了河里或是私自睁开眼睛偷看，那谁就是狗熊。"六个叫花子是一人提倡五人响应，竟全都闭上了眼睛，然后小心谨慎地慢步过了桥。他们六人过桥后便睁开眼睛，有说有笑地离开了河岸，结果这堆儿元宝对叫花子来说是人家娶媳妇——没他的事儿。

菩萨此时是又好气又好笑，她万万没想到还有遇到财宝不睁眼的人。赵公元帅此时笑着对菩萨说："怎么样？你现在服输了吧？你若是还不肯相信的话，一会儿赵员外也从那条路上经过，这八个元宝仍然全归你，下界那条路的两旁任你挑选。可你无论把元宝藏到哪里，赵员外也会全部得到。"菩萨听后心中暗想："我这一次把元宝藏在泥土里，难道他能看见泥土底下的东西不成？"菩萨想完了之后又化了一道金光，二次来到人间。

菩萨心想："这一次我把元宝埋得离路远一点儿，我要看看这个赵员外如何得财？"想完之后她便到桥上拾起元宝并在路旁寻找藏元宝的地方。菩萨终于找到了一个好地方，那就是在路旁有一丛灌木，她就在灌木条下扒了一个坑，把元宝全部放在坑中然后又用土盖上。事毕菩萨又返回天庭和赵公元帅继续对弈闲谈。赵公元帅此时笑着对菩萨说："别看你把元宝埋在土中，这财宝该着是赵员外的，你就是把它埋在地下也白费心机。"菩萨说："你不要早下定论，咱们这就等着瞧。我就不信世上的事情这样不公道。"菩萨和赵公元帅边说话边下棋，不时低头看下界的结果。

菩萨和赵公元帅第二局棋还没下完，就看到一个肥头大耳衣着华贵的富人，骑着一匹大白马在那条路上走着。赵公元帅说："此人正是赵员外。"菩萨听说来人就是赵员外，便不时地低头向下观看，由于她没专心下棋，第二局又输给了赵公元帅。菩萨此时再也顾不得下棋了，而是专心盯着那个赵员外。她见到那个赵员外走到离藏宝不远的地方时竟翻身下了马，并牵着马缰绳走到了藏元宝的灌木条前。

菩萨见赵员外走到了灌木条前，心中立刻紧张起来："这个赵员外可也太奇怪了，他怎么会知道元宝藏在那里呢？"可菩萨再看赵员外并没有扒土，而是把马拴在灌木条上另找了个地方大便，菩萨见后心情也平静了下来。可就在这时，那匹白马见到主人离开就四蹄乱刨，把拴它的灌木条儿差点连根拔出。经过白马这一折腾，竟把埋在土中的元宝全都刨了出来。肥头大耳的赵员外见马儿撒欢折腾，怕白马挣脱了缰绳，便急忙跑过来抓大白马。当赵员外发现了发着金光的大元宝时，高兴得摇头晃脑手舞足蹈。这样一来，观音菩萨又输了一局棋给赵公元帅。

菩萨虽然全局皆输，可她却赢得了一样她不应得的荣誉。那个肥头大耳的赵员外，见自己意外发财时，竟认为是菩萨赐给他的。赵员外口中不停地叨念："多谢菩萨！多谢菩萨！"这正是：

　　世人皆爱财，财神来安排。
　　财不爱穷人，菩萨也无奈。

猴

  外国有个《狗熊服务》的故事,说的是有一个人养了一只狗熊,有一天狗熊的主人睡着了,有一只苍蝇却落在了主人的脸上。狗熊见到后为了讨好主人,它就用前掌去打苍蝇,结果不仅没打着苍蝇,反而把主人打得鼻青脸肿。那是洋人的故事,而在我国有个猴子的故事不知各位可知否?

  有一养猴的人家,他家的姓氏和猴是谐音——侯。侯家养了一只大公猴,这只猴子已在他家养了四年多。这只公猴很聪明,也很忠实于主人。主人出去办事时,门都不用锁,别人谁也不能从侯家拿一点东西出去。这只猴子不但能看好家,还能帮助主人扫地和拿柴草。主人若是闲了时,它还能逗着主人玩耍,所以侯家夫妻二人都非常喜欢它。

  有句话说:"猴子学人行。"正因为这样,侯家便招来意想不到的横祸。一天吃完早饭后,侯家夫妻见未满周岁的儿子睡着了,夫妻二人就抽空到园中种菜。

  猴子见主人离开家中后,它扫完地后又揭开了锅盖向锅里舀水,然后盖上锅盖拿来柴草,竟生火烧起水来。猴子烧水干啥?因为猴子常看见大主人烧水给小主人洗澡,以前给小主人洗澡时都是由它拿柴草和烧火,可当给小主人洗澡时大主人却不让它动手,它只能呆在一旁看。猴子今天见大主人不在家,就想帮大主人给小主人洗澡。

  当猴子把水烧开后,它就掀开了锅盖,用水瓢把开水舀到小主人洗澡用的木盆中。然后又到炕上给婴儿扒光了衣服，抱着放到了洗澡盆中，结果婴儿在盆中只哭了一声就被烫得气绝身亡。猴子见小主人不哭也不闹，感到很高兴，它就想好好地给小主人洗一次澡。当猴子向盆里一伸手，就烫得急忙把手抽了回来，它这才用瓢向盆中放凉水。

可猴子还没有动手给小主人洗澡，就看见女主人从外面走进院门。原来女主人是怕儿子醒了，抽空从园里回家看看。当女主人走进院里时，就见满屋子热气腾腾，心中一阵紧张，急忙走入屋内，当她发现洗澡盆里有一团红肉时就知道大事不妙，连哭带喊地把儿子从水中捞出。可已经于事无补。女主人见儿子已无法回生，抱着儿子尸体大哭起来。猴子莫名其妙地傻看着。

此事惊动了四邻，急忙找回了男主人。男主人回到家中见妻子仍然抱着儿子的尸体在哭泣，气得拿起棍子准备打猴子。那只猴子却很敏捷，它左蹿右跳，棍子始终打它不着。男主人见用棍子征服不了猴子，就气得扔下了棍子去捉它，可那只猴子一纵身就跳上房梁，大家想帮忙也徒奈其何。只能眼睁睁地看着猴子呆在房梁上。

女主人此情景，流着眼泪说："你们别再捉啦！那样是捉不到这个孽畜的。我自有办法对付它。"女主人说完后，就把儿子的尸体用布包好放在地上，并叫众人退到屋外。女主人此时叫丈夫掀开了石磨上页，她把自己的手伸到了两页磨的中间，假装清理石磨中间的东西。

猴子在梁上见女主人在清理石磨时，就急忙从梁顶上跳到了地上，模仿女主人也把手伸到石磨中间。可怜那只猴子拼命讨好主人，哪知主人却暗藏杀心？女主人见猴子的手伸到了磨片中间，就向丈夫使了个眼色，她突然把手从磨的中间抽了出来。男主人见猴爪子仍然在磨的中间，就急忙把石磨放下，这样一来就把猴子的手夹在了石磨里动弹不得。男主人急忙手持一条粗棍，将猴头打得稀巴乱。

可怜这只忠实的猴子，是割了屁股上的肉敬菩萨——自己遭了罪，还得罪了神。此正是：

好心好意献殷勤，反帮倒忙祸上身。

无意犯下滔天罪，惹得主人起杀心。

风水先生

自吹自擂　善观风水

清朝圣祖康熙年间，在直隶（现在的河北省）境内有一个风水先生，名气颇大朝野皆知。据说他精通八卦善观风水，对房宅及墓穴地勘测简直达到出神入化的境界。风水先生姓胡官名真言，时人皆称其为"胡半仙"。据"胡半仙"所言，自己长了一双阴阳眼，对地下的东西也能看到三尺深。此人自吹自擂到处扬言，说他们胡家祖辈几代人全都是风水先生。"胡半仙"还说曾叱咤风云的闯王李自成家的墓穴就是由"胡半仙"的老太爷给看的，李自成才差一点当上皇帝。

"胡半仙"是这样说的：李自成的爷爷曾请人给李家找块风水宝地，想叫李家的后辈成龙为王。当时"胡半仙"的老太爷声望最高，李自成的爷爷听说后就聘请"胡半仙"的老太爷勘测墓穴，并承诺事后以重金相酬。"胡半仙"的老太爷不辞劳苦经过半年多的时间，终于找到一个能使后辈称帝的好墓地，可墓地却在人家的院子里。"胡半仙"的老太爷还说那个墓地不能移葬先辈的尸骨，必须是活着的人死后裸体下葬，只有那样葬法墓穴才能才显灵气，能使后辈成龙成凤。

当"胡半仙"的老太爷把此事告诉李自成的爷爷后，李自成的爷爷觉得把人家的院子当墓地确实难办。于是，李自成的爷爷就亲自到那个院里观看，当他见那座房子无人居住并且破烂不堪时，便想花钱买下这座房子。可李自成的爷爷打听之后才知道，这座破房的主人是一家相当有钱的财主。他知道想从财主手里买下这座房子极不容易，心中犯起难来。

李自成的爷爷为了光宗耀祖，就处心积虑地做了周密安排。李自成的爷爷嘱咐他的儿子，也就是李自成的父亲，说他若是死在那座破房子里，儿子啥条件也不要讲，只要房主答应破房的院子当坟地，就可以免去两家打官司。他还告诉儿子说他自己死了以后要光着身子装在棺材里，埋在那座破房的院子里就可以了。李自成的爷爷还清楚地告诉儿子，只要按照他所说的办法下葬，那将来的江山社稷就会是他们李家的了。

李自成的爷爷把一切安排妥当后就偷偷吊死在那座破房子里。人死在了那座房子里，房子的主人是有责任的，房主为了避免和李家打官司，就同李家协商处理此事。李自成的父亲提出的条件很简单，那就是能把死人埋在破屋的院子里，就可免去两家的官司纠缠。房子主人见破屋快要倒塌，就爽快地同意了李家的条件，李自成的爷爷便葬到破屋的院子里。

就在李家办完丧事的第三天上午，院里来了一伙儿官兵，他们闯入了院内把李家的新坟扒开了。原来朝中会观天相的大臣发觉此事禀报了皇帝降旨扒坟。当明朝的官兵扒开李家的新坟时，只见棺材下面流着的大水，李自成的爷爷几乎全部变成了龙，只有穿着短裤处没有变好。"胡半仙"是这样说的，这事儿坏就坏在李自成的母亲身上，她见到公爹光着屁股下葬于心不忍，就给公爹穿上了这块小小的遮丑布。正因为这样，李自成的爷爷才没有全部变成龙，若是他不穿那个小小的短裤，早就变成了龙随水跑掉。"胡半仙"说正因为李家没全听他老太爷的话，所以闯王李自成才当了一个昙花一现的皇帝。"胡半仙"自吹自擂一顿吹嘘，他善观风水的名声那就更大了。

骗取龙蛋　　鳌拜受骗

民谣说："天上的星多月不明，海里的鱼多水不静。世上的人多心不平，朝中的官多有奸臣。"此话并非空穴来风。当时朝廷内有一个酷吏名叫鳌拜，他专横跋扈目空一切，见大清的皇帝康熙是个少年娃娃，就图谋谋篡大清的龙位。

鳌拜听说"胡半仙"是一个了不起的风水先生,就想找此人为自家寻块儿风水宝地,差人用重金把"胡半仙"请到了鳌府中。鳌拜毫无忌讳地把自己谋反意图告诉了"胡半仙",并对"胡半仙"承诺,说他若得了皇位定要册封"胡半仙"高官厚禄,荣华富贵尽其享受。"胡半仙"听说之后,见到了自己时来运转就想趁机大捞一把。"胡半仙"凭着口若悬河的三寸不烂之舌,竟把想谋反的鳌拜骗得神魂颠倒。

"胡半仙"对鳌拜说:"我早已看过了天相,见帝星晃动将要移位,并知下代君王非将军莫属。我提前半年就看中了一块儿墓穴,它是世间罕见的风水宝地。将军若起用此宝地则会出九五至尊的帝位,并且唾手可得江山,而且还能胜似周文王的八百年基业。这块宝地还有一大好处,那就是它的灵气会立竿见影,谁若把祖辈的尸骨移葬于此地,则不用几年的时间便可即得江山社稷而稳坐龙位。此宝地虽然无与伦比,可凡事都是阴阳相克的,它有长则会有短。此宝地也有美中不足之处,那就是这块宝地是雄龙在位,它是极其不易驯服。"听到了此处,急于篡夺康熙的江山的鳌拜就急忙插嘴说:"请先生不要卖关子了,你需要多少酬金尽管说个价儿,我是决不会砍价的。""胡半仙"笑着说:"请将军别误会,我就是不说价儿,我也知道你是不会亏待我的。请你听我继续说下去,我是说那块宝地它是一条雄龙在卧,必须先着手找到雄龙的睾丸之处。睾丸就是人之所说得雄性的蛋,只有先找到了公龙的龙蛋,然后再骗取龙蛋,那这只雄龙才会俯首帖耳。骗龙后移葬尸骨是其一,其二是移葬尸骨时只能潜移默声,免得声张走漏了风声有人扒坟。"鳌拜听说人能找出龙蛋和骗龙蛋,他更对"胡半仙"佩服得五体投地。

鳌拜在心中想到:"此人何止半仙呢?满可以称得是大仙。"于是,鳌拜便对"胡半仙"笑着说:"我一切都听大仙地安排,但不知宝地所在何处呢?又怎样才能找到龙蛋和骗龙蛋呢?""胡半仙"说:"此地离京城也并不太远,它就在妙峰山上,我不妨明天就开始勘测龙蛋的位置,估计有半月的时间便可大功告成。待我勘测出龙蛋的位置以后,可由你亲自带人骗取龙蛋,并顺便安葬大人的祖辈尸骨。"鳌拜闻后欣喜若狂,将"胡半仙"视为上神，并款留"胡半仙"住在自己的府中。

"胡半仙"在第二天吃完了早饭之后，便偕同鳌府的四个仆人，骑着快马离开了鳌拜的官邸。五人骑着马似箭离弦，前往妙峰山而去。

鳌拜心急火燎地等着骗龙蛋，事情已经过去了十二天，随"胡半仙"去的家丁才回来报信。报信的家丁说："禀告大人，胡大仙说龙蛋的位置已经大体上找到了，他说明天就可以准确地定下来。胡大仙还说明天是动土起葬的吉日，他叫大人明天午时以前把先辈的尸骨先请到府中。"鳌拜听说后感到非常高兴，他就准备明天到自家的墓地起葬，他要请出他的先人之尸骨。

鳌拜在第二天上午就到了他的祖坟墓地起葬，他把他的先辈尸骨请到了府中。在当天晚饭后又有一个家丁回来报信说："禀告大人，胡大仙那里已经大功告成，他把龙蛋的位置已经找到了。胡大仙叫我回来禀报，他说明天就是动土下葬的吉日。他叫大人务必明天午饭前，带着前辈的尸骨前往妙峰山上，要先骗取龙蛋后安葬。胡大仙还说最好在午时前赶到妙峰山上，叫大人切莫错失良机。"鳌拜听后摩拳擦掌高兴万分，立即做起了一切准备。

当天的夜间刚过了子时，鳌拜就带着他先人的尸骨，并带领着几个贴身的亲信，骑着快马前往妙峰山而去。

鳌拜主仆众人策马加鞭，恰好在午时前赶到了妙峰山，他们到后见"胡半仙"手中拿着罗盘仍在忙活着。"胡半仙"见到了鳌拜，笑呵呵地说道："大人来得正好，现在就可以开始骗龙蛋了，你把人分为两处，一处四人便可。我先把龙蛋的位置指给你们看一看，然后你们再动手骗取它。""胡半仙"又神气活现地说："此龙其首在东意欲跃入东洋大海，其尾在西，龙蛋就在它的左右两侧。右面的这一颗就在前面的杨树下，左面的那一颗是在山背面的灌木条下，那里现在已有两人在等候，你们再去两人帮助一下就可以了。好吧，等我先烧纸钱和用酒祭完山神后，你们便可动土行事。""胡半仙"说完后先把烧纸和香点着了火，然后又把酒泼在了地上。"胡半仙"泼酒后又跪地叩首，并且口中念念有词，他念完话儿后才叫众仆人骗取龙蛋。

鳌拜的仆人都觉得太神秘了，因为他们从未听说谁能骗龙蛋，尤其是他们怀疑下面有没有龙蛋。而且众仆人更想看一看龙蛋是啥样子，所以，他们干起活来都肯出力。那四个仆人在不长的时间内，他们便在"胡半仙"所指得杨树下挖了一个二尺多深的坑。正在这时"胡半仙"却突然喊道："你们稍等一等，此事失之分毫则差之千里，让我再看一下位置。""胡半仙"说完后便睁一只眼闭一只眼，他装神弄鬼地东看看西瞧瞧，然后又开口说道："很好，分毫没差，龙蛋就在这下面。"那四个仆人就又开始在坑内挖起土来。

一件令人难以置信的事儿终于发生了，众人在"胡半仙"地指点下，他们竟在地下近三尺深挖到了一颗鹅卵石，那块黑色的鹅卵石能有十多斤重，并叫树的根须盘缠着。他们没等多长时间，另一伙人也拿来了一颗同样的鹅卵石，上面也缠满了植物的根须。众人见"胡半仙"竟把埋在地下的"龙蛋"都能找到，就更加敬佩"胡半仙"的本领。此时的"胡半仙"更是趾高气扬，他神气十足地说："好好好！这两颗龙蛋都被取下，我则保将军心想事成，这真是天降大任斯人也。现在你们都跟我走，咱们到选定的宝地埋葬先人的尸骨。"众人在"胡半仙"地带领下就来到了他选定的坟地里，他们到了那里后首先烧香拨火地挖了穴，然后又埋葬了鳌拜的先人尸骨。鳌拜把先人的尸骨安葬好了以后，客气地对"胡半仙"说："江湖上皆称先生你为半仙，这太有损先生的大名了，依我之见，就是称先生为仙师也绰绰有余。待我回到了府中以后，我要筑一座仙师阁专供仙师居住，你从此以后再不用重涉江湖受苦了，荣华富贵任你享受。""胡半仙"高兴得急忙跪地叩谢，从此后他便助纣为虐地投靠了鳌拜。

"龙者"变鬼　"半仙"后悔

那个鳌拜自从把先人的尸骨移到了妙峰山上后，他还真的以为自己得到了风水宝地。想到了自己很快就能得江山，他就肆行无忌地横行霸道，嚣张气焰不可一世。

鳌拜对康熙的江山是志在必得，他紧锣密鼓地网罗着自己的党羽，并对不跟随自己的官员则是打击报复。鳌拜在朝中权高势强诛锄异己，满朝文武百官皆惧他的势力，不敢怒也不敢言。年少的康熙皇帝名叫玄烨，他对鳌拜专横是看在眼里怒在心中，可他并不表露出来。玄烨自幼就聪明过人，文韬武略无一不精，他可不是一个甘受侮辱的无能之辈。于是，玄烨便暗中策划，他决定要拔掉鳌拜这个眼中钉、肉中刺。

鳌拜乃是一介有勇无谋的粗鲁武夫，他岂是玄烨的对手？当他朝思暮想、还在继续做着当皇帝的美梦时，却被年少的康熙皇帝送上了断头台。当康熙皇帝掌握了鳌拜的谋反证据之后，他就下旨御林军围剿了鳌府，并对鳌府诛戮满门、查封了鳌家家产。康熙皇帝还降下旨意，对鳌家的所有注册人员全部收监候审，"胡半仙"是鳌拜的"仙师"，他理所当然地要去监狱里走走了。鳌拜被处以满门抄斩以后，皇帝又降旨将鳌家管家以上的人员判为死刑，"胡半仙"唆使鳌拜谋反，他当然是难免不一刀之苦。

别看"胡半仙"骗人的胆子大，可他听说要上断头台时，却把他吓得鼻涕满面、屎尿满裤。他边哭边说："是我贪财才害死了我自己，我早知今日后悔不该当初。"鳌拜的大管家见到了"胡半仙"胆小如鼠，他就开口问到："仙师，我有一事至今尚不明白。你说我家的主人能登基做皇帝，他而今却为何变成了刀下之鬼呢？难道龙蛋被骗了，那块风水宝地就不灵验了吗？""胡半仙"掉着眼泪说："老弟，你就别再提那件事儿了。事到如今你还相信我的话儿吗？我的名字叫胡真言，可我一生说过几句真言呢？可以说是我从来也没有说过一句。眼看着我们都快要上断头台了，我在这临死前我要对得起我的名字，我要说几句真话留在人间。我现在实话儿告诉你，我说妙峰山上是块风水宝地，我那是盲人说故事——瞎说一通，那完全是我自己编造的。那两颗'龙蛋'，是我八年前在天津海岸上遇到的鹅卵石，我见那两块石头很相似，我就把它带在了身边。后来我在妙峰山上挖了两个坑，并把那两块鹅卵石埋在坑里，我怕我年久了找不到它，我还特意栽上了杨树和灌木条子当记号。我那样做原准备骗有钱人的钱财，可我万万没想到此举竟断送了我的性命，我现在真的好后悔，可就是后悔我也来不及了。"那个大管家听后如梦方醒，他这才知道这个赫赫有名的风水先生，竟是个江湖骗子。

好一个江湖行骗的"胡半仙"，他为了骗钱而设法种蛋与骗蛋，可他万万没有想到因为此举，他竟把自己的宝贵脑袋也"骗"了去。这正是：

江湖行骗自己吹，种蛋骗蛋手段卑。
为骗钱财说假话，等到掉头才后悔。

此地灵气

宠物怀胎　主人无奈

世上有人常说："穿衣戴帽，各有所好。"世上的人们不但对穿戴如此，他们就是喂养的宠物也同样是各有所好的，世上的人们有人爱养鸟，也有的人爱养狗和猫的。而在南宋的理宗宝庆年间，在黄庄有家姓黄的大财主家中，他家喂养的宠物却是猴子。

黄财主这一次买了一只大雌猴，这只猴子既乖巧又聪明，它长得体形又大又很漂亮，并且还是一个处女身。黄财主把它当成了心肝宝贝一样待，他还特意地找人给它做了漂亮的花衣服，猴子所吃得食物比在黄财主家干活的佣人都好上几倍。黄财主家大业大，他的家人不算在内，仅丫环和雇工就有一百多人。黄财主财大气粗爱显富，特意给猴子建造了一幢小楼阁，小楼阁非常雅观。黄财主还找了专人喂养猴子，专人每天给猴子洗澡和换衣服，晚上还有干活的壮丁轮流着守护猴子。别说黄财主喜欢这只猴子，这只猴子也确实是聪明伶俐讨人喜欢，它既能听懂人的话儿又能善解人意，这只猴子也很勤快你叫它干啥它就干啥。黄财主每天都来看一看他的宝贝，他并且还给猴子起了一个动听的名字，他叫这只猴子是"贝贝"。

"贝贝"来到了黄财主的家中第三年春天，黄财主发现"贝贝"有些懒惰，他以为猴子是得了啥病，于是便差人找来了兽医给猴子看病。可兽医来到了黄家后，却瞧不出是啥病。黄财主为此事正在犯难之时，他却忽然想到了猴子在各方面和人相似，他就差人请来了有名的郎中前来给他的宝贝治病儿。

黄财主怕惊动了"贝贝"，他就自己陪着郎中，他们二人一起来到了"贝贝"的房间内。那个郎中给"贝贝"诊了一会儿脉，他又看了看它的舌苔，然后又翻开了"贝贝"的眼皮儿看了看。那个郎中看后便对黄财主说："请黄大官人莫须担心，你家的宝贝是啥病也没有，它的身体一切都很正常，包括它体内的胎儿也很正常。"黄财主听到郎中这样一说，他在心中就愣了一下儿，但他也并没有露出任何声色。黄财主机灵地对郎中说："有劳先生大驾光临，真是辛苦你了。"黄财主一边说着客气话儿一边从身上拿出了五两银子，他要把银子付给郎中作为酬谢之礼。郎中见此厚礼便推辞不收，可黄财主硬把银子塞在了他的手中。黄财主并且笑着说："此乃区区薄礼不成敬意，你又何必推辞呢？你若再不收下，那你就是嫌酬金少了。"郎中见到了再无法推辞也只好笑纳，他并千恩万谢地离开了黄家。

郎中走了以后，黄财主为"贝贝"的事儿就纳起闷来。他心中想到："这个宝贝来到了我家三年多，从未让它与同类接触过，可它怎么能怀起胎来呢？是郎中诊断有误呢？还是有……咳，还是等一段时间看看再说吧。"昼夜循环日月轮替转，眼间间又过去了三个月，"贝贝"的肚子竟一天比一天大了起来，看来它已经怀胎是无可置疑的。可这到底是怎么回事儿呢？黄财主找不出答案来，可他也没别的办法，他只好是无可奈何地静观其变。

转眼间十月怀胎期满，到了一朝临盆分娩之时。可等"贝贝"的孩子出生后，却使得黄财主及其家人全都傻了眼。出了啥事儿呢？原来黄财主所养得这只猴子，它竟然生了个人模人样的男性婴儿。黄家出现了这种怪事儿，黄财主真是哭笑不得，他做梦也想不到会有如此奇事。可此事又不好声张，黄财主出于无奈，他只好找来了贴心的下人伺候着他的心上之物——"贝贝"。黄财主怕此事外传形成了他人的谈资，就叫凡知情者都不准透出风声，让"贝贝"和它的孩子离开了那座小楼阁。可这个男婴的父亲是谁呢？哪怎样才能找到那个当父亲的人呢？黄财主为了解开谜团煞费心机。

生日席间　生父露面

这一年的年尽月齐之时，黄财主本应打发雇工回家。可今年却是例外，他竟把他家的外来男性人员全召集在一起。黄财主对着众人说："大伙儿今年在我的家中干活儿，你们全都干得相当不错，我准备明年继续留用。我的手头儿现在有点儿吃紧，今年的薪水我只发九成给你们。请大家放心，你们若明年仍到我家干活儿，欠下的一成我上半年就补发给你们，并且年终我还多付半个月的工钱。"大家也不知道他葫芦里卖得啥药，可也都觉得黄财主为人厚道，并且他说话向来都算数，大家自然是愿意继续来黄家干活儿。这样一来，凡是在黄家干活的男性人员，他们第二年仍原班人马来到了黄家。

光阴似箭，日月穿梭，不觉"贝贝"的婴儿只差两天便是他满周岁的生日了，可这个小婴儿直到现在仍是没有自己的姓名。不过，黄财主及其家人都非常喜欢这个孩子，因为这个孩子也确实可爱。这个孩子还未满周岁就能到处走动，并且他的小嘴巴也很乖巧，虽然他不知道他的父亲是谁，可"爹爹""妈妈"他都能叫得很清楚。在这个孩子的生日前一天，黄财主的家中就杀猪宰羊，准备为孩子的周岁生日大摆筵席。

在"贝贝"的孩子诞辰一周年这一天，黄财主在他的家中宴请了全家所有男性人员。当大家都聚在一堂之时，所有的人全都觉得莫名其妙，谁也猜不出主人为啥要请客。在酒席开始前，黄财主来到了宴会场地，他高声地说道："今天可是个大喜的日子，我们聚在一起要庆贺一个小寿星的周岁生日。哪这个小寿星是谁呢？他是我家的'贝贝'所生的儿子，你们现在都可以和他认识一下。"黄财主的话音刚落，他的夫人就领了一个小娃娃来到了宴会现场。黄财主满脸带笑地抱起了那个小娃娃，他对着众人说道："这个娃子就是'贝贝'的儿子，可他现在仍然没有自己的名字，大家能猜出是啥原因吗？"黄财主这样一问，在座的人们全都纷纷地议论了起来。有人说："'贝贝'是只猴子，可它怎么能生出人模人样的孩子呢？"也有人说："我从来也没听说猴子会生人的。"还有人说："怪不得东家去年不让我们走，看来这里面是大有文章的。"更有会说怪话的人说："猴子能生出人来，这八成是马生骡子——杂种了。"黄财主没等大家再继续议论下去，他就把那个孩子放到了地上，然后他站起了身子说："这个孩子之所以没有取名字，那是因为还不知道他的父亲是谁。等这个孩子今天找到了自己的生身父亲后，那就借着今日的生日宴会，来给他取个好听的名字。可我得把事情提前说明白，这个孩子的生身父亲肯定就在我们这些人之中，现在就让这个孩子去认他的父亲。这个孩子走到了谁的面前，若他叫谁是'爹爹'时，那谁就是他的父亲了。我希望他的父亲能敢作敢当，千万别辜负了孩子的美意。"经黄财主这样一说，大家这才明白了他摆酒席的用意。

此时在场的男人们，他们个个都是鱼钩吞在肚子里——提心吊胆，全都在暗中祈祷着："可千万千万别叫我是爹爹。"黄财主好像看透了大家的心情，他就笑着说："请大家不要紧张，这事儿若不是你干得，那这个孩子他是不会屈着你的。世上的父子自有血缘天性，他是绝对不会认错爹的。"黄财主虽然是那种说法，可多数人仍然心中忐忑不安。此时只见黄夫人领着孩子在众人中慢慢地走动，大家的目光也随着孩子转。当那个孩子走到一个叫胡为的男人面前时，竟扑到了那个男人的身上，并张开了小口儿甜蜜地叫着"爹爹"。只见此时的胡为，他却是面红耳赤地低头不语。

黄财主见到这种情况后，他却面带微笑地走到了胡为面前。他说："你还低着头干啥呢？你还不赶快抱一抱你的儿子。你有这样的乖儿子，那可是你的缘分和福分。你没费吹灰之力就得到了这个大儿子，哪岂不是你的福分吗？"胡为事处无奈，并且也知道自己的所为，只好红着脸把儿子抱在了身上。此时全场都哄动了起来，说啥的都有，有人说俏皮话儿来庆贺的，也有人在私下里说怪话的。还是黄财主没让大家说下去，他说："这个孩子的父亲现在是找到了，这可是喜事儿一桩。有道是天不生无名之人，地不生无名之草，现在需要给小寿星取个名字，然后大家才能吃酒庆贺。"在黄财主地倡导下，大家都催着胡为给孩子取名字，可胡为抱着孩子低着头是徐庶进曹营——一言不发。黄财主又打圆场地说："看起来胡为这个当爹的，是不会给孩子取个好名来。我看这样吧，我现在就送给他一个名字吧。孩子的姓氏现在是知道了，那就是要跟着他的父亲姓胡，他的名字就叫有果吧，意思是说他找他的父亲有了结果。"黄财主的话音刚落，全场的人们就全都拍手称好，一个极不寻常的生日宴席便开始了。

携眷还乡　宠物遭殃

说起了胡为这个人，他怎么能和异物结缘呢？原来那个胡为都二十七、八岁了，因为他家一贫如洗，除了三间旧茅屋再也没有其他东西了，所以他只能靠卖力气糊口。胡为的父母在胡为十七八岁时就相继去世，而胡为本人又不争气，他常干些偷鸡摸狗的盗窃行为，所以他都到了二十四五岁了也没讨上媳妇。胡为觉得无有脸面呆在村中，只好到离村较远的黄庄干活儿混饭吃。胡为来到了黄财主的家中后，经常去看护宠物"贝贝"。没想到，胡为为了性欲之欢就剜肉补疮得不顾后果，其结果他仍是自食恶果。

那个孩子过完了周岁生日后，黄财主就私下对胡为说："我已经给你养活了一年多的家口，现在应该是由你自己承担了，你应该带着'贝贝'和你们的儿子一起回家过日子了。我也知道你的家中很穷，知道你是难以持家过日子的，那我就送给你十两银子吧，这银子权当是我给'贝贝'的嫁妆。这十两银子你须好几年才能挣得到，你可千万别把它破费掉，你可以用那银子买点儿土地，或者搞个养家糊口的生意。男人应该有自己的基业，你老是在外面闯荡是成不了大气候的，你明天就领着'贝贝'和有果回家吧。"胡为听说之后，他自己也没有别的办法，只好是满口答应了。

第二天天还未亮，胡为就起床准备携眷回乡，可黄财主不让他天不亮就走。黄家款留胡家三口儿吃完了早饭，并叫管家拿来了十两银子以及其他的礼品给胡为。胡为见后就急忙跪地叩谢，可黄财主说："你不必行此大礼，我给你这些东西并非是为了你，我是见这个孩子可怜才资助他一下的。我希望你以后好自为之，要担当起为人之父的担子，要把有果这个孩子养大成人。我看有果这个孩子天庭饱满伶俐过人，久后必有出人头地之日。父母是孩子的重要老师，而他的母亲又不会说话，教养孩子的重担就落在你肩上了。你自己也要收敛一点儿，再也别像你的名字那样胡作非为了。"胡为听后满口称"是",然后拜别了黄家并偕同家眷一起回家。

且说那个胡为在无奈之中,他只好是抱着儿子领着猴子顺路返回家中。走在回家的路上时,胡为反复思量,他觉得若是领着猴子回家必遭他人非议,自己在众人的面前也难以抬头。此时的胡为边走边用眼瞟看着猴子,当他见到猴子蹦蹦跳跳时就颇有反感,猴子虽然为他解了性欲之渴,但他对那个"贝贝"却毫无情感。那只猴子却挺通人性的,它一会儿扯一扯孩子的手,一会儿它又跳到了胡为的身后叫胡为背着它,它现在是老鼠给猫洗脸——拼着命地讨好。可此时的胡为越看"贝贝"就越觉得反感,简直都使得他觉得恶心,他在心中便产生了杀生的邪恶念头。

胡为在携眷还乡的途中要过一条河时,那只猴子却不敢涉水过河,胡为只好先把孩子送到了对岸,他然后又返回来背猴子过河。当胡为背着猴子走到了河心时,顿时起了歹心,只见胡为把腰向前一弯又双手用力向前一拉,他就把被主人宠上了天的"贝贝"从背后掀到了河水中。胡为又用双手把猴子按在河水里,可怜的"贝贝"竟溺水而亡。胡为本想撒手而去,可他又觉得猴子毕竟是孩子的母亲,他看儿子的脸面就把猴子的尸体拖上了河岸。胡为在离河岸不远处用手扒了个坑,并把猴子的尸体埋在土坑中,这个被主人所宠爱的"贝贝",从此就长眠在土坑之中。

子大为官　难竖旗杆

胡为杀了宠物带子回乡后,他隐瞒了真相暂且不提。且说河岸葬"贝贝"之处,当年就经风吹流沙形成了一个大沙丘,那沙丘并长满了蒿草苗壮茂盛。事隔四年后,有法华寺得道高僧知远法师和弟子慧明云游至此,知远法师便对弟子说:"岸边那个沙丘处倒是一块有灵气的风水宝地,但不知那宝地是谁家启用了,此宝地启用后其家子弟必会升官。可那块宝地也有美中不足之处,因为那块风水宝地并非净土,在他们启用前曾有人在此埋过了死物,玷污了宝地,所以其家子弟升官后必是狗官一个,必是人头落地不得善缘。"慧明深知师父有非凡本领,但对师父能预知人之日后生死,及其善恶缘果却有些怀疑。可慧明和尚又不好直说,他就转弯抹角地问:"师父,此地真能像你说得那样灵么？"知远法师笑着对弟子说："看来你对我所说的话是不会轻易相信的，那好吧，那你就记住了日期。我们再等二十六年，二十六年后若是我不曾圆寂仍在世上，那我们二人定要重游此地，到了那时方见此地是否灵验。"

再说那个胡为回家之后，谎称自己在外乡和一个姑娘成了亲，可媳妇红颜薄命，在他儿子刚满周岁时因病而去世。因黄庄离胡为的家乡远，村里的人们并不知底细，他们就信以为真。

有倒是孩子愁养不愁长，不觉春去春又归，年复一年，有果这个娃娃已经长到十多岁了。在这段时间，胡为倒是安分守己，他毕竟是当上了父亲的人，他就拉扯着孩子苦度终日。那个胡为回家以后就买下了三亩薄田，他勤恳耕耘倒也能够丰衣足食。胡为买地仅用去了三两白银，余下的银两他并没有舍得耗费，等孩子长大了他就用余下的银两供儿子读书。有果这个孩子也很争气，他简直有一目十行、过目成诵的本领。

就在胡有果二十四岁那一年，他京试科考金榜题名，中举后被封为了七品县令。民间的百姓常说："人敬有的，狗咬丑的。"这话儿倒也并非空穴来风，胡有果这一得官，竟召来了富豪乡绅一大堆"马屁精"。他们有送银两来贺喜的，也有人送财宝来巴结的，最次的也有人送酒肉来讨好的，至于这些且不表。再说那个地方有个地方老规矩，那就是谁家的晚辈若是做了官儿，那就说明了是古坟墓地显了灵气，那就得到祖坟墓地里竖旗杆升彩旗。

胡为的祖辈历代皆贫寒，此次祖坟墓地显了灵气竟出了当官的，那就更得拜祭祖坟墓地了。可那件事儿也太古怪了，胡家父子带着人马在祖坟旁，他们刚把旗杆竖起就有旋风儿把它吹倒，竟连续竖了四次皆是如此。此时胡有果对父亲说："父亲，我的官运看来与祖坟是无关的。这其中必是我母亲的造化，但不知她身葬何处呢？"胡为在儿子地追问之下，他也只好把儿子领到了河岸的沙丘上。此事说起来可也太奇怪了，胡家在沙丘旁竟顺利地把旗杆竖立起来，并且升起了七色彩旗，看来也确实是此地灵气。胡有果为官以后就在沙丘处大兴土木，在那里修坟建庙十分壮观。

人头落地　此地灵气

胡有果上任为官后，初时并不敢太放肆，只是暗中营私舞弊。可是后来胆子越来越大，渐渐地他变得肆行无忌、奢侈枉法、胆大包天。

胡有果当了两年官后，简直失去了人性，当地的百姓深受其害并叫苦连天。这一个狗县令，他是贪财、贪酒又贪色，他对民财国财蚕食鲸吞贪得无厌。那个胡有果，他简直当大夫的又开棺材铺——死的活的都要钱，小者妇孺打官司他要索取两个鸡蛋，大者皇粮国税他也敢贪污大半。

有道是一人得道鸡犬升天，胡为此时再也不是以前的穷汉子了，他倚仗着儿子的势力竟变成了有钱有势的胡大爷了。人们常说："有其父则必有其子。"可在胡为的家中却反了过来，他们胡家竟是有其子则有其父，胡为倚仗着其子为后台，霸人妻室，淫人弱女，欺压良善，横行乡里。

胡有果为官五年之后光妻妾就有三室，他整日荒淫无耻沉迷酒色，而此人又狗胆包天，连皇帝老子的马他也敢杀肉吃。在胡有果为官的第六年，也该着是他恶到尽头在劫难逃，在他所任官那个小县夏季连降大雨，洪涝成灾致使小县的百姓颗粒无收苦不堪言。当时胡有果也上报朝廷受灾，皇帝得报之后心生恻隐减免税款，并且赈粮救灾。可胡县令对百姓不但不减税反而强交税银，对不纳税者则送入矿山受苦役，皇帝拨来的赈灾银两也被他鲸吞大半装入私囊，致使他所管辖的小县百姓苦不堪言。

当时朝中有位代天巡按的钦差大臣，他在灾后的第二年春天，他带领人马莅临了胡有果所管辖的小县。当那位钦差大人在巡视胡有果任官的小县时，他见到了此县哀鸿遍野、民怨沸腾，流民们结队纷纷外逃。小县的百姓成群结队地跪在地上拦轿喊冤，他们向钦差大人哭诉着胡家父子的罪恶。钦差大人对肆虐百姓的兽类恨之入骨，并即刻取尚方宝剑差人抓获胡家父子。

钦差大臣把胡家父子捉获归案后，他就升堂对二人进行了严厉地审讯。胡家父子在钦差的严审下，交代了自己的罪恶行径，并且在口供上签字画押。随即，钦差将胡为父子二人斩头示众，并将胡有果府中囤积居奇的财粮，发放到了此县灾民的家中救济灾民。

钦差大臣还亲率差人拆毁了胡有果所建造的庙宇，并将胡家父子埋在沙丘之处。钦差大臣恨透了这父子二人，他还特意命人在沙丘处立一石碑，石碑上刻有"兽类之墓"四个大字。这正是古人所云："天网恢恢，疏而不漏。"胡家父子是善恶有果、罪有应得。

此事正好在知远法师所预言的二十六年之后。知远法师和弟子慧明后来又云游至此。知远法师对其弟子说："我当年所说得那些话，现在你可相信了吧？"其弟子慧明竖起了拇指称赞到："此地确实灵气！师父真是妙知玄机，太令人佩服了。"知远法师笑着说："待我运气于手指之上，在碑上刻诗一首以警后人。"其弟子拍手称道："善哉，善哉。"只见知远法师伸出右手运丹气于食指之上，食指在石碑上所到之处，石碑的石粉则纷纷落下，石碑上便留下了深深的字迹。君若问碑上所书何诗呢？那我告诉你石碑上的诗云：

人兽结缘乃兽性，生出嗣子亦不正，
贪财贪酒又贪色，善恶有果此地灵。

为老不尊

高家庄有个高员外，家境富裕他和老伴儿一生没有养过儿子，只生了三个女儿。三个女儿都已出嫁，大女儿嫁给了势高财广的官宦之家；二女儿嫁给了一个财大气粗的商人；而唯有三女儿嫁给了一个种田的农民。

高员外有财无德，老伴儿也是嫁鸡随鸡，老两口儿趋炎附势眼光势利。虽说女儿都是父精母血自己的骨肉，可他们竟嫌贫爱富厚此薄彼，对三女儿和女婿格外轻视。每逢大年正月，大女儿女婿和二女儿女婿到高员外的家中时，那两位是喜笑颜开又迎又接。可三女儿和女婿来了时，那老两口儿却头不抬眼不睁。不但两位长辈看不起他们，就连一奶同胞的姐姐们也是如此。至于那两个体面的姐夫就更不用提了，他们财大气粗恃财欺人，常常无风起浪地侮辱小连襟。

三女儿和丈夫虽然屡遭冷落，但小两口儿恪守礼仪，每逢正月初三仍回家探望二老爹娘。

三女婿在前两年的正月初三，在岳父的家宴上曾受到了岳父母和两个连襟的讥笑，但他总是忍气吞声。因为三女婿觉得自己是个种地的，人微言轻，且顾及妻子的脸面，一直忍让。可"人善有人欺，马善有人骑"，高员外一家人竟把三女婿的忍让看成是无能。

又是一年正月初三，女儿们纷纷回家省亲。家宴上，别人都是有说有笑高谈阔论，可三女婿为怕被讥笑就寡言少语。高员外同大女婿二女婿侃侃而谈，对三女婿则心生反感。酒刚过两巡，老岳丈和两个姑爷就想难为一下没念过几年书的农民。大女婿便独出风头要出字为题罚酒，想以此刁难一下穷秀才。大女婿出的题目是："要说出一个字儿，这个字必须由两个人字和另外一个字组成，谁若说不出来就得罚酒一杯。"大女婿出完题目后自己带头说："一个坐字两个人，人在粪土上本是粪土人。粪土人有何用？"三女婿一听便知道对方是在挖苦他是个扒粪种田的穷农民，但他没吱声。二女婿更会嘲弄人："一个来（來）字两个人，人在木头下本是木头人。木头人有何用？"岳父和岳母催三女婿快说。三女婿心想："我往年处处让着你们，可你们把我的谦让却看成了软弱可欺。我今年可就不客气了。"三女婿面带微笑高声地说："一个夹（夾）两个人，人在大字下本是两小人。小人有何用？"两个女婿听后也知道这个穷妹夫反守为攻，但人家说对了也没有办法，他们也只好自讨无趣闭口不语。这时他们的老岳父却来了劲儿，怒斥三女婿："你真是没大没小！你竟说出如此不雅之言。这杯罚酒不算数，你们三人谁也不用喝。"三女婿只好低头不语。

且说高员外见两个心爱的姑爷丢了面子，自己脸上也挂不住了，就说："今天我这个当长辈的出个新鲜题目，你们谁若说不出来就罚酒一杯。若你们都能说出来，那这杯罚酒我喝。"在场的人都明白，他也是想让小女婿出丑。此时只听见高员外说："我在年前买了一匹马，你们都得作诗一首形容马跑得快，但不能由地名的远近论快慢，远的近的都一样。先从老大开始说，谁说不出来谁喝酒。"高员外话音刚落，大女婿就神气十足地说："水上放根绣花针，丈人骑马到天津，来回跑了几百趟，回来针儿还未沉。""好好好！这马儿跑得太快了。"岳父和岳母都为大女婿的杰作喝彩。

大女婿说过了之后，二女婿洋洋得意地说："火上放根轻鸡毛，丈人骑马到山腰，来回跑了几百趟，回来鸡毛还未焦。""好好好！这马儿跑得也挺快的。"岳父和岳母为二女婿叫完好后，就催着三女婿快点儿说。三女婿在两位长辈的催促下，却故意地拖延不语。三女婿在吵闹声中说："你们都别着急，等我说不出时你们再说罚酒也不迟。"三女婿此时不慌不忙地说："丈母娘放了个屁，丈人骑马到山西，来回跑了几百趟，回来肛门还没闭。"丈人听后心里很不高兴，但也没有啥办法，只好红着脸把杯中的罚酒喝下。丈母娘被说得无颜在场，只好"退避三舍"离开了酒席。

老大和老二看老丈人红了脸，丈母娘退了席，就想给两位长辈挽回脸面。老大说："岳父大人，这一次让我出个题目。这回儿要拿个大碗把酒满上，我们三人若是都能说出来，那这碗罚酒由我自己喝。我这次出的题目是要先说出三个同头的字儿，然后再说出三个同边的字儿，要把六个字儿连贯起来还押韵，谁说不出来要罚酒。"老大的话音刚落，高员外又赤膊上阵起了哄。他大声说："好好好，就照你说的办，还是先从你那里开始说。"大女婿开口说："三字同头官宦家，三字同边绸缎纱，有了绸缎纱才算官宦家。"二女婿接着说："三字同头大丈夫，三字同边江海湖，有了江海湖才算大丈夫。"说完后都把目光盯向了老三，当岳父的也为老不尊，催得比谁都急。三女婿见到这酒无好酒宴无好宴，朗声说道："三字同头屎尿屁，三字同边讲论议，听了我的讲论议全是屎尿屁。"大女婿羞得哑口无言。

此时的大女婿已是黔驴技穷，既因被称为屎尿屁而面红耳赤，又得把那碗罚酒喝下。喝下那碗罚酒后，他当场就醉倒了。身为长辈的高员外，虽然被晚辈称为屎尿屁感到不舒服，但只能是哑巴吃黄连——有苦难言。此有一首《鹧鸪天》评得妙：

身为长辈当自重，莫要跟着乱起哄，
手心手背皆是肉，子女为何分轻重？

为父母，要仁义，失去品节人格低，
一视同仁水端平，免得称你屎尿屁。

拾妈骗财

清朝咸丰年间，有伙歹徒自关外乘船窜入山东石岛作案，团伙党羽共计十余人，他们是明骗暗偷无恶不作，当地的百姓深受其害。可由于当时清政府腐败黑暗，官府的衙役们又多受贿赂，对其恶行熟视无睹，任其逍遥法外。

人们常说："有卖当的，就有上当的。"此话不假。那伙歹徒在中秋节前，用马车拉着盛怪物的特大木箱，敲锣打鼓沿街叫喊，到处张贴告示："今有稀世怪物待展，此怪物捕捉于长白山中，生有两只特长大腿四只小腿。更为出奇的是它还长着两个大翅膀和两个小翅膀，头尖眼怪，眼睛竟长在尖头的顶端。头生两只大角，两颗大黑牙裸露嘴外。此物功能更为出奇，既能飞腾又能蹦跳。兹定于八月十五佳节之日，将此怪物在石岛街开阔地展出，望父老乡亲莫失良机一饱眼福。票价十文。"凡看过告示的人都觉得此物确实是稀奇古怪，闻所未闻，并且票价也不算太贵。于是，看过告示的人们就一传十、十传百，远近的人们都奔走相告，相约届时前去观看。

中秋节之日，人们成群结伙纷沓而至，石岛大街小巷川流不息，摩肩接踵。只见展示怪物的场地上，一伙人用网绳围了一个很大的圆圈，网绳圈内又用白布围上，圈里圈外人山人海。人们争相买票入场，皆想先睹为快。

终于等到怪物出场，只见台上走出了一个马戏小丑儿，他在台上南腔北调地嬉闹之后，便从盛有怪物的大木箱中拿出了所谓的怪物。在场的所有观众不见则罢，一见顿觉哭笑不得：原来他们朝盼夜想的怪物竟是一只小小的尖头蚂蚱。那小丑儿手中高举着尖头蚂蚱油腔滑调地说道："众位父老兄弟姐妹们，请你们看一看我手中的怪物吧，它和我们所做的广告有没有出入？这只怪物长着两只大腿和四只小……我们所展出的怪物，绝对和广告上说的一模一样，我们绝对没有骗人……"凡是看过"怪物"的人们全都知道是上当受骗了，可他们也无话可说。因为此物确实和广告上说的一样。这事儿能埋怨谁呢？怨只怨自己大脑简单，只好自认倒霉。

最可气的是，圈外的人们仍不知内情，他们向看过"怪物"的人问道："那怪物好看么？真的和广告上说的一样么？"看过展出的人们却回答："嗯，确实和广告上说的一个样，半点儿虚假也没有。"上过当的人们故意这样说，他们是怕别人知道了真相后就会笑话他们，同时他们也想叫别人也尝尝上当受骗的滋味。正因如此，很多人都吃亏受了骗，而那伙人却大发横财。

那伙骗子确实诡诈异常。他们有一次在大街上散步时看见了一个乞丐老太，老太虽然衣衫褴褛可长相不错，灰头土脸却隐隐透出有福之相。那伙骗子见后计从心生，就上前讨好说："老大娘，你为何出来讨饭呢？"另一个又说："老大娘，我们幼时就失去了父母，你愿不愿意给我们当妈呢？"没等乞丐婆答话，他们就七嘴八舌地说："你就答应了我们的要求吧，妈，你就到我们那里住吧。""妈，你若是到了我们那里，保你吃好饭穿好衣，你再也不用去讨饭了。"老太被弄得丈二金刚摸不着头脑："这事也太奇怪了，世上有拾财物的人，可从未听说还有人拾妈养活的。"老太虽觉奇怪，可心中还是挺高兴："我正愁吃住无着落，若样样都不愁的话岂不是福从天降吗？我先别管他们想干啥，还是走一步算一步吧。"于是满口答应了他们的要求。

那伙骗子把老太领回住处，先让老太自己洗了澡，又找来了上好的绸缎衣服让她穿上。俗话说这人靠衣裳马靠雕鞍，老太沐浴更衣后，活脱脱一个神气十足的阔家老太。她在骗子那里吃穿不愁地过了四十多天，原本浮肿的脸上日渐红光满面，显得更加富态。

这天，那伙人突然对老太婆说："妈，我们老家还有一个小妹妹长得特别漂亮，可你老人家还从未见过她的面儿呢。我们准备今年年底就打发她出门子（出嫁），婚事得办得风风光光的，那时你这个当妈的可要好好地为她操持婚礼。嫁妆也不能含糊。我们弟兄几人准备明天到街里那个绸缎庄里，挑三车绸缎送回家给小妹。你老人家明天就和我们一起去吧，顺便帮我同挑一挑。您到了那儿以后得听从我们的安排。有件事请你务必记住，无论别人问你什么话儿，你只说'可不是的'四个字。你可千万别再多嘴多舌。好不好？"老太并不知道他们葫芦里卖的什么药，满脸带笑地应承道："不就是'可不是的'四个字儿吗？你们尽管放心。错不了！"

第二天吃完了早饭，他们就雇佣了三辆马车，载着老太一起来到了绸缎庄门前。他们搀扶着老太下了车，一起走进了店里。其中一人私下对绸缎庄的老板说："掌柜的，我们今天想和你商量件事。我家小妹年前要出阁，需要很多绸缎布料。我们小妹年纪最小，最得父母疼爱，她既讲究又挑剔，所用布料必须自己看中了才算数，可她是大家闺秀不便出门。我们想把布料拉回家中让她自己挑。挑中了就留下，挑不中的呢咱再给你送回来。为了好结算，少麻烦，咱们在店中把布料点清装车，我写个字据给你。我小妹挑完后我们再送回来一并结算。您若不放心呢，叫我妈留在这儿等我们。这可是笔大交易，是你发财的好机会，你看这样好不好？"店铺老板听了这合情合理的话，又看了看那位穿戴阔绰、相貌高贵的老太，心里贪图这笔大生意，就满口答应说："好、好、好！就按照你说的办。"于是，双方就在店中把布料点清了数，然后装满了三辆马车。收拾妥当后，有人就急忙写好了字据，说道："妈，您老人家行动不便，就别里外折腾了，您先在这里等会儿。我妹挑好了绸缎我们再回来接您！老板，你可得好好伺候着老太太！给，这是字据！"就这样，他们把"老妈"留在店里。店老板又是拱手又是作揖地笑着送走了那伙人。

话分两头。且说那伙骗子绸缎到手后，快马加鞭把三车绸缎拉到了海边的码头，很快就把三车绸缎装到了早已准备好的船上，他们急忙付了马车的脚力钱，然后立即起锚扬帆离岸而去。

再说那位绸缎庄老板送走马车后转身回到店中，见那位阔绰的老太太坐在椅子上，急忙叫手下人奉茶，可那位老太太却是徐庶进曹营——一言不发。店老板见客人不愿说话，也不便打扰相问。他心中暗喜："今天可得好好伺候这个财神奶奶。真是老天有眼让我发笔大财啊！"

天近午时仍不见买主回来，店老板满脸赔笑地问道："老太太，是你的姑娘要出嫁么？"那老太道："可不是的。"店老板听到了此话后，心也就放宽了，又放心地去应酬其他买主了。

又等了将近一个时辰，仍不见买主回来，店老板有些沉不住气了，就又一次到了老太婆的面前问道："请问老太太，那赶着马车来拉布匹的人，是你老人家的亲生儿子吗？"那老太仍然说道："可不是的。"店老板听后虽然心中着急，总算是吃了一颗定心丸儿，又讪讪地走开了。

老板心急如焚地又等了半个时辰，对那么多绸缎实在是放心不下，但又不好意思过分催问，就佯装和老太婆拉起家常："你老人家真好福相啊！您高寿？"老太婆答道："可不是的。"老板一听心里发毛了："她怎么每次都说的是这一句话呢？不行，我得问个明白。那么多的绸缎若是有个闪失，那我就要血本无归关门大吉了。"店老板忙问："老太太，你共有几个儿女？""可不是的。"老太婆的回答还是外甥打灯笼——照旧（舅）。店老板此时方觉事情不对，又问："你是不是被人骗来的？""可不是的。"店老板顿时满身满头虚汗淋漓，头重脚轻差点儿晕倒在地。他怒气冲冲地吼道："你们是不是一伙骗子？"那老太仍然回答说："可不是的。"店老板乱了方寸，急忙打发伙计及家人出门寻找拉绸缎的马车。店老板赶忙拿着字据绑押着老太太到官府告状。县官对一个讨饭的老太婆也没啥办法，只得释放了事。老板见自己落进别人设计好的圈套中，吃了个哑巴亏，一屁股坐在了地上。

有几言评得好：

　　骗术不高明，中招多迷登。
　　若非贪便宜，岂能坠彀中？

无头血案

庙会巧逢　一见钟情

人世间的巧合姻缘虽然是层说不穷,但在诸多的巧合姻缘中也并非皆善。唐朝时就在一个巧合姻缘的家庭中发生了一起离奇的谋杀亲夫案。

唐朝开元年间,国运昌盛、政通人和,朝野上下风清弊绝、国泰民安,路不拾遗、夜不闭户。唐玄宗本人天资聪明颇通音律,是我国历代梨园艺人所崇拜的鼻祖。

李隆基当了二十几年皇帝后,竟故步自封、孤高自傲起来。当唐玄宗将开元年号换天宝年号以后,觉得是太平盛世可以高枕无忧了,马放南山刀枪入库,宫廷内则是日夜笙歌、金碧辉煌。这位孤高自傲的戏祖不爱江山爱美人,懈怠得不临朝问政。唐玄宗贪图美色强占了儿媳杨玉环封为贵妃,则使之后人称唐朝为脏唐。正因为唐玄宗贪声色荒废帝业,大唐在天宝年间则百吏俱贪勾心斗角,结果导致了"安史之乱",盛世大唐从此每况愈下。

正所谓君不正而臣庶歪,大唐在天宝年间则举国上下淫风四起。那时天子脚下的长安城内更是淫乱成风,当时在一家姓徐的家庭中就发生了因淫乱而引起的一桩无头血案。此案大乱纲常并与官府瓜葛千缕,竟悬了近十年才得以破案。

这户姓徐的人家当时在长安城内也算是富甲一方,很有名望,户主名叫徐得志。据说徐得志和开国的元勋徐茂公有着血统关系，他时年三十多岁，长得风流倜傥一表人才，在城中开设当铺和绸缎生意，两样生意皆是财源滚滚日进斗金。

徐得志和家眷居住在长安城内，庭院极大富丽堂皇，家中长年雇佣着长工与丫环。徐得志虽颇有钱财，但他婚后十余年也未曾纳妾，和结发妻子共同持家。结发妻子徐郭氏小丈夫两岁，和徐得志生了一个男孩，年方十二，名叫徐呈祥。徐郭氏也是富家千金却长相平凡，加之其人从来也不注重穿衣打扮，一直素面朝天。但其为人厚道举止大方，若论主持家务她倒可称得上是贤妻良母。

别看徐得志婚后不曾纳妾，可他并非是富贵不淫的正人君子。徐得志见妻子貌不甚美，不修边幅，仗着手中有钱常常夜宿花楼把酒寻欢。风流过后徐得志暗自发誓："我一定要纳天下第一的美人为妾。"

长安城南寺院林立，有一次徐得志独自出门，准备到兴教寺观光赏景。当徐得志路过华严寺时见到华严寺风景美如画，而且正逢庙会善男信女人头攒动非常热闹，他就打消了去兴教寺的念头，转而在华严寺游玩。当他玩得正在兴头时，忽见一位红衣少女独自婀娜多姿地翩跹于人群之中。徐得志暗中窥视，只见那位红衣少女浓眉粉面娇若桃花，杨柳细腰、袅袅婷婷。徐得志见后疑是瑶池仙女临凡，顿时便魂不守舍魄飞九天。

徐得志正愁无计可施之际，却见少女的香罗帕失落在地，而那少女竟毫无察觉。徐得志见天赐良机，急忙近前捡起藏入袖中，借机尾随追上少女说话。徐得志文质彬彬地说："请小姐留步，小生这厢有礼了。"那少女止步转头观看，见来人是一个俊俏的阔公子，赶忙还礼道："不知公子有何见教？"徐得志和那少女可能是有缘分，他们心有灵犀一见钟情。徐得志和那少女眉来眼去，一问一答间便熟络起来。

原来这位少女是华严寺附近一家没落贵族的千金，姓杜名桂莲，正值十八妙龄。杜桂莲浓妆艳抹，花枝招展，在人群中极其惹眼。所以很快吸引了徐得志的注意。二人你情我愿，竟当时就私订终身互倾衷肠。徐得志说："只恨你我相见太晚，我与你今日之巧逢，定是前世月佬牵线之故。"杜桂莲则说："小妹与兄台幸会，实是前生系足之缘。"二人互赠信物意结凤鸾，徐得志且将祖传的玉佩赠予了杜姑娘，杜桂莲欣然笑纳。她翻遍全身却没能找到合适的信物，满脸歉意地对徐得志说："小妹身上不曾有恰当的信物。"徐得志笑道："小妹的信物再好找不过了，你那只香罗帕赠我便可。"二人说说笑笑十分亲密，一直到了天将擦黑才恋恋不舍依依惜别。两人分手时，杜姑娘再三地叮咛说："望兄台早日托人说媒，你我二人也好早结良缘。"徐得志听后频频点头应诺。

花心纳妾 发妻出家

徐得志从华严寺回到了家中后，第二天就托人到杜家说媒。媒成之后，他又急三火四择了良辰吉日，将那位杜姑娘热热闹闹娶回了家。

徐得志和杜桂莲完婚之后，二人则如鱼得水如胶似漆，昼夜相伴形影不离。徐郭氏虽极力反对丈夫纳妾之事，可在古时夫为妻纲，反对也无济于事，只好顺其自然。徐得志自纳杜桂莲为妾后，终日沉溺美色，对生意日益懈怠，对原配妻子与儿子也日渐冷落。

一年之后，杜桂莲生了一个儿子，徐得志给次子取名呈强。大户人家母尊子贵那是必然之事。此时的徐得志对杜氏与次子更是视为掌上明珠。

光阴似箭日月如梭，杜桂莲嫁到徐家已有三年。她凭着卖弄风骚献媚取宠，弄得徐得志神魂颠倒。这三年徐郭氏可是守了三年活寡。不仅如此，杜桂莲倚着徐得志对她的偏宠，常常无事生非排挤徐郭氏。徐郭氏心中苦闷异常，没事常到庵院进香，也得说她本人与佛有缘，经老尼点化看破红尘，弃子离家遁入空门。

自打徐郭氏出家之后，杜桂莲为了让自己的儿子独霸家业，就处处为难长子呈祥。年少的徐呈祥饱受无娘之苦，便常到庵院寻找亲娘，可徐郭氏一心向佛不肯见他。主持老尼倒是菩萨心肠，见徐呈祥确实可怜，便常留徐呈祥在庵院食宿。老尼乃习武之人，一身艺业没有传人，见徐呈祥身体健壮骨骼清秀，是个习武良才，就亲授他武功。徐呈祥反正是有家难回，所以在庵中勤加苦练，不敢稍懈，功夫一日千里，艺业进步惊人。

不知不觉，杜氏嫁到了徐家已有八年。还真是应了那句话：妻不如妾，妾不如嫖，嫖不如偷，偷不如偷不着。徐得志和杜氏相处日久心生倦怠，又经常到青楼酒巷眠花宿柳。杜氏见徐得志心野了，在家里却不甘寂寞，卖弄风骚引来了风流客。

　　徐得志风流好淫，常服春药到花楼里昼夜寻欢。久而久之淫欲伤身，不足五旬就房事不举。杜氏还不足三十，无所作为的徐得志不但满足不了她，反而成了她引蝶招蜂的"绊脚石"。

无故被杀　尸首分家

　　一天天刚亮，已长成大小伙子的徐呈祥练罢早课离庵回家取东西。他走进家门时已是天光大亮，却见丫环和家丁们都站在院中。徐呈祥感到奇怪，问道："你们站在院中干啥？"其中一个丫环说："我们都起床了，可老爷和二奶奶仍未起床，我们又不敢去惊动他们，只好站在院内等候。"徐呈祥心想："到了好吃早饭的时候，可我父亲怎么还不起床？"想后便来到徐得志的寝室门口轻声敲门。

　　徐呈祥敲了一次又一次，屋内却半点回音也没有。徐呈祥见状急忙推门和窗户，屋门里面是闩着的，窗户也锁得结结实实。徐呈祥顿感不祥，纵身一跃便上了屋顶。徐呈祥在屋顶上揭了几片瓦，从揭瓦处敲开了一个洞，探着身子向屋内观看。徐呈祥不看还好，一看却把他吓得愣住了，只见他二娘口中被手绢堵住、双手被反绑着捆在木椅上，看样子还不知是死是活；床上躺着一具无头尸体，定是父亲遭了难。徐呈祥被惊得呆了一会儿才慢慢地醒过神来，急忙把洞口扒大跳进屋内。

　　徐呈祥先从屋内把屋门打开，并叫来几个家丁到现场做证。他动手给杜桂莲抽出了口中的手绢，然后给她松了绑。此时杜桂莲却像着了魔一样，徐呈祥向她问话，可她似睡非睡、口中流着涎液不肯说话。徐呈祥见二娘似痴如呆，又急忙寻找弟弟，他喊呈强的名字好一会儿才听到衣柜里发出"咚咚"的声响。徐呈祥忙打开衣柜，却见到徐呈强的眼睛被黑纱蒙着、口中也同样被手绢堵住，手脚被捆躺在衣柜中。徐呈祥给弟弟松开绳子后，才伏在父亲的尸体上号啕大哭起来。

一桩谜案　县令难判

徐呈祥见到了父亲尸首不全惨不忍睹，心中悲痛欲绝。他擦了把眼泪，赶紧派家丁前往县衙报案，而自己一直守候在现场上。

县令得到了报案之后，即刻乘轿来到了徐家。县令勘察现场，见案发现场并无打斗的迹象，再细看死者的尸体除了无头之处，尸身上再也没有其他伤迹。县令和衙役在屋内到处找遍，既没有找到人头也没发现有啥密室与暗道。而证人证实屋内除了杜氏与她的儿子之外，再也没有他人了，并且屋子的门窗全完好无损地关着。人头怎能不翼而飞了？凶手如何作案？屋里既没密室又没暗道，凶手从哪里逃脱？如果说凶手在屋外作案，可他如何把尸体搬到屋内的床上呢？屋内只有杜氏母子二人，如果说他们二人是杀人凶手的话，可杜氏被捆绑在椅子上，她儿子又被捆绑着放在柜中……县令见此案鬼祟离奇，案情棘手，折腾了大半天也没有什么结果和线索，只得敷衍着走走过场。

县令首先询问徐呈强，徐呈强说："我啥也不知道，还是今天早晨听到哥哥喊我时，我才在衣柜中醒了过来。醒后见自己手脚都被捆着，口中还被塞满了东西，是我哥哥把我从衣柜中救出后，才知道家中发生了事情。"此时杜桂莲也清醒过来，离开坐椅伏到徐得志的无头尸上放声大哭。县令询问杜桂莲时，她眼中噙泪哽咽道："我在睡梦中被怪叫声惊醒，只见一道亮光从窗户进屋。当时我被吓得刚惊叫了一声，就被什么东西熏得昏了过去，以后的事儿我就不知道了。"县令看看杜桂莲，又看看床上的无头尸体，心中大感不解，觉得这个无头血案是桩谜案，一时半会儿无法破案，只得叫师爷将案情记录备案，然后他便打轿回衙。

寡妇门前　热闹非凡

再说徐呈祥见父亲惨死伤心欲绝。杜氏的那些妖邪鬼祟之说哪里能瞒住他？他越想越不对劲，不免对二娘产生了怀疑。可他一时半会也找不到证据，见县令已经将此案备案存档，只好强忍悲痛将父亲的尸体装柩下葬。徐呈祥守孝三日后，便开始明察暗访，可察访了半个多月半点儿蛛丝马迹也不曾找到。徐呈祥心想："贼不打三年就自招。不如暂避锋芒以静观动，凶手可能自己就露出行踪。"徐呈祥佯说到外地拜师学艺，貌似放弃了替父报仇之事。其实徐呈祥并没远走，而是潜伏在尼姑庵中习武，不时地化装出庵巡察。

杜桂莲苦熬了数月之后，见到风平浪静，色胆渐渐大了起来。徐呈祥暗中窥视，只见有个名叫小桂子的男人频繁出入杜桂莲的房间。说起这个小桂子，徐呈祥再熟悉不过。十八年前，小桂子刚出生了三天。当地有个风俗，就是他父亲抱着出门儿走百步，先遇到了谁就叫谁是干爹。小桂子的父亲当时恰巧遇到了徐得志，于是，便给儿子拜了徐得志为干爹。待到小桂子慢慢长大，经常出入徐家大院串门溜户，熟得跟自己家一样。因为小桂子比自己还小三岁，并且还叫杜桂莲是干娘，徐呈祥倒也没怎么怀疑。还有个徐呈虎，是徐得志的同宗侄儿，虽称徐得志是叔叔，可他比徐得志仅小六岁。徐呈虎熊腰虎背长相丑陋，游手好闲不务正业，常在酒楼与赌场胡混。徐呈祥见徐呈虎常到杜桂莲的屋内，心中就怀疑起来。可徐呈祥对徐呈虎怀疑归怀疑，见徐呈虎进屋总是速进速出，出来后不是到赌场就是到酒楼花天酒地，根本就不像和杜氏有行奸之事。

再者还有个怪象，前些日子前来办案的县太爷经常风风光光地乘轿而至。县令来到徐家时，留下了差役门外守候，只身入屋例行公事。原来那位县令姓李，李县令见杜氏虽近中年余韵犹存，当时就起了淫心便在杜氏面前以轻薄言语相戏。杜氏开始不敢妄动，怕的是县令设下圈套。李县令见杜氏女假装正经不肯就范，就说穿了凶杀案的要害之处。杜氏见县令已经察觉到案情的破绽，吓得她只好遂其所愿。时间一长，这李县令吃甜了嘴走惯了腿，闲来无事淫心荡漾就前来徐家寻欢作乐。

徐呈祥把凡是和杜氏女有着来往的人一一记在心里，决心寻出真凶。可就在这时，一场国事变故，使得徐呈祥无法继续追查，这桩无头血案又悬了起来。

数年之后　替父报仇

且说徐呈祥正在追查杀父真凶，可就在这个节骨眼儿上，唐玄宗贪声色败坏朝纲，积弊多年的大唐终于在天宝十四年（公元755年）发生了安史之乱。徐呈祥被官府抓丁充军，从此戎装从军征战沙场。

徐呈祥先在郭子仪元帅手下为卒，由于他武功高强骁勇善战，金戈铁马奋战沙场数载后，由小卒升为小校。经唐军的数年征战，平定了"安史之乱"，唐玄宗的皇位也由唐肃宗取而代之。唐肃宗执政后则拨乱反正、重整朝纲，徐呈祥因平乱功绩卓著，被晋升为将军。

战乱年代，徐呈祥顾得了国事误了家事，平定叛军之后，他又想起了家仇来。有一晚天交三更夜深人静了，徐呈祥仍在灯下忙着处理军务。此时麾下有名小卒见徐将军带夜操劳军务，就到厨房中端了一盘牛肉提了一坛酒来给徐呈祥充饥解困。小卒进屋时由于他一手端肉一手提酒，就用脚把两扇门儿关上，然后再用膝盖抵着两扇门用嘴巴把门闩插上。小卒的这一举动启发了徐呈祥，他立即联想到杜桂莲满可以带着绑在身上的木椅，再用脚和嘴巴把门儿闩上，然后再到屋内装神弄鬼。徐呈祥解开了多年的疑团后，便决定告假回乡继续追查父亲的案情，要为死去的父亲报仇雪恨。

第二天徐呈祥就把军中事务托付旁人，自己便衣潜行回往家乡。徐呈祥回乡后首先到庵中拜见了老尼和母亲，又暗中查访杜氏及与当年的血案有关之人。

杜桂莲此时因有了李县令这个保护伞，加之徐呈祥多年未归杳无音讯，是以觉得此事风头已过风平浪静，越发肆无忌惮起来，她和干儿子小桂子已是混为一家数载之久。而李县令却官运亨通扶摇直上，现今已升为知府。李知府虽贵为州官，距杜桂莲远了，可他仍是关羽华荣道上放曹操——不忘旧情，暗中仍和杜桂莲有着来往。徐呈虎亦是杜氏家中常客，进进出出也不是来去匆匆了。徐呈祥多方思虑决定从徐呈虎那里打开缺口。

徐呈祥拿定主意后，这天入夜不久便轻身潜入了徐呈虎院内躲在院中暗处观察了很久仍不见徐呈虎的踪影，于是靠近窗户下窃听。就在此时，忽听有人开院门儿，只见开门之人正是徐呈虎。只见他带着八分醉意闩上了院门，摇摇晃晃地走进屋内。徐呈虎的妻子可不是省油的灯，见了丈夫的劈头骂道："你这个天杀的酒鬼，又到那个臊狐狸家里了吧？那个臊狐狸好，你就干脆别进这个家！"徐呈虎死皮赖脸笑着说："我到那里又不是干那事儿，只不过是为了讨点钱花花，你怎么发这么大脾气呢？"徐妻仍没有好声地说："你还是少到那里为好，免得东窗事发沾上一身臊。"徐呈虎道："怕啥呀？这事有李大人顶着，谁拿杜氏也没有办法。杜桂莲可是咱们家中的摇钱树，她和小桂子之间的一切勾当，这世上我是最清楚的。再说我现在就是想躲也躲不了，我们几个人都是拴在一条绳上的蚂蚱，跑不了她也蹦不了我。"徐妻劝道："我看你还是远离那瓜田李下，难道你就不怕有朝一日会招来杀身横祸吗？"徐呈虎满不在乎地说："呈祥在外面打了那么多年的仗，十有八九是黄沙盖脸了。这事谁还去管？我看你啥也别管了，等着享清闲福吧。时间不早了，我们还是睡觉吧。"徐呈祥听罢气得紧咬牙关暗暗握了握手中的短刀。但徐呈祥还是压住了冲动没有发作，"大丈夫报仇十年不晚，咱们秋后算总账！"

第二天天一亮，徐呈祥就来到徐呈虎门口，扮成行人盯着他的行踪。徐呈虎临近午时才出了家门，大摇大摆走进杜氏家中，待了没多长时间，估摸着是讨到钱后又匆忙去红楼喝花酒了。

徐呈虎喝酒一气喝到了天傍晚，这才哼着淫调儿向家中走。当他走到半路时，被徐呈祥在背后踹了个嘴啃泥。徐呈虎刚站起身子想反抗，又被对方一脚踢倒在地，紧接着一只大脚踩到了他身上。徐呈虎趴在地上挣扎着，忽见一道剑光眼前一晃。他睁着醉眼定睛一瞧，醉意顿时全醒——"徐，徐，呈祥老弟，是你呀！你这是怎么了？怎拿哥哥开玩笑呢？"徐呈虎心中发慌，转眼又故作镇定，反问徐呈祥。徐呈祥将剑锋抵在徐呈虎的脖子上，厉声吼道："你还认我这个弟弟？你还能想起你那冤死的叔叔？你这个猪狗不如的东西！你今天不说出如何害死了我爹，现在就要了你的狗命！"徐呈虎此时仍想狡辩，可剑锋已刮进脖子见了红。"老弟饶命！我说我说！"徐呈虎忙不迭地从实招来。

原来徐呈虎早就对杜桂莲的美色垂涎三尺，寻机常到徐得志的家中走动。他企图贪花恋枝占便宜，可杜桂莲虽然生性风骚，但嫌徐呈虎相貌丑陋并不理睬。徐呈虎吃了闭门羹，心中憋气。有一天，徐呈虎没事就来徐府溜达，正好碰上杜氏和小桂子行苟合之事，于是就拿此事做把柄要挟杜桂莲。原来，杜氏见丈夫淫荡无羁外出寻欢，她不甘寂寞在家郁郁寡欢。小桂子是她的干儿子，刚刚十五六岁，三天两头在她眼前晃悠。小桂子长的细皮嫩肉，正是情窦初开的少年。杜氏徐娘半老卖弄风骚，趁机哄骗小桂子上床做下了那苟且之事。小桂子初尝女人滋味，难以自拔，时不时跑来要干娘陪他玩那个。这次不巧被窜门溜户的徐呈虎无意中撞了个正着，他就以此事为把柄胁迫杜氏。杜桂莲怕秽事败露就屈服了徐呈虎。这种事情开了头就难收尾，二人行鱼水之欢渐加频繁起来。后来，徐得志发觉了杜氏与小桂子有私，就气得打骂杜氏，并警告杜氏若有下次就把她休了。杜桂莲害怕徐得志真要下休书，更想独吞徐家家产，于是就用银两买通了徐呈虎和小桂子，三人一起秘密谋划这起血案。

徐呈祥听徐呈虎一番话后，问道："你们是怎样害死我爹的？"徐呈虎吓得慌忙说道："那是杜桂莲和小桂子下的手。他们趁你爹睡觉时用木棒将你爹打昏，又用刀割断脖子把血放尽，血是用两只木桶盛着的，所以家中几乎见不到血迹。当他们把血放尽了以后，把木桶搬到外面埋了。"徐呈祥问道："你们把人头藏在哪里？"徐呈虎被踩得疼痛难忍，急忙说道："我们在后花园的假山旁提前挖了一个坑，把盛着血和人头的木桶埋在坑内。我们埋好后怕被人发觉，又在土坑的上面栽了芍药花。"徐呈祥把宝剑在徐呈虎面前晃了晃，继续问道："你们是怎样摆下了迷魂阵？"徐呈虎说："那都是小桂子的主意。把你爹打昏后怕你弟弟醒来看见，我们就用黑布蒙住了他的眼睛，把他捆起来放进衣柜。你弟弟睡觉也太死了，就连用手帕堵他的嘴巴，他也是只顾睡觉不吭一声。我们把事情办妥以后，才把杜桂莲捆绑在木椅上，由她在屋内用脚和嘴巴把门闩上，然后又带着木椅到里屋坐下。"徐呈祥听后骂道："千刀万剐的淫妇！我再问你，那个李知县与本案有啥瓜葛？"

徐呈虎听提起了李知县，如遇大赦，忙说："这件事儿与李大人无关，他和杜桂莲啥瓜葛也没有。"徐呈祥的剑向他的脖子压了压，徐呈虎吃不住痛忙说："好兄弟别发火，我说，我全说。那个李知县不愧是当官儿的，第二次去见杜桂莲时，他就说穿了杜桂莲是怎样把门闩上的。李知县之所以不挑明案情，是因为他贪图杜桂莲的美色。他不但占了杜桂莲的身子，而且还收了杜桂莲不少银两，算是人财俱获一举两得。可他升为知府以后就很少有来往了。好兄弟，你饶了我吧。"徐呈祥从腰间掏出了一根绳索，将徐呈虎捆了起来，厉声道："你若想多活几天，就得老老实实听我的话！"徐呈虎见天色已晚，只得手提宝剑威逼着徐呈虎来到了庵院，把徐呈虎捆绑在树上，他在树旁枕戈待旦。

第二天天刚蒙蒙亮，徐呈祥便捆押着徐呈虎向县衙走去。到了县衙门前便击鼓，县令衣冠不整匆忙升堂，县令听完了原告的诉讼后，手拍惊堂木审问起了徐呈虎。徐呈虎跪在大堂上怕挨威武棒，只得低头认罪从实地招来，并在口供上画了押。

县令审明了陈年日久的悬案后，一边差人抓捕杜桂莲和小桂子，一边差人到假山下挖出了盛有人头和血的两只木桶。杜桂莲和小桂子归案后，在大堂上见到了木桶中的人头为物证，还有徐呈虎当堂为人证，两个淫贼顿时委顿成泥瘫在堂上，对害死徐得志一案供认不讳。县令见悬案很多地方牵扯到了现任的上司李知府，只得将案情越级上呈刑部，并把杜氏三人分别关入死牢中。

数日之后，县令接到了刑部公文，并且还接收了刑部押送的犯人，这个犯人就是前任的李县令。刑部已将贪色枉法的李知府革职查办，判处三个案犯斩立决。一桩十余年的悬案终于尘埃落地。此有词《蝶恋花》一首评得好：

月老牵线绳系足，冤家碰头，焉知祸与福。
古训劝人莫风流，贪淫伤身可知否？
贪花恋枝终是祸，戏祖乱国，夫差恨蹉跎。
风流多被风流害，切记因缘有善恶。

（三）

异人奇事

千里寻兄

新婚夜晚　潜离家园

　　清朝光绪年间，在胶东半岛的天鹅湖畔有一个不大的小村，村里有一家正在吹吹打打地办着喜事。新郎张平时年一十八岁，母亲去年因病而去世。张平的父亲在江湖上闯荡，曾是"义和团"里的小头目，"义和团"失败后他回家两年，现今又不知去向。张平现在家中还有个五岁的小弟弟，他的名字叫张安。新娘子姓王名芹，她和新郎同岁，只是她比新郎晚出生了一个月。王芹的父亲和张平的父亲一样，也是在外面闯江湖的习武之人。这一对儿新人是两家的父亲指腹为婚的，两人自幼习武，轻功造诣非浅。

　　在结婚的当天晚上，新郎张平为了躲避伙伴闹洞房，一直等到晚上九点以后才敢回家。张平所住的房屋是个独门独院，房屋的屋盖是用海里的海草苫。当张平走近了自家的院外时，这个年轻气盛的新郎觉得自己的武功高强，不是开门自门而入院内，而是自墙外用轻功向院里跳。可张平并不直接跳入院内，他而是脚不沾地用牙齿咬在屋檐的海草上，竟将自己的身躯吊在海草上荡起了秋千来。

　　新娘子听到了外面的声响后，便知道了外面是怎么回事儿。新娘子觉得新郎官儿可笑，就在屋内大声地说道："你该来家不来家，却在外面显得哪门子本事呢？"新郎官儿听到了话音后，这才松开双脚落了地，并去打开家门走进了屋内。

新娘子见了新郎后，便笑着对新郎说道："你以为你还挺有本事的是不是？我也露一手给你看看。"新娘子说完，就在针线包内找来了一根细红线，她将红线的一头用唾沫湿了后又向天棚上一抛，那红线的一头就粘在了天棚之上。只见新娘子身轻似燕地向上一跳，她便用牙齿咬住了红线的下端，那根红线竟把新娘子吊了起来。张平被这样的场面惊呆了，原以为自己的轻功已达顶峰，可没料到新娘子却竟比自己还厉害了十分。此时的张平内心之中感到恐惧起来。

那新郎子张平为啥害怕呢？因为那个时代讲的是大男子汉主义，讲究男人必须能压住你的女人，如若不能那旁人会笑话你的。新娘子的无意表演，深深地刺激了新郎张平。张平怕日后被妻子欺负了，竟在洞房花烛夜不辞而别不知去向。

再说新娘子王芹，天亮之后不见新郎的踪迹，悔恨万分。在当时的封建年代里，讲究"忠臣不事二主，好女不嫁二夫"，王芹就是后悔也没有别的办法了，只好是嫁狗随狗跑、嫁鸡随鸡飞。这样一来，王芹只得在张家含辛茹苦，拉扯着张平五岁的小弟弟张安度日。

弟大寻哥　却无下落

光阴似箭岁月如梭，王芹嫁到了张家不觉已过十载，她在张家既是张安的嫂子又是张安的老师。年少的张安聪明伶俐悟性很高，现今已长成了一个十五岁的棒小伙子。张安是青出于蓝又胜于蓝，现在的本领已超过了嫂子。

一天晚上，王芹对张安说道："小弟，你还记不记得你哥哥的模样呢？"张安说道："我哥离家时我的年龄还小，他的模样在我的脑海里只是浮光掠影，我如今委实记不清了。"王芹说："你哥哥长的中等身材，右面脸上有一颗朱砂痣，他十有八九是奔牡丹江咱伯伯那里去了。你现在的武功已经很好，就是单身在外一般人也欺负不了你的。我想叫你带些银两作盘缠，到东北牡丹江一带把你哥找回家，不知道你肯不肯去呢？"张安对嫂子从来都是言听计从的，所以他毫不犹豫地答应了。可王芹仍不放心："你出门在外要注意寒暖注意安全,更要多加小心少惹是非。你到了那里以后无论是否找到你哥,一年之内都要回家,我在家中静候佳音。"张安听后一一点头应"是"。叔嫂二人在当天晚上就收拾行装,第二天早晨便洒泪而别。

张安乘船过海到了关东境内,他晓行夜宿、饥食渴饮不必细说。张安到了东北牡丹江以后,就在那一带到处打听哥哥的消息,可人海茫茫,只能靠撞运气。一晃半年就过去了,张安身上所带的银两也所剩无几,只得一边给人家干活儿糊口、一边打听哥哥的下落。

张安这次到了一家当铺当小伙计,当铺老板见张安聪明聪明伶俐,非常喜欢。老板听说张安是出门儿找哥哥的,就非常同情张安,并给张安的月薪很高。张安见当铺老板恩待于他,对老板很尊敬而且干活也很卖力。张安一是为了多挣点钱好继续找哥哥,二是准备一旦找不到也好作为回家的盘缠。他就在当铺里干了两个多月的活儿。

老板见张安人品好干活勤快,就更加喜欢张安,商量着要长期留张安在铺里干活儿,可张安不肯,他说再干一个月的活儿后,还要继续寻找哥哥。当铺老板见挽留不下也就只好随他,并热心地帮助张安打听张平的下落,但一直毫无头绪。

受气施武　巧逢手足

老板对张安处处都放心,可就是有一样不太放心。老板常常嘱咐张安,千万别到隔壁的西院去,就连从墙头上向西院看一看都不行。有一次老板要外出两天做生意,便叫张安在家中守家,可当老板出门儿不远时竟又转身回到了家中。张安还以为他有啥要紧的事儿,就问道:"你还有啥事儿吗?"老板说:"啥事儿也没有,我是特意回来告诉你一下,我不在家这两天你要好生地守着家门,可千万别到西院去惹是生非,西院里无论有什么动静你也别去看。"张安便说:"你尽管放心,我不去看就是了。"虽然张安的嘴里是这样答应的,可他毕竟是年少好奇心强,当铺老板越是这样说,他就越想知道西院里到底是怎么回事儿。

这两家只有一墙之隔是和尚庙挨着尼姑庵——没有事儿也得出事儿,就在当铺老板出门的当天午间，张安便听到西院的吆喝声此起彼伏。张安实在是忍不住了，便爬上了墙头想看一看西院里到底是啥事儿。可张安刚露出了半个脑袋，就听见西院里有人喊到："东院的小伙计五十两。"听到西院里这一声喊，张安马上想起了老板的嘱咐，便急忙把头缩了回来。可张安就是向西院里看了一眼，可他也不知道西院里究竟是怎么回事儿。

事隔两天后当铺老板做完了生意，刚回到家中西院就来了两个彪形大汉，气势汹汹地向老板讨钱。张安见老板啥话儿也没说竟拿了五十两银子给了人家，心中感到很奇怪。

来讨钱的人刚走老板就埋怨起张安来："我离家时还特意地嘱咐过你，叫你千万别到西院里惹事，可你竟把我的话当作了耳旁风。这一下子可好啦，你去捅了那个马蜂窝，这五十两银子就白丢了。"张安听完后才明白过来，知道付给人家的银两，是因为他看了一眼西院。张安气愤地说："世上哪有这样不讲理的事儿！他们怎么这样霸道？难道你就不能找官府把他们治一治吗？"当铺老板苦笑着说："官府？官府也怕他们三分，同时也被他们买通而互相勾结。这伙人简直是一伙强盗，专干风起放火、月黑杀人的坏事儿。他们有二十多人，领头老大武功高强，谁也惹不起他们。我今天若是不给他们银两，那我们全家人就别想再活下去了，至少我的生意是做不成了。你也别为这事儿犯难，那五十两银子就算是我破财消灾吧。"张安听说后，这才知道西院里是一伙儿明火执仗的土匪。张安此时气得火冒三丈啥话也不说了，见到墙角处有枝生锈的长枪时，便顺手拿了起来。只见张安把枪头在磨石上磨了几下儿，那枪头尖儿上就泛起了亮光，然后他便双目冒火提枪夺门而出。

张安这一举动就把当铺老板吓坏了，他急忙喊住张安恳求说："我的小祖宗算我求你了，千万别去找他们，你是绝对打不过他们的。你若是去了，不但你的小命保不住，还恐怕连我全家老小的性命也得搭上。那五十两银子我是不会让你还的，你又何必这样呢？你若是看不惯我现在就把工钱找给你。不，我再多给你一些，我看你还是早点儿离开这里吧。"张安此时正在火头上，哪能听得进去呢？只听他怒道："我不是不听你的劝，而是这伙强盗欺人太甚！你尽管放心，那伙儿狐群狗党不是我的对手。同时我也向你保证，你的银子一两也少不了，定叫他们把银两全部退回。"当铺老板见拦不住张安，吓得急忙把院门和家门全部关上，呆在家中缩成一团。

张安手持长枪，怒气冲冲地来到了西院。他进院后大声地吼道："你们这伙儿强盗欺人太甚，识相的就把五十两白银交出来！"那伙儿土匪根本就没把张安放在眼里，倒觉得张安幼稚可笑："你这真是老鼠找上门来给猫拜年——自来找死，那我们今天就成全你。"他们又对领头老大说："老大，你发话吧，你说咱们今天怎样结束了这条小命儿？"老大此时倒觉得太奇怪了，竟然有人敢单枪匹马地上门来挑战，真是不知天高地厚。

老大说："这一个毛小子以卵击石自不量力，那咱们今天就和他玩一玩。咱们今天就破个例，让这个不知天高地厚的野小子说了算，我得先问问他想怎样死，然后我再决定怎样办。"张安没等老大问他就说："咱们到外面的野地里打！你们都一起来。小爷我若是怕你们，就不到这里来了。有道是老虎一个能拦路，兔子一群也白费。你们若是不怕死的话就跟我走！"张安这席带刺的话儿可把老大惹恼了，他怒不可遏地对手下喽啰说："你们都抄起家伙到野地里去，今天要好好地教训一下这个臭小子！要不他还不知道马王爷长着三只眼呢。"众喽啰见老大发了话儿，呼啦一下子都拿起了大刀和长矛，尾随着张安到了门外的野地里，老大也亲自提刀出马。

他们双方还没有交战，却见到了张安先把红缨枪插在草地上，枪尖迎着太阳闪闪发光。张安却来了个就地腾空，一下子跳得很高，正好站到了发光的枪尖上。仅仅这一招，张安就把那群喽啰兵吓得呆若木鸡，谁也不敢向前走半步。当老大的见手下人全吓呆了，只好亲自站了出来。此时只见他走到张安面前跪下说："小兄弟莫非哪吒转世？请你饶了我等肉眼凡胎不识仙体。你有啥话尽管说，一切事情好商量。"张安站在枪尖上，打量着跪在面前的老大。当张安看见老大右脸上有颗朱砂痣时，心中就暗自思忖："难道能这样巧？此人莫非是我要找的哥哥？"张安想到这里，就对老大说："你把你的人马打发走，我有话要问你。"老大此时倒是听话，马上让喽啰兵"退避三舍"。

张安见众人走了后，就从枪尖上跳到了地下，厉声问道："你的名字是否叫张平？你是不是在结婚的当天晚上就离家出走了呢？"老大听后惊奇地问："你怎么会知道我的底细呢？"张安回答说："我叫张安，你可知道这个名字吗？"此时的老大这才细看张安，眼里噙泪说："我是叫张平，难道你真的是我弟张安么？"张安怒道："认了你这样的哥哥我真是感到耻辱！信不信由你！"张平这才掉着泪花扑了过去，紧抱着张安说："我的好弟弟，我这个当哥的太对不起你了。你是怎样过的这十年呢？"张安就把家中的事儿原原本本地告诉了张平，最后怒气冲冲地说："你这样能对得起我那可怜的嫂子吗？再说，你在外面又都干了些啥事情？仗着一身的本领不走正路，却专干伤天害理的坏事，你死后有何脸面去见列祖列宗呢？"张平被弟弟说得无地自容，承认了自己是大错特错，表示要改过自新。张平拉着张安的手说："弟弟你等着，我现在就回去把那伙人儿解散。我要发些银两给他们，叫他们以后也别做坏事了，学点正当行业谋生。等我处理好了以后，咱们兄弟二人就一起回家。"张安说："你回去以后，先到当铺老板的家中去，你要亲自向人家赔礼道歉，并把那五十两银子还给人家。"张平听后急忙点头称"是"。好一个张安千里下关东寻兄，可他没想到竟会是这样找到的。这正是：

　　跋山涉水寻手足，亲情咫尺一墙堵。
　　踏破铁鞋无觅处，找到哥哥靠功夫。

傻徒救师

师徒巧逢　不忘师情

明朝崇祯年间，山东青州城内有一家"威武武馆"远近闻名，武馆馆主名叫王进。王进已是五十出了头的年纪，威武武馆是他父亲创立的基业。十几年前父亲去世时，就把武馆传给了王进。

王进自幼习武，二十多岁年轻气盛时，自恃武功高强闯荡江湖。后来因为在天津卫和"长胜镖局"镖师的儿子杨勇争斗时，出手误伤人命。王进当时打死了杨勇的一名伙伴，并且还把杨勇打伤，他为了躲避仇家追杀才不得不回到青州武馆任教。威武武馆办得很兴隆，入馆的徒弟又学文又习武，在当地颇有名气。

阳春三月风和日丽，王进独自来到了青州城外踏青散步，不觉信步来到了一条小河边。王进见到河水哗哗清澈见底、微风拂面花香袭人，顿时觉得心旷神怡。隔河而望，只见对岸山青柳绿、山上山石奇形怪异犬牙参差，不觉游兴大发，准备过河到对岸小游一番。王进见河上无桥，但水深不过尺，便准备脱鞋挽裤涉水过河。

刚要脱鞋，侧面走来了一个三十多岁，傻头呆脑、膀粗腰圆的汉子。那个汉子走到了王进的面前，停住了脚步傻看着王进。看着看着傻汉子忽然开口说道："这不是我的老师么？你想过河就不用脱鞋了，我背你过河就是了。"王进被那汉子说得愣了起来，前后左右地想了半天也想不起几时收过这样的徒弟。那汉子却不由分说，背起王进涉水过河。

到了河对岸，王进仔细打量那汉子，但见他蓬头垢面满身横肉、光着两只大脚，就是站在石头尖儿上也满不在乎。王进看后实在想不起何时收过这个徒弟，就纳闷地问道："壮士，你怎么称我为师呢？你叫啥名字？我几时收你为徒？"只听那汉子说道："老师的记性咋这么差呢？你忘了我跟着你上了一年学，最后你还教了一招武功给我。从那以后我天天苦练，现在我就演习一下给你看看。"那汉子说完，就把就近一块脸盆大小的石头，用赤着的大脚从河岸向水中踢去，只见那石头被踢得粉碎，碎块飞得很远。王进被傻汉子这一招惊呆了，不自禁地脱口喊到："好功夫！好功夫！"

就在这时，王进猛然想起了十几年以前的一桩往事。

十几年前，他确实收过了一个名字叫赵贵的徒弟。这个赵贵是又傻又笨，到了武馆一年多，只识一个"一"字。凡是武术他一样也学不会，连扎个马步儿都不会。王进当时一气之下就把赵贵赶出了武馆。那时他生气地踢了赵贵一脚，并大声说："去你的！你以后就这样练吧！"但王进还是不肯相信一个傻子会练成这样的武功，便试探地说："当时我教给你这招武功时，我是怎样对你说得呢？"汉子走到了另外一块石头面前，傻笑着说："老师是这样说的，去你的！你以后就这样练吧！"只见汉子边说着话，边把另外一块更大的石头踢得粉碎。

王进此时才确信无疑，断定此人就是当年的赵贵。他便笑着对那汉子说："那你的名字叫赵贵了？"那汉子忙说："是的，是的，还是老师的记性好，直到现在还记得我的名字。"此时此景，王进心里非常内疚，便说："赵贵，我记得你当时还识了一个字儿，今天我要看看你忘了没有。"赵贵傻笑着说："你是我的老师，那你就考考我吧。"王进想逗着赵贵开心，就用脚尖在沙滩上划了一个能有二尺长的一字。可赵贵跑到了这边儿瞧一瞧，又跑到了那头儿看一看，左看右看却也认不出这个字儿来。王进见赵贵的脸儿都被憋得发红，说道："你当年跟我上学时，你不是就识这个一字吗？"赵贵却挠着头说："这个字儿是它吗？可我这些年没有见到它竟也长大了，它怎么比我长得都快呢？"王进被他逗得大笑起来。

王进问赵贵现在在哪里做营生。赵贵说："我家以前是在弥河岸边住的，十几年前弥河发大水，我爹和我娘连我家的房子，全被大水冲走了。我是抱在一棵树上才没被河水冲走了，全家人只剩下了我自己。这以后我就到处闲逛，当我走到前面山上时却看中了个好地方，我就在那里安了家。我在那里住着不错，可以到山上捉野兽吃肉，也可以到河里捞鱼吃。老师要是有时间，那你就到我的家中看一看吧。"王进说："好吧，我今天正好无事，那就到你的家中看看。"赵贵前面带路，王进紧随其后，他们二人就一起向山上走去。二人爬了一段山路后，他们便来到了赵贵所说的家，可王进见后却不由得一阵心酸。

只见赵贵所住的家和原始人构木为屋一样，依着两块山石为墙，用树枝及杂草当屋盖，在地上铺了些干草当床，用石头架着瓦罐儿当锅灶。王进见赵贵天天栉风沐雨、餐风饮露，此时更加自责。王进呆了一会儿便对赵贵说："我看这样吧，你今天就和我一起走，你还是跟着我上学吧。"赵贵吓得急忙说："不、不、不，我哪里也不去，我就呆在这里。我觉得在外面闲逛好，我可以啥也不用学。"王进知道赵贵是怕教他识字，忙说："我叫你上学只是让你在那里住和吃饭，你可以啥也不学，也可以啥也不干。你爱到哪里玩就到哪里玩。"赵贵听后乐坏了，傻笑着说："天下有这样的好事儿？"就这样，赵贵便和王进一起回到了武馆。

到了武馆后，王进便叫人给赵贵做了一双大号布鞋，并把赵贵叫来叫他穿上。可赵贵说啥也不穿："我的脚好几年也没有穿过鞋子，我不穿鞋子好，这样既不出汗又不臭。"王进没有办法，只好由着赵贵。

赵贵来到了武馆后，确实是谁也没有管他，任他自由自在地到处玩。可那个赵贵人傻肚子却不傻，每到了吃饭的时候，他都会准时地回到武馆里吃饭，其余的时候谁也不知道他到哪里玩了。

仇家滋事　傻徒救师

就在赵贵回到武馆三个多月的一天上午，威武武馆门前突然来了二十多个骑马的彪形大汉。那些骑马人个个手提大刀和长矛将武馆的大门挡住。其中的领头人在马上喊到："快叫你们的馆主出来答话，若是迟了，那我们可要砸馆啦！"看门人不敢怠慢，急三火四地入馆通报馆主王进。王进急忙出馆观看，一眼便认出了横刀立马的领头人正是自己当年的仇家——长胜镖局镖师的儿子杨勇。

杨勇小王进八九岁，此人争强好斗，二十几年前才十五六岁，竟仗着人多势众想欺负王进。可没料到王进武功高强，手下人叫王进打伤了不算，还被王进打死了一个，杨勇也被打得受了伤。杨勇伤愈后便拜名师苦学艺，要报仇雪耻。功成之后他就到处打听王进的下落，却一直没有音信。杨勇这一次是到济南府保镖，无意中知道了王进的下落，便趾高气扬地率手下前来复仇。

王进见到杨勇后吃惊非小，知道是来者不善善者不来，想尽量化干戈为玉帛，即使要斗也要避其锐气击其不备。想到这里王进施礼对杨勇说："杨兄弟别来无恙？既然莅临寒舍，就请你下马喝杯水酒叙叙旧，寻仇之事来日方长。"杨勇在马上蛮横道："你闲屁少放！我们今天就按江湖规矩比武以决雌雄、胜者为王，谁胜了这武馆就归谁。你回去准备一下再来决战，半个时辰之后你若不出战，那我可要砸馆了。"王进心想："我人多势重未必会输，但也不可轻敌。我若是败给杨勇丢人现眼事小，可我父亲所创的基业就要毁于我手，毁了武馆声誉事大。杨勇有备而来，我也得招集几个强手前来助阵。"想到这里，王进便对杨勇说道："既然杨兄弟意欲决斗，就请你稍等片刻，我等去取兵器即刻就回，你我今天便了结了以前的恩怨。"王进说完便转身回馆。

王进回馆后就急忙写了几份救急文书，派遣几个小徒弟带着信件从暗道出去，要他们去找自己几个有名气的徒弟前来助战。王进把求救信发出之后，便带领着六十多名徒弟披挂持械出门应战。

双方交战没有打斗多长时间，王进的几个救援徒弟也都骑马前来助战，此时此刻只见得刀飞枪舞喊杀一片，双方混战得天昏地暗难解难分。可过了一个时辰以后，杨勇的人马是越战越勇，而王进的徒弟们在刀光剑影下却伤残不少，看来他们并不是杨勇那些人的敌手。

王进手中的兵器是长枪，杨勇的兵器是大刀，他们二人倒是强中遇到了强中手。二人在马上龙争虎斗地枪刺刀砍，大战了二百多回合也难分上下。可那杨勇毕竟是年轻气盛，当二人战到时近午时，王进渐渐觉着力不从心。王进逐渐只有招架之功却无还手之力，并且他的腿部还受了伤。眼看王进是败局已定。

正在这生死垂危紧要关头，赵贵在外面闲逛回来吃午饭，当他看到有人敢打他的老师时，傻劲儿可就涌上了身。赵贵急忙跑着喊道："是哪里跑来的野驴？竟敢跑到这里来打我的老师！我今天非把你踢成肉饼不可！"只见赵贵用赤着脚丫的大脚不由分说地猛踢起来，把杨勇的人马踢得人仰马翻。杨勇的手下们从马背上跌到了马下，有的人来不及拾刀就被赵贵像踢毽子一样踢出很远，还有的人在地上提刀来战赵贵，却被赵贵连人带刀踢出几丈远。整个战局立刻出现了转机，那些人不是被踢折了腿就是断了胳膊，躺在地上爬也爬不起来。

杨勇一看大事不妙便弃了王进来战赵贵，但赵贵好似长坂坡的赵子龙——英勇无比。赵贵高声地向杨勇喊到："你是耗子舔猫鼻儿——找死！那就叫你闻一闻我脚上的味儿。"他的话音还在上空回荡，大脚已踢到了杨勇的马前腿上。马腿被踢断连筋儿抽出，飞出好几丈远，大马立刻倒在了地上。杨勇不愧为是武林高手，刚刚落地就来了个"鹞子翻身"站了起来，挥刀向赵贵的头部砍去。赵贵也不算太傻，见刀来就急忙弯腰躲了过去，并且叫了一声"唉我的妈呀！"。杨勇见一刀没有砍中，又回刀横扫赵贵的腿部。赵贵这一次可不客气了，他脚起刀飞，杨勇手中的大刀竟被赵贵踢到了屋顶上，杨勇的双手虎口都被震出血来。此时的杨勇气得"哇哇"叫，赤手空拳地向赵贵扑去。可杨勇刚靠近赵贵，就被赵贵踢出三丈有余，腿部已被踢伤，杨勇连站都站不起来。

此时的赵贵却是穷追不舍，一边摸着脑袋向前走一边说道："好小子，我的头差点儿被你削掉。要是掉了，我几时才能再长一个呢？你敢欺负我的老师，我非把你踢死不可。"王进始终在马上观战，当他见赵贵又要去踢杨勇时，急忙喊住了赵贵。王进对赵贵说："徒儿不得无礼，有道是立汉子不打坐汉子，他现在已经负了伤那就得饶了他。"王进喊住了赵贵后，又下马去扶起了杨勇说："杨兄弟既然来到了我这里，就是我的客人，也说明我们二人有缘分。有道是冤家宜解不宜结。我想求杨兄弟别记恨二十年前的旧账，我也为过去的过失向你道歉，请你忘掉过去的恩怨是非吧。"此时的杨勇求饶都来不及，他见王进竟量大德高，急忙双膝跪地，感激流涕地说："王兄真是罕见的海量，没想你能宽大为怀以德报怨。以前的冲突都是由我引起，处处皆是我杨某的不是，王兄如此待我我真是羞愧难当，小弟今日向你请罪了。"王进急忙扶起杨勇，二十多年的积怨终于化解了。

　　此时的王进见到赵贵站在自己的面前，心中就也不知是啥滋味，他万万没料到一个被他忘在脑后的傻徒弟，却竟能救他渡此一劫。此有词《减字木兰花》赞道：

绳锯木断，功夫要用苦来练。
水滴石穿，想成大事心要专。
若有耐心，铁杵也能磨成针。
世无难事，纵有云山亦可攀。

寻衅受辱

友好非好　把人激恼

此段故事发生在二十世纪七十年代初。当时,我国与西方国家的关系出现了缓和。我国政府和美国政府,发表了"中美上海联合公报",从而化解了多年的敌对状态。此后,我国政府又和日本政府实现了邦交正常化,建立了正式的外交关系。

中日邦交正常化以后,日本国内的右翼反华势力时常活动,中日关系也随之时紧时缓。

有一次,日本武术代表团来我国进行访华演出,首访演出在北京举行。二十世纪六十年代初至七十年代初,我国在"政治统帅一切""反修防修"的旗帜下,武术差不多在中华大地消踪灭迹,上级领导也不让人们学练武功。那时曾有农村青年晚间聚在一起习武,反而被公安人员驱散,谁若是坚持不听则要被逮捕拘留。城市里就更不用说了,那时连军队的大比武都受到了批判,提倡的是各行各业都要突出政治。

日本武术代表团到了北京后,受到了有关部门的热情接待。当日本武术代表团在京演出时,首都的观众都争着去观看,整个剧场人山人海座无虚席,场内的喝彩声和掌声此起彼伏。演出快结束时,台上上来了一个日本武士,他用中国话说:"我们武术代表团来到了贵国演出,见到中国地大物博人口众多，并且又是武术的传统国，必是高手如林了。我今天想在台上领教贵国的高手几招，不知肯不肯上台来比试一下呢？"说虽说的委婉，实际是在挑战。言语中暗含的轻蔑让在场的观众都义愤填膺。大家有心上去教训他一下，又怕技不如人。一时间无人上台应战，场内鸦雀无声。

日本武士此时更加狂妄："你们这么多人竟没有一人肯上台来，是不肯赏脸赐教，还是你们根本不敢上台过招呢？"此言刚落，只见有位青年工人纵身上台，大声喊道："我来请教！"此人是首都钢铁厂的工人，他父亲会武功，他曾跟着父亲习过武。当他看到了日本武士的蛮横，明知道不是日本武士的对手，可他也咽不下这口恶气。全场的人们都希望青年工人能够打败日本武士，可事与愿违，两下交手没有几个回合，青年工人却被日本武士打下台来。很多人急忙上前扶住了他。那个工人仍在喊："难道我们这么多人就等着人家欺辱！我就不信斗不过小日本！"大家虽然怒火盈胸但也无可奈何，只得咬牙切齿含恨而散。

恃强逞狂　受辱他乡

日本武士的蛮横演出引起了政府有关部门的高度重视，此事是对中国人的侮辱，有损民族的尊严与荣誉。日本武术代表团还要到上海演出，有关部门就下定了决心，表示若在上海再有这种状况出现就一定要夺回尊严。于是，就派出了大量人员到沪发动群众。

上海的群众倒是提供了不少人员，可经过测试皆难以胜任。有关部门正在着急之时，正好有个年轻人找到了有关部门。领导问那个青年："你有把握斗过日本武士吗？"那个青年说："我是没有那样的本事，可我师父他绝对能战胜日本武士。"领导说："你师父现在在哪里呢？快去把他找来。"那个青年说："还是你们同我一起去把他请来为好。"领导干部说："那就照你说得办，我们现在就一起去请他。"三人同青年一起乘车到了上海市郊的蔬菜基地，找到了年轻人的师父。

印象中的武林高手，眼前的干巴老头，这反差也太大了。大家心中有点儿失望。只见师父个头不过五尺，瘦骨嶙峋满头黄发，年纪也在六旬开外。

三人心中不免打鼓："这个人能行吗？"青年人好像看透了三人的心理，说道："我师父的武功很高，他的轻功和气功高深莫测。特别是他能把肌肉缩成洞后又发功。我师父的尊号人称'金丝猴'，猴拳打得出神入化，我保他旗开得胜。"三人听后频频点头，其中一位就和"金丝猴"聊了起来。他把日本人在北京的所作所为如实地告诉了"金丝猴"，并且问到："你敢不敢和日本武士一比高低？""金丝猴"听说后信心十足地说："那有啥不敢的？你们尽管放心，我决不会给中国人丢脸的，我要让他尝尝中国人的厉害。只不过我必须得到我师父的同意，他若是同意了我才能出战。"当大家听说"金丝猴"的师父还在人世时，都想一睹他师父的尊颜，于是，大家就催"金丝猴"带路要一同去见他的师父。

在"金丝猴"地带领下，大家都来到了他师父的家中。只见老师父须发皆白、白眉遮眼，体形魁梧鹤发童颜，活像《西游记》中里的太白金星，年龄至少也在九旬开外。"金丝猴"将来意告诉了师父，老人虽已至耄耋之年，却耳聪目明、思路敏捷，他一边倒茶招待客人，一边嘱咐徒弟要为中国人争气，好好教训一下日本武士。

日本武术代表团抵沪后便开始演出，到场的观众比北京更多。有关部门和"金丝猴"也来到现场观看演出。可在上海的首场演出，那个日本武士并没有登台露面。当天的演出结束之后，"金丝猴"便对有关部门的负责人说："我看那个日本人再不敢有那么一手了，我菜园里的活儿现在很忙，明天我还是回去干活儿吧。"负责人说："这万万不可，等日本人回国以后你再走，现在你是不能离开的。""金丝猴"没有办法，只好留了下来。

第二天又开始演出，这一次他们把在北京的丑剧又重新搬到了上海来。可这次日本武士的话音刚落，便见一团白影飞身上台，此人正是"金丝猴"。日本武士定睛看后哈哈大笑："我若和你这个瘦老头儿过招，那我胜之不武，请你识相点儿，还是自己赶快下台去吧。"观众见一个瘦老头儿上了台，心中好替老人捏把汗。此时只听"金丝猴"说："恐怕你连我这个瘦老头儿也斗不过，你若是不信就试试看！""金丝猴"声若洪钟，振聋发聩，可见内力充沛。场内顿时响起了热烈的掌声。

日本武士讨了个无趣，便说："比武非同儿戏。今天看在你年长的份儿上，那就由你说了算，你说怎样比试就怎样比试。""金丝猴"笑道："好吧，那咱俩今天就来个文斗。你是客我是主，那我就站在这台上，你先动手打我。你若在三拳之内能把我打下台去，或者是把我打倒了，那就得算是你赢了。你若是在三拳之内不能把我打倒或打下台去，那可就算是你输了。你看这样如何呢？"日本武士听后心中暗想："你个头儿不高可牛吹得不轻，别说三拳，恐怕有一拳你就得倒下台去。"可他嘴里却在说："那我就先谢谢你的承让，用你们中国人的话说恭敬不如从命，那我只好占先了。"日本武士说完，向后退了数步，拉好了架势："你站好了，我现在可不客气了。""金丝猴"却笑着说："你别班蛰的屁股就会放屁，是骡子是马拉出来蹓蹓。""金丝猴"这句西北风儿刮刺槐——连讽（风）带刺一齐来的话，可把日本武士气火了。只见他紧握右拳，运气集中猛冲出拳，拳头正好落在了"金丝猴"的腹部。可"金丝猴"却连身子都没晃一下，脚下生根稳如磐石，此时整个剧场立刻沸腾了起来。

日本武士大惊失色，心中惊疑道："真是奇事！拳头好像打在棉花上。一点都不见力道。这个瘦老头儿有两下子，千万要小心，别输给了这个瘦猴子。"想过之后，日本武士又一次握拳发力，打中的仍是"金丝猴"的小肚子。这次日本武士发的可是全力，可那个瘦老头儿仍然稳如泰山，安然不动。日本武士这下可真是心中忐忑乱了方寸。心中暗想："难道我真的会输给这个瘦猴子吗？若真的是那样，那我可就丢了八辈子的人。第三拳无论如何也要打赢他，这一次我要来个声东击西、出奇取胜。"日本武士拿定了主意，这次一气退到了台角处，然后向前冲了几步又腾空而起，空中的拳头直取"金丝猴"的咽喉而去。说时迟那时快，日本武士的拳头在离"金丝猴"二尺远时，竟突然间改变了方向，又一次击在了"金丝猴"的腹部。"金丝猴"身形稍稍移动，这时场上出现了奇怪的一幕：

只见日本武士拳击后不见他向回收拳头，而是随着"金丝猴"在台上走动。日本武士的拳头为啥不向回收，而随着"金丝猴"到处走呢？原来"金丝猴"的腹部回缩了个肉洞，把日本武士的拳头紧紧地钳在了肉洞之中。日本武士见拳头被钳住，他就想把拳头抽出来，可他用尽了全身之力也无济于事。日本武士的拳头被"金丝猴"钳得疼痛难忍，不得不随着"金丝猴"满台走动。当观众看到日本武士痛得满头大汗，口中不断地向"金丝猴"求饶时，他们这才知道了是怎么回事儿。此时全场的人们雀跃欢呼一片。

当"金丝猴"面带胜利的微笑，牵着日本武士满台走动和观众笑声一片时，日方代表团的团长才不得不出头露面。他用中国话在台上道歉说："我们此次访问贵国，由于个别队员骄傲自满，竟不知天高地厚地挑战中国人，结果真是丢人现眼自食其辱。我们今日方知贵国不愧为是武术的传统国，是藏龙卧虎之地，我们自叹不如。同时我求这位老师高抬贵手，恕我们有眼不识泰山，请你饶恕了他的鲁莽吧。"

见日方代表团团长表态还算诚恳，"金丝猴"这才将气放开，那个日本武士的拳头才抽了回来。

古人云："谦受益，满招损。"由此看来，此句古话也确实是金玉良言。这正是：

孤高自傲乱发狂，却遭侮辱在异乡。

赔礼道歉才解围，祖宗颜面尽丢光。

奇巧姻缘

为己自私　将人打死

人世间的姻缘关系据说是由前世而定，俗话说，有缘千里来相会，无缘对面不相识。据说在人间结为了夫妻的二人，是在生前就由月下老人用红线牵线系足，生后才能在人间结为夫妻。

可前世之事谁能记得清呢？月下老人又有谁见过了？是啊！那些说法只不过是个美丽的传说而已，就像中国古代的四大爱情神话传说，真可谓千回百转、曲折动人，端的是感人泪下、百世不衰。若是提起人世间的这些奇巧姻缘来，自古至今就层出不穷，而且有些传说真的很离奇。

民国年间，胶东半岛的一处渔村里有个单身汉子周斌，都二十五岁了仍未娶亲。当时前来给周斌说媒提亲的可不少，可就是一直难成秦晋之好。若论周斌的家景与貌相，虽不是极好，但也算得中上；虽娶不了大户人家的女子，但找个能持家过日子的媳妇是绰绰有余。可不知怎的，周斌就是屡屡错过姻缘。眼看年岁越来越大，那时男子弱冠（20 岁）不婚，已是大龄，何况自己已经二十五岁了，很多人都在背后对他说三道四指手画脚。周斌自己心里也着急，于是便去找懂易经的先生算算他的婚姻。老先生给周斌卜了一卦，说他的婚姻还需再等十六年以后才能告成，并且说他的妻子现在出生刚满百日。

听到了算命先生的话,周斌就觉得可笑,他认为对方是盲人讲故事——瞎说。周斌道:"我再等十六年就四十多岁了,还能娶个小姑娘?"老先生见周斌不肯相信自己所言,开口道:"你妻子距你家并不远,就在你西面的邻村。"周斌听完之后半信半疑地辞别了老先生回到家中。夜里他仔细回味老先生的话,心中非常好奇,辗转反侧一宿未眠。第二天天刚蒙蒙亮,他就起床到西面的邻村去打听,看看那个村里是否真有刚满百日的女婴。

一打听,还真的打听到一家姓赵的人家里有一个刚满百日的女婴。此时的周斌心中凉了半截:"想不到世上还真有这样的奇事。我若是再等十六年就四十多岁了,哪我还娶得啥媳妇?"周斌心中又转念一想:"这个女婴她该着是我的妻子,若是她早早死掉了,就有可能改变了我一生的命运,说不定我还能另娶别的姑娘为妻。对,我要想个办法除掉她。"周斌心中开始盘算着如何下手。

周斌自此以后鬼迷了心窍,常在西村的赵家门前徘徊。时隔三天的下午,机会终于来了,周斌发现了赵家把女婴放在炕上睡觉,而赵家夫妇却不在家中。他就偷偷地溜进了赵家的院子里,那时节正是三伏天,赵家的窗户敞开着,周斌从窗口向屋内观看,当他见到炕上的女婴时便起了杀心。周斌在院内的墙角处找来了一块石头,从窗口狠狠地向女婴投去,只听见女婴哭了一声就再也没有声音了。周斌此时才猛然醒悟过来,悔不该对一个无辜的小生命下毒手,吓得他魂飞魄散转身撒腿就跑出了院门。周斌吓得连家也不敢回,躲在玉米地里呆到深夜,才摸黑回到家中。

做了亏心事,半夜鬼叫门。周斌回到家中后一直疑神疑鬼,女婴的哭声在他耳边彻夜不停,吓得他坐卧不安魂不守舍。周斌怕赵家找他对仇,赶紧收拾了点细软之物,趁天未亮就逃离了家乡。

周斌一路不敢停留,搭乘别人的船逃到了关外,在吉林的一个小屯子里安顿了下来。周斌逃到了东北后,晚间常做噩梦,白天心神恍惚,第八天就大病了一场,险些儿送掉了性命。周斌常忏悔自己不该那样鲁莽行事,可已铸成大错覆水难收,只好在负罪和自责中生活着。

周斌到了人地两生的异乡,身上带的钱治病花掉了大部分,很快就一贫如洗。无奈他病愈后只得重整家业，直到三十多岁仍没有娶到媳妇。慢慢地他也对自己的婚姻大事也就心灰意懒了，只求平平安安度过此生。

冤家对头　十六年后

寒来暑往时光飞逝，转眼间周斌孤身一人在关外苦熬了十六年，现在已是一个四十出头的中年人了。

这一年的初春，周斌在野外套兔子时，在雪地里遇见了两具"尸体"。此时虽已是初春，可在吉林省仍然是天寒地冻，到处白雪皑皑。周斌近前观瞧，只见那两具"尸体"紧紧抱在一起，一个是五十岁左右的妇女，另一个则是个小姑娘。周斌大着胆子上前试探，在两人的手腕处都能感知脉搏，知道那二人是冻僵了，心脏还在跳动。周斌见她们还有救，就用树枝当雪橇把两人一起拖回了家中。

回到家中，周斌赶紧用文火给她们二人取暖，并找来棉被给她们盖上。时间不久，那两个女人慢慢苏醒过来。周斌见她们醒来，又端来热汤热水。两人缓过劲来，狼吞虎咽，吞下热饭热水，周身才算彻底暖和过来。

周斌和她们交谈得知，原来她们二人是母女俩，胶东人氏。那个妇人的丈夫去年秋天下海捕鱼，因在海上遭遇狂风恶浪，不幸葬身大海。可他家欠下了渔霸的重债，丈夫死后渔霸就去家里逼债，因为无力还债，渔霸就强迫她的女儿抵债做姨太太。母女二人为了躲避渔霸，才逃离家乡来关外投奔亲戚。母女俩来到吉林后才知道，亲戚早已搬家不知去向，她们只好边讨饭边打探亲戚下落。这几天天寒地冻，加上野外迷路，母女二人差点冻死在荒郊野外。

妇人叙说前情时泪涕俱下泣不成声，对周斌一再表示感谢。周斌见母女二人委实可怜，就款留二人暂居避风躲寒，待天气转暖再做打算。母女俩见到处都是皑皑白雪，这样查找下去难有结果，只好留在周斌家里。

那母女二人在周斌的家中住了几天，当她们得知周斌也是胶东人氏，并且还是邻村的老乡时，都深感幸运。那妇人见周斌单身一人过日子，并且为人热情厚道手脚勤快，就有意把女儿嫁给周斌为妻。妇人首先暗中试探了女儿的想法，没想到女儿也非常同意这门亲事，于是她又在周斌的面前提起了这门亲事。周斌听后既感到高兴又不好意思，他觉得自己都是四十零一的人了，而姑娘才是二八（十六岁）佳人，似有不妥。可那母女二人都同意这桩婚事，周斌也就高兴地答应下来，由小女的母亲主持着，周斌和那小女拜堂成了亲。

花好月圆夜洞房花烛时，当周斌见娇美的新娘子肩膀上有块伤疤时，就问起那块儿伤疤的由来。新娘子却微笑着拨开了鬓发，在她额角处又露出了一块伤疤，新娘子笑着说："我听娘说，我这两块伤疤都是一起产生的。我生人满了百日没几天，不知是哪个狼心狗肺的狠心人，竟在窗外想用石头打死我。多亏了上苍保佑，我这才逃过一死。"周斌听后感到非常惊愕，他没想到世上竟会有这样的奇巧之事。周斌此时心中百感交集，没想到当年的丑小鸭，可如今竟变成了美丽的小天鹅；更没想到转来转去自己娶的还是十六年前的女婴。这正是：

不是冤家不碰头，碰头却在多年后，
心中好似五味瓶，含有苦辣酸甜臭。

虽不如意　不离不弃

人世间的奇巧姻缘若说起来确实不少，在民国初期就有这样一件趣事儿。在鲁中的小李家村有个名叫李荣的姑娘，姑娘的貌相并不差，可她是西施掉了门牙——美中不足。在她小时候母亲做鞋子拉线时，手中的锥子竟把她的右眼扎瞎了，这就使得美玉有瑕。自古以来都讲的是男才女貌，尤其是女人瞎了一只眼，在那个时期来说谁家若是娶了个瞎眼媳妇，据说是会对家中不吉利的。正因为这点瑕疵，李荣到了二十八岁的年龄，仍是待字闺中。媒婆也曾为李姑娘屡屡说媒提亲，可一次次无功而返，李荣成了一个嫁不出门的大姑娘。

在距小李家村几十里的大曲村，村里有个大龄青年叫曲成，他都二十九岁了还是光棍儿一条。曲成是曲家的独根苗苗，曲成的父母因为儿子讨不上媳妇，是饭也吃不香觉也睡不稳。曲家老两口儿四处托亲求友给儿子说媒可就是天不遂人愿。给儿子讨媳妇又不同于其他事情，想偷也偷不来，想抢也抢不着。曲家的老两口儿是直瞪眼干着急。

曲成娶媳妇为啥这样难呢？原来曲成在十七岁那年，骑马玩耍把左腿摔瘸了，并且瘸得很厉害。曲成若是不拄拐棍儿根本无法走路，所以连丑姑娘也不愿嫁给他。曲成见婚事一直没着落，心中更加自卑，渐渐地就失去了信心。可曲成是曲家的独根苗苗，二老怕绝后断了香火，便悬重礼托人给儿子说媒。

实际曲成和李荣二人的婚事，在他们二十刚出头时就有媒婆曾提到过。可曲成听媒婆说姑娘瞎了一只眼，心中一百个不乐意，急忙寻话儿把媒婆推掉。李荣姑娘也是一样，她听说男方是个瘸子时，连男方是哪个庄的都不问，直接回绝了："像这样的人儿你也来说媒？我就是一辈子找不到婆家，也绝不会嫁给一个瘸子。"这样一来，二人一个是嫁不出门，一个是继续打光棍儿。

张庄有个张媒婆，以前就为曲成和李荣说过媒，当她听说这次有重礼可图之后，就心中发痒眼发红。张媒婆可称得上是老江湖了，为了得到这份厚礼便为曲家的婚事奔忙起来。张媒婆以前碰过钉子受过气，知道这两家都挺挑剔，所以这次她就处心积虑想了个好办法。张媒婆先来到曲家，对曲家的人说："我这次给你们家提门亲事，曲成可以先去看一看姑娘，同时也让人家姑娘见一见曲成。他们二人见面后，若是相中了我就从中说媒，免得我白跑腿瞎忙活。可我有话得说在前头，他们相中成亲以后就不关我的事儿了。"曲成妈妈说："还是你想得周到。成，这事儿就这么办！"可曲成父亲却说："可我儿子是个瘸子，人家能看中么？"张媒婆笑着说："谁都有着自己的小秘密，你们就不能变着法儿相亲吗？等到新郎和新娘拜堂以后木已成舟，女方就是后悔也来不及了。"曲成听后忙问："我的腿有毛病，有啥法叫人家看不出来呢？"张媒婆笑着说："这件事儿再简单不过了，你不是会骑马么？那你就骑着马去相亲，到了你也别下马。这样不就露不了馅儿了么？"曲家听后也觉得是个好办法，就决定按张媒婆说的做。

当媒婆的都是腿快嘴快,张媒婆又来到李家说媒。李家正为嫁不出门的姑娘犯愁,见张媒婆登门来做媒时,全家人都喜出望外。张媒婆说:"我给李姑娘提的这门亲事,男方名叫曲成,年龄和李姑娘相仿,家庭生活也不错。至于他的长相与人品,你们两家见了面看一看。若是你们两家都相中了人,那我再从中说合一下,要是没看中人,这事就拉倒。"张媒婆这样一说,李姑娘听后当然有自知之明,开口说道:"依我看就别相亲了,人家见我瞎了一只眼,那你肯定是白忙活了。"张媒婆笑着说:"你可真是大姑娘讨饭——死心眼儿。我给你出个好办法,我叫曲成骑着马在街上走,不让他到你们家中见面。我就说你是害羞,说人家姑娘只能站在自家门口和他相亲。等到相亲那一天,你就站在院子的右门后面,用右门把你的右眼遮住,你露出半个脸蛋看一看曲成,这样办着既体面又能蒙混过关。等到你和曲成拜堂以后,生米做成了熟饭,他就是揭开了红盖头见你瞎了一只眼,那他也是无话可说。"李家人一听,都说这是个好办法。

经过张媒婆的精心策划,一个在李家门前骑马相亲,一个则在自家的门后露出半脸看郎君。结果曲成和李荣两人,他们是雾里看花,彼此都满心欢喜地订下了这门亲事。不久曲家便择了良辰吉日,迎娶李荣过门成亲。

曲成和李荣成婚的当天晚上,当新郎子揭开了新娘子的红盖头后,他们才看清了彼此的庐山的真面目。新郎和新娘在新婚之夜本应是和和美美,可这一对儿新婚夫妻在洞房内却是水火不相容。

曲成和李荣二人虽然拜堂成了亲,但彼此之间都觉得不称心如意,二人在婚后互不理睬。可这事儿能埋怨谁呢?这是他们二人自己相的亲,并且媒婆提前就把话儿说明白了,说成亲以后就别埋怨人家了。而现在两人的婚事木已成舟,只好貌合神离、同床异梦地将就着过活。结婚一年半后,他们家庭中就多了一个小生命,由于这个健康可爱的孩子给家庭增添了乐趣,夫妻二人才互相和谐起来。

曲家这小两口儿随着孩子的成长,二人的情感也与日俱增,彼此之间都觉得对方是瑕瑜互见,瑕不掩瑜。这一对儿巧合的夫妻,他们可是先结婚后恋爱，并且二人不离不弃恩爱到老。此有几言说得好：

  姻缘巧合是个谜，天作之合要珍惜。
  长相厮守是正道，应当不离也不弃。

行善得良缘

勇救难女　回厂投宿

　　港城市地处沿海，自从改革开放后，港城市的市容市貌焕然一新。因为私营企业和中外合资企业地迅猛发展，港城市便显得人力不足，因此引来了不少外地打工人员到这里谋生。

　　港城市有家中外合资的化工厂，厂里有个青年工人名叫陈二贵，他是当地陈家庄人。陈家庄离化工厂十多里的路程，陈二贵以前在村里务农。改革开放后，由于城镇建设再加上修路占地，村里的地被征了，陈二贵就离开了农村，来到这家化工厂当了工人。陈二贵是一个土生土长的庄稼汉子，来这个工厂当工人仅仅三年。他心地善良言少语寡，办起事来老老实实直来直去，不会使奸耍滑偷懒，但很多人都说他缺心眼儿。因此，虽然他长相与品行都不赖，可二十六岁了仍是单身。

　　陈二贵在村里虽然有四间新瓦房，可由于他没有结婚，而且父母双亲都已去世，他索性就把被子搬到厂子里住宿。陈二贵有个哥哥名叫陈大愣，在市拖拉机厂跑销售。除了有啥要紧的事或者在农忙时帮助哥哥干些农活儿外，陈二贵平时极少回家。

　　这一次是因为要过国庆节了，厂里放了三天假，又恰逢农田里是秋收秋种的季节，陈二贵准备回家帮哥哥秋收。陈二贵下班后在厂子里匆匆吃完了晚饭，就骑着自行车回村里。

走到半路时，天就黑了下来，在离家能有一公里的地方时，陈二贵忽然听到路旁传来了女孩子的呼救声。陈二贵急忙下了自行车，飞身向喊声方向奔去。他借着暗淡的月光，见远处有个歹徒拉着个姑娘意欲行奸。二贵见状边跑边喊："抓流氓！"歹徒见有人向自己奔来，慌忙弃了女孩只身逃走。

陈二贵走近前，只见一个姑娘趴在地上衣衫不整气喘吁吁。二贵赶忙扶起姑娘，那姑娘见来了救星，就急忙拜谢并做了自我介绍。原来姑娘名叫阿秀，是河南到港城的打工妹，现在在港城一家冷藏厂里打工。阿秀告诉陈二贵说："我姐姐在这里的乡下找了个婆家，今天下午下班早，我就想到我姐家中看望一下。可我到了姐姐的家时，却见门上挂了锁。问了邻居才知道我外甥病了，正在港城市中心医院里住院。没办法我只好起身回港城。往回走时天已经放黑了，客车也已经停运了，我只好步行回去。谁想到走到这里遇到了歹人想欺负我，幸亏大哥你及时赶来，不然……"说到这儿姑娘开始哽咽起来。陈二贵听后说道："我叫陈二贵，是这前面的陈家庄人。现在天都这样晚了，你是继续向城里走呢？还是随着我到村里，我替你找个借宿的地方呢？"阿秀听后踌躇了一会儿，她本想求对方护送自己回城，可又觉得于理说不通。她见对方是个老实的汉子，就开口说："大哥若能在你村里给我找个住处，那我就等明天再回港城吧，可就是要麻烦你了。"陈二贵也不会说啥客气话，就说："我看这样吧，你今天晚上就住在我嫂子家吧。我哥哥给工厂里跑销售经常不在家，他家中只有我嫂子一人，你正好和她做个伴儿。"阿秀听后忙说："那再好不过了，今天多亏遇到了你这个大好人，真得好好谢谢你。"二人就边走路边说着话儿，一同朝着陈家庄走去。

没用多长时间，他们便来到二贵嫂子门前，可陈二贵用手去摸院门时，却发现了嫂子的院门也是锁着的。陈二贵心中想："嫂子去干啥了呢？嗯，多半是回娘家了。幸好哥哥嫂子从来没把我当外人，他们家的钥匙我也有。"于是，陈二贵便拿钥匙打开了门，进屋后又打开了电灯。他对阿秀说："我嫂子八成是回娘家了，那你只好自己睡在这里了。"阿秀不好意思地说："人家的家中没有人，我一个外乡人怎好住在这里？"陈二贵听后还以为姑娘害怕，说道："不要紧，我们兄弟俩的房屋连脊，你别害怕，我就住在西院里。"阿秀见对方没有听懂自己的话意，便解释说："我不是害怕，我是说这家的主人不在家，你能放心吗？"陈二贵听后笑了笑说："那有啥不放心呢？她家中又没啥值钱的东西。再说，我看你也挺实在的，我信得过你。要不这样吧，家门就由你在屋内反锁上，院子的门儿就由我在外面锁上，我等明天天亮后再把院门打开。"阿秀也没啥好办法，只能宿在二贵嫂子家。

陈二贵把阿秀姑娘安排妥当后，便离开了嫂子家，并在外面把院门锁好。可陈二贵回到自己家中后，又觉得自己不该在家中过夜，"我救了人家一个大姑娘，并把她安置在我嫂子家中过夜，可我嫂子却又偏偏不在家。而我又是一个老大不小的单身汉，若是在家中过了夜，不但自己名声不好听，恐怕还要连累那位姑娘，还是回厂里吧。"二贵想过之后，便骑着自行车回到工厂。

色狼乘空　小偷乘虚

二贵回到厂里已是夜间十点多了，可厂长还未睡觉。厂长见陈二贵去而复返，就问陈二贵怎么又返回来了。二贵为人直爽，就把事情的来龙去脉说了个清楚明白。俗话说言者无意，闻者有心。厂长听后嘴里直夸陈二贵说："你见义勇为，真是一个好样的青年。"心中却想："你这个大草包到了嘴边的食都不吃，那我可就不客气了。"厂长和二贵没说上几句话，就急忙借故离开了。厂长到了存车处找到了自己的摩托车直奔陈家庄而去。

厂长名叫郭林，吃喝嫖赌样样均沾。他仗着职权之便，经常暗中沾贪厂里的钱物，时不时地对厂里的女工动手动脚，大家背后都叫他"咸猪手"。所以，当他听陈二贵的话，心里立时便有了那种想法。

郭林骑着摩托车，一会儿工夫便到了陈家庄村外，他怕车响惊动了别人，把车子放在村口处悄悄藏了起来。郭林以前曾到过陈二贵家中两次，也知道陈二贵和他哥哥大愣的房屋连脊，所以他就熟门熟路摸到了陈二贵嫂子家门口，他怕动手早了若有声响会惊动四邻，就在先找了个地方藏起身来，想等到靠近半夜再行事。

莫道君行早、还有夜行人。在郭林行动以前，竟有位女先行者已摸黑钻进了陈家大院。这个女人就是陈二贵的邻居，好逸恶劳名叫吕荣，村民们送了个绰号"驴快嘴儿"，听着绰号就能知道她的品行。"驴快嘴儿"摇唇鼓舌、搬弄是非，有影儿的话儿也传，没影儿的话儿她也要传，生怕人们之间不起矛盾，就连人家的夫妻关系她也要挑拨离间。吕荣四十多岁，不但嘴快而且惯偷成性。她知道家主陈大愣不在家，大愣的妻子在天刚黑了时，她娘家的弟弟因娘病重而来找她。吕荣亲眼见到陈大愣的妻子随弟弟回了娘家，所以她想乘虚而入偷点财物。吕荣见人家的院门锁着，就大胆地用木棍撬开了院门，然后弯腰钻进院内。进院后吕荣发现家门也是锁着的，就来到窗户前卸掉了一块玻璃，然后打开了窗户内的插销，从窗户钻进了陈二贵的嫂子家中。

再说阿秀姑娘虽然是躺在陈家的床上，可她刚刚受到惊吓仍心有余悸，加之单身住在一个陌生的地方，她心里仍是七上八下辗转反侧难以入睡。到了夜间十一点多钟了，可她仍两眼发直睡意全无。这时候猛得听见院门有声响，她胆战心惊趴在窗户处向外看。借着月光阿秀依稀看见有人撬门钻进院里时，她吓得一声不响钻到了床底下，不敢有半点儿声响。

那个"驴快嘴儿"吕荣爬窗户进屋后，没敢开灯，摸着黑地翻箱倒柜。她本想大捞一把，可她进屋以后并没有多长时间，就听到有人进院的脚步声。眼见脚步越来越近，吕荣心里着起慌来，逃也不是躲也不是。俗话说急中生智，嘿，转眼之间，她心中就有了主张。

阴错阳差　死结冤家

且说那吕荣可称得上是"老江湖"了。当她听到有人进院的脚步声时虽然害怕，可她心中立刻想道："进院这个人肯定是陈二贵，我早就看出他和他嫂子不正经。我以前就在陈大愣面前提到他们叔嫂有奸情，可陈大愣那个傻汉子还不相信，反而说我在说瞎话挑拨事儿。我今天倒要试一试是真还是假，我干脆脱光了衣服钻到被窝里，等陈二贵干完了那事儿以后，他就是知道了我是谁他也不敢声张了。"好一个"驴快嘴儿"，她三下两下脱光了衣服，钻进了床上的被窝里装着睡起觉来。

不速之客郭林越墙进院，他见窗户虚掩，心里以为是姑娘多情要以身报恩，故意留路给陈二贵。郭林见天赐良机机会难得，忙钻窗而入。郭林摸黑进屋后，听到床上有人鼾声细匀，他就急忙脱衣解带大耍淫威。此时的"驴快嘴儿"吕荣以为是二贵，干脆装睡任人摆布，这两人在床上是男欢女爱一番云雨。

床下的阿秀姑娘听到了那些声音后，知道床上所发生的是啥事情，但却不知道他们之间是啥关系。此时的阿秀姑娘吓得不敢露面也不敢出声，只能胆战心惊静观其变。

床上二人正云浓雨急，突然阿秀却听到了"咔嚓""咔嚓"的声响，那响声就好似是有人在剁肉骨头的声音。阿秀正惊疑是怎么回事儿，却又听到了"嘀嗒""嘀嗒"的响声，并闻到了一股血腥味儿。阿秀吓得急忙用双手捂住了嘴、紧闭着双眼，她已经意识到事有不祥，吓得浑身颤抖着缩成了一团。大概十几分钟以后，阿秀听到了有人跳出窗外，脚步声由近而远逐渐消失。

阿秀在床下的角落呆了好长时间，现在连床上的"嘀嗒"声响也渐渐地停止了，整个屋内都静得很可怕。可阿秀仍然不敢离开床下，现在只能胆战心惊地呆在床下坐以待旦。

阿秀觉得这几个钟头长似一年，像火烧油煎般难熬。她估摸着离天亮没有多长的时间了，这才大着胆子从床下爬了出来。阿秀开灯一看，竟吓得"啊"的一声跌倒在地，原来床上有两具无头裸尸。阿秀急忙从地上爬了起来，连电灯都没关就从窗户跳了出去。阿秀在院外顾虑重重地思前想后，拿定主意要到公安部门报案。

同报一案　此案难判

天刚亮，阿秀就步行来到了市公安局，向公安人员把自己的奇怪遭遇从头到尾细说了一遍。当阿秀刚说完了自己的经过后，这时又有一位浓眉大眼汉子手中提着带血的包袱也来到了市公安局。

汉子对公安人员说:"我叫陈大愣,是本市陈家庄人,我在市拖拉机厂跑销售业务,所以就常不在家中住宿。我的邻居吕荣以前就在我的面前说过,我媳妇和我的亲弟弟之间有奸情,但我并不相信。可吕荣却说得有鼻子有眼的,而且我也见到他们之间确实很亲近。我为了证实一下吕荣的话是真是假,昨天从外地回来后我故意没回家,到市集上买了一把砍柴的砍刀藏在身上,准备若事情属实我要一解心头之恨。昨晚上半夜前便偷偷地来到了我家门前,当见到我家院门上了锁,可院门儿又留着缝儿时我的心中就产生了怀疑。于是,我就从门缝钻到了院子里,当我轻手轻脚地靠近窗户时,我竟听到家中的床上发出了龌龊声。当时我就气得昏了头,没料到情同手足的弟弟竟禽兽不如,我就冲进屋内,砍下了奸夫淫妇的人头。我知道自己罪孽深重特来投案自首。"陈大愣刚说完话,门外又走来了风风火火的陈二贵,他们三人见面后全都愣住了。

还是陈二贵先开口,他向哥哥问道:"哥哥,你怎么在这里?"大愣见到了弟弟时惊慌得语无伦次说:"啊,你——你。我——我,这是怎么回事儿?"陈大愣羞愧难当地低下了头。

陈二贵又问阿秀:"这到底是怎么回事儿?你怎么也来到了这里?"没等阿秀说话,公安人员就问陈二贵:"你来这里有啥事儿?"二贵赶忙回答说:"我昨天晚上从一个流氓手中救了一个女孩,她就是阿秀姑娘。我把她安排在我嫂子家中居住后,因为我觉得我嫂子不在家,只有人家一个姑娘住在家中。而我又是一个光棍汉子,怕别人知道了说闲话,所以我又骑着自行车摸黑回到厂里睡觉。今天早晨天还没亮我就骑车赶回村里,当我到了家中门前时,却见院门被谁撬开,顿时我的心中就着了慌。进院后我见院里和窗户处都有血迹,并且屋内还亮着灯。当我大着胆子从窗户处向屋内看时,却发现了床上有两具无头裸尸,吓得我急忙骑车前来报案。"公安人员把三人所说的事儿一连贯,知道他们所说的都是同一个案情,可这两个死者究竟是谁呢?只好叫陈大愣解开包袱看一看了。

当陈大愣把包袱解开后,那两颗人头虽然血迹模糊,可陈大愣一眼就认出了那颗女人头:"啊!这是吕荣的头,她怎么睡在我家床上呢?我媳妇她到哪里去了？那个男人又是谁？"陈二贵近前仔细地看了看说道："这个男人的人头我认得，是我们厂长郭林。一定是他昨晚听说我救了个姑娘，并且他知道阿秀单身住在我嫂子家中，就想乘空占便宜。"这样一来整个案情就真相大白了。

公安部门侦查完毕，很快就结了案并把案件起诉至法院。

经过了此事之后，阿秀觉得陈二贵是个可靠的好男人，对他产生了爱慕之心，二人你情我愿结成百年之好。这正是：

盘根错节一血案，阴差阳错实难判。

品行不端丢性命，行善积德结良缘。

千里奇缘

失恋醉酒　百态千丑

二十四岁的林忠祥是安徽省凤阳人,四年前高考时仅以四分之差名落孙山。他本想到校再复习一年,准备来年再战。然而回家后他见老爸还不到五十岁就已经累得连腰带腿都有毛病,走起路来气喘吁吁咳嗽不止。林忠祥还有个弟弟也在读高三,像这样的家庭若供两个孩子读书,日子可真是捉襟见肘、十分艰难。林忠祥觉得自己是长子,有义务分担家庭重担,就下定决心回村务农。

第二年,弟弟考上了大学,按说这是件大喜事。可对于病贫交加的林家来说,要供一个大学生确实非常困难。父亲东借西凑得才凑了些钱,打发小儿子到了学校。林忠祥见到他和父亲的这点收入难以维持家中的开销,就想另谋财路。刚过了春节,他就决定要到外地打工挣钱。

林忠祥随着同村的人们千里迢迢地来到了齐鲁沿海的港城,可人家大多数是干建筑行业的。林忠祥一不会干瓦匠,二不会木匠,若只是给人家当小工挣钱少不说,而且工钱只有到年底才能发到手。这远水解不了近渴,林忠祥只好另谋他就。到了港城的第五天,林忠祥碰巧遇到了本村要好的林二,他在这里专干捡荒和收购废品的活计。林二说,这一行看起来是有点儿下贱,可收入比干建筑工强多了,想拉林忠祥一起干。林忠祥思来想去,觉得也是个招，就决定和林二一起收废品。

林忠祥买了一辆旧双轮拖车，开始跟林二学着收购废品，有时也到垃圾箱中拣些破烂。一天傍晚，市里街道两旁华灯初上，林忠祥拖着一车废品吃力地向住处走着，突然听到一侧车轮胎"啪"的一声巨响，紧接着他觉得车子向这侧倾斜。他停下来看了看，只见右面轮胎瘪了，再往前挪半步都非常吃力。他只得把车轮内胎扒下来准备找家店铺儿修修，可这时候人家都下班了，上哪儿去修呢？实在没有办法，他只好到商店里买了打气筒、铁锉和胶水，自己动手补起了车胎。把车胎修好后已是晚上九点多钟了，林忠祥急忙拖着一车收来的废品往回走。

港城的夏夜亮如白昼，远处的霓虹闪耀，灯红酒绿，热闹非凡。林忠祥一个人饿着肚子吃力地拖着车子踽踽前行。这时突然迎面有个似痴如疯的女孩，一手拿着鲜花，一手提着一瓶酒，一瘸一拐地边走路边唱歌。女孩拖着醉腔儿唱道："你送我枝红玫瑰，时刻令我心陶醉，我愿与你结同心，生死相许永相随。永相随，比翼飞，鸾凤和鸣甜又美，心心相印鱼水情，天长地久到百岁。"唱完之后又喝了两口酒接着唱。林忠祥借着灯光细看，那女孩虽然乱发遮面，却是一位穿着时尚的摩登女郎。她走路一瘸一拐不是她的腿有毛病，而是一只脚穿着高跟鞋、另一只脚只穿着袜子。女孩唱完之后嘟囔着说："陈——陈大力，我——我爱你。"这时一阵风吹来，掀起了她的长发，露出了一张漂亮的脸蛋儿。

林忠祥乍见此景心里一阵好笑，正当他准备绕开那个女孩时，那女孩突然扔掉了酒瓶和鲜花，扑到林忠祥怀里，紧抱着他说："你别——别离开我，我——我爱你。"林忠祥被这一举动吓呆了，急忙把女孩向外推，可那个女孩紧抱着不松手，嘴里不停地说："我——我不能没有你，你——你的汽——汽车在哪里？快——快开车拉——拉我去跳舞。"女孩说完竟然吻了一下林忠祥的脸。林忠祥有生以来第一次和女人这样亲近，心中咚咚乱跳不知所措。他慌忙边向外推边说："小姐，你别这样，快松手！"可林忠祥越是向外推，那女孩越是用力地抱着他，温柔地说："你别——别推我，快——快抱着我，吻我！"林忠祥用力把女孩的双手掰开，把她推倒在地，厉声说道:"你放尊重点儿!"可那女孩躺在地上,竟又抱住了林忠祥的双腿,大哭大闹起来。此时街边乘凉消暑的人来来往往,林忠祥怕了路人的眼光,也怕此事不好解释,被弄得是哭笑不得。

善心相救　反而挨揍

女孩边哭边伤心地说:"好你个陈——陈大力,你就是陈世美。我为你流过两次产,你竟这狠心地对我。我,我今天就死在你的面前。"就在这时,有一辆卡车迎面驶来,女孩猛地爬起,趔趔趄趄地向卡车奔去。林忠祥赶忙上前抓住女孩的胳膊把她拖到了街旁。女孩眯着双眼,又搂着林忠祥的脖子,脸贴脸地说:"我知道你舍不得我死。大力,你抱着我,别,别离开我!"林忠祥此时非常矛盾:"我现在若是撒手而去不管她,她肯定要寻短见。可我搂着一个素不相识的姑娘,这叫什么事呢?我得想办法脱身。"林忠祥又看了看那女孩,心想:"救人一命胜造七级浮屠。我虽不信佛,可这人命关天的大事我能视而不见吗?这姑娘若真寻了短见,唉……"林忠祥左右为难,最后决定陪着女孩等她醒酒再说。

在街旁抱着一个姑娘好难为情,林忠祥四下一看,见近处有个街道公园,他就搀着女孩走进公园的长椅上坐下。女孩紧紧偎着林忠祥,把头埋进林忠祥怀里。此时的林忠祥也存怜香惜玉之心,内心非常同情女孩的遭遇,于是也就没有推托,紧紧抱着女孩。女孩可能是有了安全感,加上酒醉,竟在林忠祥的怀中打着呼噜睡起觉来。

夜深了,林忠祥怕夜风袭来姑娘着凉,忙把自己的外衣脱下并盖到了姑娘身上。子夜已过,林忠祥也渐渐有了睡意,可他刚准备打个盹儿,就被"哇""哇"声惊醒,原来从姑娘口中涌出的股股"喷泉",全都吐到林忠祥身上,难闻的气味钻到了林忠祥的鼻子里。姑娘吐完之后,竟喃喃自语地又偎依着林忠祥甜蜜地睡起来。可林忠祥却半点睡意也没有了,他见姑娘睡得香甜,就轻轻地把她放到椅子上,然后掏出擦汗的毛巾擦拭着衣服上的秽物。林忠祥边擦边想:"我得趁她睡觉时赶紧离开这是非之地,免得羊肉没吃着倒赚了一身膻。"林忠祥刚刚拿起了外衣,姑娘又醒来缠住了他,口中说着肉麻的话抱住了林忠祥。林忠祥见实在是无法脱身，只好重新抱着姑娘在排椅子上坐了下来。

天快亮了，林忠祥才昏昏睡去，还在做着梦呢，突然被人一拳打醒了。他一蹦站起来，揉着惺忪的眼睛一看，原来是那个女孩怒气冲冲地站在面前。原来折腾了一夜的女孩一觉醒来，发现自己正被陌生的男子搂着睡觉呢。她登时羞愧难当，照着林忠祥的脸上狠狠地来了一拳。林忠祥一下子就明白是怎么回事。他边捂着打肿的脸，边吐着带血的唾沫，忿忿说道："我这真是农夫救蛇好心不得好报！叫你自己寻死就对了，我这不是吃饱了撑的？！"林忠祥说完收拾着东西准备离开。女孩听后正要上前问个清楚，刚一迈步才发觉自己少了一只鞋，一个趔趄差点摔倒，直到这时她好像稍微记起昨晚的事儿，急忙说："请你稍等会儿，是不是我误会你了？"她边说边要拦住林忠祥，可忠祥正在气头上，冷言道："岂敢啊！怪我不识好歹自找倒霉。"女孩见对方生气了，就向前走了两步并故意"哎哟"了一声，好像要跌倒的样子，正好抓住了林忠祥的胳膊才没倒下。女孩一脸歉意地说："我是狗咬吕洞宾不识好人心，我刚刚想起昨天晚上的事儿。我喝多了，也露丑了，我错怪了你，你可别怪我啊！"林忠祥见女孩这么说，不由自主地坐到了椅子上。

姑娘动心　另选男人

林忠祥说："小姐，昨天晚上是这么一回事儿。"没等他说下去，那女孩便打断了他的话："你别这样称呼我，我叫夏春雨，你就叫我春雨吧。"林忠祥打趣道："好吧，现在小姐的称呼是不能随便叫了。昨天晚上是这么回事……"他就把事情经过有详有略地说了一遍，夏春雨听后感激得不知说啥好了，顿时对林忠祥刮目相看。二人互通了姓名。夏春雨说："我家就住在港城市。爸妈开了一家建材批发公司，生意还不错。我爸在港城市还算是人物，他和市里的陈副市长以前关系很好。我爸要我嫁给陈副市长的儿子陈大力。陈大力有钱有势，长相也不差，所以很多女孩子都爱亲近他。我说出来不怕你笑话，我们俩三年前就那样了，害得我流了两次产。他是个花花公子处处留情，我也知道他拈花惹草，但还是死心塌地地喜欢他。自从陈大力开了间歌舞厅后，他就移情别恋把我踢开了。我心中烦闷昨晚喝了不少酒，所以才……你别见笑啊！"姑娘无遮无拦地大方反而让林忠祥不好意思了。他想安慰人家几句，却笨嘴拙舌地不知从何说起："你无论如何也不能自寻短见，蚂蚁尚且惜命，何况是人呢？"夏春雨说："你说得很对，为陈大力那样没有良心的人去死，不值得！你放心，我绝不会再犯傻了。昨晚亏你出手相救，要不然我……我真得谢谢你的救命之恩！"林忠祥手足无措急忙说："你可千万别这样说，谁见死还能不救？"夏春雨笑着说："对对对，大恩不言谢！咱们二人交个朋友如何？"林忠祥说："当然可以，常言说多个朋友多条路，少个朋友少盏灯。"正在这时，夏春雨的手机响了，她也没有回避就接了电话。打完电话后她笑着说："我妈有要紧的事情叫我马上回家一趟。咱们二人以后就是朋友了。忠祥，你把这个手机收下，你可别误会这是谢礼，我是想咱们以后互相联络方便点。"林忠祥坚辞不收，夏春雨说："你尽管放心，手机的费用不用你花。我家中还有一个手机，你若是不肯收的话，那你就是不肯和我交朋友了。"林忠祥见无法推辞，只好把手机收下。

直到这时，夏春雨才发现林忠祥的衣服上有呕吐的秽物，忙问："这是我昨天晚上吐的吧？"林忠祥笑着说："是啊！可也比挨你的拳头强。"夏春雨听后不好意思地笑了起来，掏出几张百元钞票说："你先去洗个澡，顺便买几件衣服换换，把脏衣服扔了吧。"说完就把钱塞到林忠祥手中。可林忠祥不肯接钱推辞说："不碍事，我回去洗一洗照样穿。"夏春雨见林忠祥犟着不肯收，就生气地说："看你这个犟样儿。快拿着！再说这钱也不是全给你的，你没看我脚上还少只鞋吗？你换衣服回来时，照着这只鞋的式样和号码，给我买一双带回来。"林忠祥见多费口舌也无用，只好把钱接住，然后大步朝着商场走去。

望着林忠祥的背影夏春雨竟心潮起伏，觉得自己和林忠祥太有缘了："这个人比陈大力都帅，人们常说不是冤家不碰头，难道真的是这样吗？"可她又一想："我别一厢情愿了，人家是个大好青年，而我已失了身，人家心中会怎样想？"夏春雨正想着呢，没多长时间就见到林忠祥急匆匆地跑回来，可他只买了一双女式高跟鞋，并没有给自己买衣服，他还要把余下的钱交给夏春雨。夏春雨这次可是真的发火了："你是不是不愿和我交朋友？要不你就是嫌钱少了？你今天若不收下这些钱，那你就是看不起我了！"林忠祥见对方把话儿说到了这里，赶忙把钱收好。春雨急着回家，二人就依依惜别。

夜观歌舞　半夜贵族

林忠祥拖着一车废旧物品才回到住处，刚把车停好，林二见迎面就埋怨起来："你这一夜上哪儿去了？我们都以为你出了什么事，到处找你！"林忠祥是个实在人，就把昨晚发生的事竹筒倒豆子一五一十地全告诉了林二。林二听后笑着说："老弟你这是交上了桃花运，穷后生遇到了阔小姐，哈哈，你可要加把劲儿把她娶回来。"林忠祥也逗趣说："癞蛤蟆想吃天鹅肉？哈哈，我倒是想那样，可人家是又漂亮又时髦的阔小姐，谁愿把鲜花插在牛粪上呢？"林忠祥嘴里是那样说的，可夏春雨的影子却总是在脑海里转悠。

林忠祥在分别后两天内就收到夏春雨三次电话，次次都是带着谢意和问候。林忠祥内心很想再次见到夏春雨，可他在电话中没露出半句。

第三天中午，林忠祥又接到了夏春雨的电话，约他下午三点在相识的公园里见面。二人都提前到了约会的地方，夏春雨说："我今天准备带你到个豪华的地方开开眼。你先去洗个澡理发，然后再换身衣服，我要把你倒饬一下才能去。你呀，今天别的不用干了，听我安排！"忠祥丈二和尚摸不着头脑，只好说："好吧，我的头发早就该理了，顺便洗个澡解解乏。"洗完澡理完发，夏春雨就和林忠祥来到一间豪华商场，春雨掏钱给林忠祥买了套皮尔卡丹的西服和皮鞋。林忠祥一见夏春雨花了一万多块钱，说什么也不肯，夏春雨笑着说："你今天啥也别管！我就是想看看你穿上好衣服的模样。"林忠祥也不知道她葫芦里卖的什么药，只好随她。

人靠衣服马靠鞍。一身高档服装上身，林忠祥望着镜子都不敢相信那就是自己，竟是那样的英俊与潇洒。春雨叫林忠祥走了几步，那身西装配上他的身材正好，显得文质彬彬风度翩翩，哪里想得到他原本是个收破烂的。夏春雨又向林忠祥身上喷了点男士古龙香水,然后说道:"我今天就是想叫你帮我个忙,希望你别推辞!"

忠祥一听便明白了她的用意,笑着说:"好吧。"

"真的?你知道我想叫你干啥?"

"你肯定是想叫我扮你的男朋友,然后到陈大力的舞厅里炫耀。"夏春雨觉得林忠祥善解人意,故意语带双关地说:"难道咱俩就不能甘露寺娶亲——弄假成真吗?"林忠祥毫无心理准备,一下子语无伦次红着脸结结巴巴地说:"这,这是以后的事儿。不、不、不,我可从来没那样想。"夏春雨哈哈大笑说:"我可是说笑话哈!现在的事情真是怪,大姑娘不害羞了,小伙子却腼腆起来。"林忠祥并没有接她的话题:"咱有言在先,我可是从来还没跳过舞,恐怕会给你丢脸。"夏春雨笑着说:"你尽管放心,我是不会让你跳舞的。你到了那里看我的眼色行事。现在咱们先去吃饭。"

游过了玩累了,夏春雨带着忠祥来到一家酒楼吃饭。这可是林忠祥有生以来第一次走进了这样豪华的酒楼包间,第一次见到那些花样繁多的高档名菜。林忠祥有个爱好,就是喜欢读制作名菜的书籍,并且他这个人也很聪明,以前就有当厨师的愿望,可惜没有机会。林忠祥吃着可口的饭菜,就跟夏春雨说:"以后有机会我一定学着当个好厨师。"夏春雨随口逗趣说:"好吧,你这一次到了歌舞厅后,你就把自己当成大酒店的老板吧。"

吃饱喝足了,夏春雨就和林忠祥坐着出租车来到了"天马歌舞厅"。下车后,夏春雨挽着林忠祥的胳膊走进了歌舞厅,找了个座位坐下。夏春雨点了两杯咖啡,便和林忠祥边喝咖啡边有说有笑地观看歌舞。

林忠祥这是第一次来到了这灯红酒绿之地,见到成双成对的男女翩翩起舞时,觉得很不自在。夏春雨看透了林忠祥的心理,就脸贴脸地对林忠祥说:"你现在你可是大酒店的老板,得有些傲气和风度。"林忠祥经夏春雨这一鼓气,赶忙和夏春雨谈笑风生。

"哈哈,原来是夏小姐大驾光临,有失远迎!"夏春雨坐在座位上朝说话的人说:"亏你还有点儿记性,还能认得出本姑娘。"夏春雨说完站起拉着林忠祥的手说:"我不让你到这里来,可你偏要到这里看一看。好吧,现在咱们该走了。""这位是——"夏春雨没等那人问完她就回答说:"他是'春都大酒店'的老板,是我刚结识的男朋友。"说话的那人向林忠祥自我介绍说:"鄙人是本歌舞厅的老板,陈大力。"边说边要和林忠祥握手,林忠祥刚站起身来,可他的手却被夏春雨拦住了。春雨说:"别听他胡诌八扯!他不叫陈大力,他叫陈世美!咱们走吧!"林忠祥只好随着夏春雨离开了歌舞厅。陈大力见讨了个无趣,伸出的手半天收不回来。

夏春雨出了歌舞厅后觉得非常高兴,感觉像把肚子里的怨气全泄光。夏春雨高兴地拖着林忠祥乘车到了另一家歌舞厅:"走!咱们好好庆贺一下!今天可算出了口恶气!"。当夏春雨邀请林忠祥跳舞,这下难坏了林忠祥,他推辞不跳。春雨说:"不会不要紧,我来当老师,谁能不学就会呢?"林忠祥被逼得无奈,只好硬着头皮跳起来。跳舞对林忠祥来说,比拉拖车都累。几曲下来后林忠祥累得满头大汗且不说,还把春雨的脚都快踩扁了。二人在舞厅里折腾了半夜,可林忠祥仍没学会跳舞。"这真是井杆好竖井绳难扶,乡下人就是不行!"虽然夏春雨为舞伴儿感到不称心如意,可林忠祥在心中倒觉得很兴奋,他做梦也想不到自己竟然也能当上半夜贵族。

资助开店　穷途好转

自古女儿爱多情,那天晚上出了一口气以后,夏春雨在脑海里就反复地想:"若是看人品和貌相,林忠祥确实比陈大力强上好几倍,可若论及时髦与风度,他永远也比不上陈大力。我若是嫁给他,这门不当户不对的且不说,若是让姐妹们知道了底细,我这脸还向哪放?他救过我的命于我有恩,可这恩是恩情是情。我不如早断情丝,免得以后自身难拔。"夏春雨思前想后,心中仍割舍不下林忠祥:"忠祥的救命之恩我是永生也不能忘记的。可我怎样报答他呢?忠祥现在困苦不堪,我得资助他一下。可忠祥干哪一行才好呢?"她忽然想起了林忠祥那天在酒楼时,对厨艺说得头头是道,还说他若有机会就当个好厨师。夏春雨决定帮助林忠祥实现这个愿望。

隔了两天的一个傍晚,夏春雨又约林忠祥在老地方见面。二人见面后不冷不热地交谈起来。夏春雨问林忠祥:"难道你想一辈子捡荒收破烂儿?

你就不想干点别的？"林忠祥说："世上的好事儿是人人都想。我现在不敢奢望大的，我手中若是有钱，我就在市郊的蔬菜农贸市场旁开家小吃店。那个地方我早就看过了，在市场的附近闲着三间旧瓦房，可以先租用一下。我若能在那里开个小店，经营面条、米饭、水饺之类低档饭食专供乡下菜农食用，肯定会红火起来。"夏春雨又问："既然这样，你怎么不去开店呢？"林忠祥笑着说："这巧妇难为无米之炊。我粗略算了下，开店得一万块的本钱。眼下我还不行，等有了钱我就动手。"夏春雨以前见了捡荒和收破烂的人总是躲得远远的，心想："干哪一行不行，为啥偏干这一行呢？"现在她才知道这一行的辛苦和无奈，于是她说："不就是一万块么？我给你就是了。你马上就准备开店吧，可一万块能够吗？"林忠祥说："你若能借我一万块，连租房再加上开店的器具和物料足够了。你这一万元我先借用一下，我写个借条给你，保证半年内就还给你。"夏春雨好像提前就有所准备，顺手从包中掏出了一捆百元钞票交到林忠祥的手中说："什么借条不借条的，我可不是那鼠肚鸡肠之人。这是一万块，若是不够我再加点。这钱是我赞助小店开张的，不用还。"林忠祥把钱又推还她的手中说："你若是白给我钱，那我宁肯继续干我的老本行，也绝对不开那个小吃店。"夏春雨见林忠祥坚决不收就笑着说："好吧，我可真是服了你。可我有言在先，这钱必须在你富裕了之后我才收，否则你就是还我，那我也不肯收。"林忠祥这才感激万分地把钱收下。

　　林忠祥说干就干，仅用了一周的时间就把开店的事项全部办妥，和林二开起了小吃店。二人都特别能干，特别是那个林二干起活来都快得惊人。人们都叫他"林二毛子"。小吃店饭菜量足味美价格实惠，生意开张没有几天，小店就顾客盈门红火起来。林忠祥见进餐的客人多，就雇了四个服务员，加上他们共是六个人，从早到晚一直忙个不停，可他们累并快乐着。看着小店生意日渐红火，林忠祥和林二脸上笑开了花，二人合计了一下，小店一天的收入就能顶他们两人两个月捡荒挣的钱。二人都非常感激夏春雨的资助，这一万元让他们枯木逢春时来运转。

天降大祸　美梦成空

　　林忠祥的小店开张时夏春雨曾到小吃店里，隔了两周，她又来到了小吃店。当时时近中午十一点钟，只见小店人来人往生意兴隆。小店里容纳不下那么多客人，林忠祥他们就在店外搭起了遮光棚摆下了桌席。忠祥见春雨没打招呼就来了，急忙放下了活计迎了出来，夏春雨忙说："你快去忙你的，别耽误了生意。我今天来这里，咱们要很好地庆贺一下。等午间客人们吃完饭后，咱们再张罗。今天的酒菜要高档些。一会儿我先去采购哈。"林忠祥忙说："你不用出去买，店中的品种挺齐全的。"夏春雨笑道："海参、鲍鱼、对虾有吗？"林忠祥被问得窘促了，吞吞吐吐地说："这些东西，我的小店好像用不上。"夏春雨逗趣道："不是你用不上，而是你这位大厨师根本不会做吧？好了，咱们别耍贫嘴了，你还是去照顾客人吧。等会儿我出钱你们出力，今天咱们几个要好好庆祝一下。"林忠祥也没再客气，转身到店里忙活去了。

　　夏春雨里里外外巡视了一圈儿，只到小店虽小却整洁有序，店中六人忙中忙而不乱，井井有条，对顾客们都是微笑服务满面春风，她不禁点了点头。没过多久，夏春雨走出店外叫来一辆出租车，到一家海鲜超市采购一车高档海鲜。林忠祥见夏春雨买来了那么多高档海鲜，埋怨说："这些东西都太贵了！"夏春雨笑着说："今天我出钱，你就和林二出力吧，你们要把这些东西每样都两种做法。今天的酒菜丰盛点儿，我们好好热闹一下。"林忠祥没有办法，他也只好满口称是地依就着。夏春雨是醉翁之意不在酒，她在心中有着自己的小算盘。

　　林忠祥和林二手脚麻利，一会儿的工夫就拾掇好了海鲜，做了四十几道菜。大家把长长条桌子拼起来，桌面上摆得满满的。夏春雨见林忠祥和林二做菜的速度惊人，菜品的色香味俱全，心中惊喜阵阵："这可真是人不可貌相啊，谁能想到这么两个收破烂的人却竟能做出这样的菜品来。有机会一定要让他们发挥特长，让他们干出一番事业来。"

饭过席散之后，小店中只剩下了夏春雨、林忠祥和林二。忠祥说："如果都像今天这样，再有半个月我们就可以还清你的钱了。"夏春雨听后说道："你们若是再这样说，那你们就是不把我当朋友了。我早就说过了，你们若是还没翻身致富，就是还钱我也不要。再说，你们不能用赚来的钱更扩大一下店面，把生意再做大些？"林忠祥笑着说："人们常说知足者常乐，能忍者自安。我们是过惯了穷日子的人，能这样我们已经非常知足了，哪敢有大的奢想呢？"夏春雨说："人穷志短，马瘦毛长。你们可不要扼杀了自己的特长。若是老是呆这破屋子里面能有啥出息？依我看你们应该有处大的酒楼，那样才能英雄有用武之地啊。"林忠祥笑着说："君子无本难获利，那样的美梦我们连做都不敢做。"夏春雨说："你别不敢做，说不定有时还会美梦成真呢。"他们谈笑风生，不知不觉地天已经黑了，夏春雨才起身道别。夏春雨临别时对二人说："我最近有一件事情缠身，今天是特意来告诉一下，你们近期就不要打电话找我了，等我把事情办妥后我会来店找你们的。至于那一万元钱，我希望你们以后永远不要提了。"夏春雨说完便叫来出租车乘车回家了。

夏春雨一走就是十多天，林忠祥半点她的消息也没有，也不敢去打扰她。心里像猫抓的一样火烧火了有时对夏春雨想入非非，可转眼他又告诫自己："人向高处攀水往低处流，春雨是这个好姑娘，但我们两人的差距太大了。还是别做这白日梦了！"林忠祥几次拿起电话打给夏春雨，但一想夏春雨临别时的话，就打消了这个念头。

山穷水尽　意冷心灰

时值盛夏，一连降下几天暴雨。一天子夜，忠祥刚刚躺下还没睡熟，突然被一声闷响惊醒。他发现了小店房屋已经倒塌，瓦砾和木杆压在他的身上。林忠祥一边急忙扒开身上的瓦砾，一边大声喊着林二，可他连呼数声也不见回音。林忠祥情知不妙，用手忘命地扒着废墟。扒了一会儿也不见林二的影子。林忠祥见天上仍然下着大雨，眼前漆黑一片，这时他才想起了110求救电话。林忠祥急忙趴着身子，穿过断垣残壁在自己的枕头下摸到了衣服，掏出手机拨通了110。林忠祥通完了电话后，又强忍着疼痛仍在废墟上扒着。不一会儿，公安干警开着两辆警车来到了出事现场，立刻展开了搜救行动。公安干警用车灯做照明，没用五分钟便把林二从废墟里扒拉出来，可林二满脸是血已是奄奄一息了。警察急忙打电话叫来了救护车，把林二小心翼翼地抬进了车内。此时林忠祥也穿好了衣服，被警察扶上了汽车，和林二一起被送往了市中心医院。

经过医院仔细检查，确诊林二脑部受损、左肾破伤，必须及时手术，否则性命难保。林忠祥只是右腿骨折，还有皮肉伤，并无大碍。这样一来他和林二就一起住院治疗。多亏了这段时间他们已经积攒了近两万元。林忠祥始终把它藏在内衣袋里，原来打算要还给夏春雨的，现在只好拿来救急了。

可这点钱也是远远不够医药费。林忠祥交完二人住院的押金后，只剩下三千元了。林忠祥知道若等到他们痊愈再出院，再有几个三千也不够。林忠祥也没有别的办法，只好是走一步算一步了。

常言说：在家千日好出门万般难。林忠祥自己骨折受伤，还要拄着拐侍候林二。林二动手术切除了左面坏死的肾脏，总算保住了性命。经过几天的治疗，一周后就能下床慢慢地走动，林忠祥则是伤筋动骨依然要拄着拐棍儿才能走动。

两人坐吃山空，余下的三千块没几天就花没了。住院处几次派人来催钱。林忠祥也没和林二商量，就自作主张地结算了住院费和医疗费，自己要出院。当林忠祥告诉林二说要出院时，林二埋怨道："你怎么不同我商量一下呢？我可以出院回家养着，你怎么能出院呢？你还是再住几天吧。"林忠祥说："我们若是再住下去，以后吃饭也成了问题。"林二急忙说："我身上还有两千多块。"林忠祥苦笑道："两千元连住四天院的费用都不够，我看还是用它当路费回老家吧。"林二听后好长时间没吱声，沉默了一会儿他说："要不还是跟春雨联系一下吧，看她能不能救救急？"林忠祥说："你以为我没打电话给她吗？我们住院后我给她打了三次电话，都是通了没人接。我结住院费的时候钱不够了，就把手机卖了，反正留在手里也没用了。她是在故意躲着我们。再说，她那天分手时已经把话儿说明白了：让我们再别提那一万元钱的事儿了，多半是把那一万元当作我救她一命的酬金。我看她是瞧不起咱们的。"林二觉得林忠祥说得有道理，嘴上却说："我看夏姑娘不是那种人。"林忠祥说："画龙画虎难画骨、知人知面不知心，咱们还是早做打算吧。"忠祥和林二无奈只得提前出院。

出院后，林忠祥想要回家，可林二坚持不允。他又租了一个新的住处，把忠祥接回养伤。现在店已坍塌，无处安身挣钱，只能再出去捡荒和收购废品维持生活勉强糊口。

柳暗花明　真情一片

林忠祥出院一周后，便可以不挂拐棍走动了。林忠祥不顾林二的反对，拿着编织袋儿到处捡荒换钱。

一天上午九点多钟，林忠祥背着一袋子从垃圾箱中拣来的废旧物品，拖着稍有点儿瘸的腿在大街上走着，突然一辆蓝色的出租车停到了他的面前。车上下来了一位漂亮的女士扑到林忠祥的身上大哭起来。林忠祥发现来人是夏春雨登时不知所措："你——你，我——我身上很脏，别弄脏了你的衣服。"夏春雨好像没听见，紧紧抱着他哭道："都是我不好，害得你们吃了这样的苦！"夏春雨抹了抹泪水，将林忠祥的废品袋扔到了路旁的垃圾箱里说："你现在就上车，我送你先到医院里检查一下。"林忠祥想推辞不去："我的腿已经好了，用不着再去花那冤枉钱了。"夏春雨说："你能好得那么快吗？人们常说伤筋动骨一百天，你这才不到三十天。"夏春雨边边蹲下身子，挽起了林忠祥的裤腿儿查看伤情。林忠祥被感动得差点儿掉下眼泪："我的腿真的好了，当时只是胫骨裂了缝儿其实没断。"夏春雨说啥也不允："无论如何也要到医院里复查一下，就是好了也要休养一段时间。"林忠祥见无法推辞，就说："我就是去医院检查也要告诉林二一声。"夏春雨说："那是自然，林二也要到医院里复查。"

原来，夏春雨三天前乘车到过林忠祥的小吃店，只见那里已成废墟，不见人烟。夏春雨从别人口中知道他们二人遭遇了不幸，就急三火四地到医院里查找。好不容易找到他们当初住的医院，却得知两人已经出院了。而且当时登记的是小吃店的地址。夏春雨见他们二人是未愈出院，就猜到了二人因缺钱被迫出院，于是就打的沿街到处找。

人若有缘棒打不散。夏春雨终于在第三天从一个捡荒人的口中打听到了林忠祥的住处，可她到那里却不见二人的踪影。夏春雨就乘车在城里的大街小巷寻找，终于见到了林忠祥。他们很快找到林二，夏春雨用车先送他们二人洗了澡，换上了干净的衣服。春雨对二人说："我现在就送你们到医院里查一下身体，查完身体之后再吃午饭。"经过检查，证实了二人康复得很好，夏春雨这才放下了心。

在午餐的酒席间，夏春雨说明了她这一阶段所办的事情："我本想把事儿办妥了再告诉你们，为的是好给你们一个惊喜，可没想到你们竟出了意外。这一次不管你们愿不愿意，你们必须帮我的忙。"穷途失意的林忠祥和林二又一次柳暗花明，表示肝脑涂地在所不辞。

千里奇缘　一线相连

话儿没说明白呢。那夏春雨这段时间究竟去干啥了？原来这三十几天里，她正在着手操办一家大酒店。夏春雨说她在这一段期间内，知道林忠祥给她打了三次电话，可她都故意不接。夏春雨说她想等事情办妥以后，要聘请林忠祥为大酒店经理，聘请林二当厨师，不接电话是想给二人一个惊喜。等把大酒店的事宜办妥之后，她就去小吃店去找他们二人，结果吃惊不小，知道他们出了意外。夏春雨不断用电话联系林忠祥，可怎么也打不通。她问林忠祥："是不是生我的气，故意关机不肯接电话？"林忠祥脸上发红低着头说："我出院时费用不够了，我就把手机卖掉了。"夏春雨并没有怪罪林忠祥："只要你们二人无事那就值得庆贺，我实在是没有想到竟会出现这样的意外。"

"春雨大酒店"是夏春雨的父亲投资兴办的，坐落在市中心广场的左侧，夏春雨当老板。林忠祥到了那里一看，就知道这是个开酒店的黄金地带。当林忠祥见到酒店装修豪华，规模宏大，心中感到既胆怯又高兴。林忠祥胆怯的是他一生连个杏核大的官儿都没有当过，可夏春雨却聘请他当酒店的经理，不知能不能挑起这副担子来；高兴的是他得到了施展特长的机会。他暗下决心，决不辜负夏春雨对他的信任和期望。

择良辰吉日，"春雨大酒店"盛大开业。开业以后，每天午间和晚上店外车水马龙，店内高朋满座嘉宾云集。林忠祥经过刻苦学习，不但在短时间内厨艺大长，而且也掌握了经营之道，把酒店管理得井井有条蒸蒸日上。

夏春雨的酒店红火了，她此时为自己慧眼识英才感到自豪，同时她心中也真正爱上了林忠祥。可是爱归爱，她却一反常态对林忠祥敬而远之，因为在她眼中林忠祥是一个完美无缺的人，觉得林忠祥应该找一个完美无缺的女孩子才对。自己失过身，怎能配得上他。想到这里，夏春雨顿时萎靡起来，悔恨自己当初不检点。

林忠祥也是真心实意地爱着夏春雨，但他是不敢求爱的。林忠祥觉得夏春雨是老板，人家有钱又有势。自己只是一个打工的，靠着春雨的热情才有了自己的一片天地。今天的一切都拜春雨所赐，所以，他对夏春雨也是敬而远之，将情思深深地埋在心里。

正所谓当事者迷，可旁观者清。别看林二毛手毛脚的，可他对二人最了解不过了。林二从中穿针引线地当月老，结果两个有情人水到渠成、终成眷属。这一对巧合的夫妻，可真算是雷婆找龙王爷谈心——天涯海角觅知音。这正是：

　　　　失意逢佳偶，好事多磨难。
　　　　诸多美姻缘，千里一线牵。

因偷结缘

物失心变　决定偷钱

世上的人们喜结良缘，从前多是遵从父母之命，媒妁之说，而现代的青年人则是自由恋爱的居多。可这世界之大却是无奇不有，在如今这改革开放的年代里，竟有一个青年人竟偷来了一个媳妇。当听到了这种说法后肯定有人会说："你这是无稽之谈，哪会有这等奇事呢？"可在现实的生活中，那也确实是发生了一件因偷而结缘的奇事。

这件事儿还得话说从头，在齐鲁半岛的周家庄村里，有一个漂亮的年轻后生名字叫周其善，他在县城一家日用化工厂工作。周其善的家离县城日用化工厂能有二十多里的路程，虽然公交车不少，但毕竟不如骑摩托车方便，所以周其善就很想买一辆摩托车。

周其善做了两年多的买车梦，可因为他的家庭经济所限仍是未随心愿。那是因为周其善的父亲是一个啥本事也没有，只会耕地的种田人，所以，他家的经济一直就不宽裕。否则，周其善也不会早早弃学投入了社会。

周其善到了那家工厂参加工作后，由于他积极能干、品行又好，所以，厂里上上下下的人们都很喜欢他。在周其善参加了工作的第二年，由于他写得一手漂亮的好字，厂里的领导就调他到办公室里工作。终于，就在周其善参加了工作三年之后，由他节衣缩食而攒下了四千多元钱，并经过了父母的同意他才圆了买摩托车的美梦。周其善对那辆车子简直像眼珠子一样爱护，可人就是再仔细也有疏忽的地方，他心上的爱车竟被贼人偷走了。

那是周其善在一天晚上下班之后，他骑车来到了一家医药店前，他想给他的父亲买点儿止泻药。可周其善在匆忙中仅熄了火而未锁车就急三火四地跑到了药店里。周其善并没用多长时间就买好了药，可他买完药出来找车时，他却发现了自己的摩托车竟被人偷走了。周其善见车子丢了急得简直是无法形容，那时虽然是三九寒冬，可他却身上和头上都急得冒出了汗水。他马上就向公安部门报了案，并且自己也到处找车，但一气找了两天也不见踪影。

周其善最怕丢车之事叫他的父母知道了，他怕的是会气坏二老。所以，在没有办法的情况下，他只好谎说厂中有事儿不能回家，他想把自己的丢车之事瞒过爹和娘。

可怎样才能使爹娘永不发觉呢？此时，一生从没有当过贼的周其善竟在心中产生了邪恶的念头。他想："我从来没有偷过别人的财物，可我怎竟得到了这种报应呢？不行，我一定要想法子搞辆车。我若是搞不到一辆车的话，哪我回家怎样向我的父母交代呢？"他在邪念地支配下决定铤而走险，他要行窃偷钱买辆新车。

偷钱得手　反而发愁

由于受到了邪念地支配，周其善在每天下班之后，就常独自到商场里溜达或者到银行的门前逛荡。可周其善是个从未偷过东西的人，他就是看见人家把钱放在了那里，也不敢伸手去偷。一连着三天过去了，周其善也没有偷到一分钱。周其善此时倒埋怨起自己无能来，可他并不死心，仍然继续地到外面寻找机会。

在周其善丢车后的第五天，那天正赶上了他的休假日。周其善在县城里溜达了一上午，他在脑子里总想窃取别人的钱，可他就是没有那种胆量，这就使得他白忙活了一上午。

周其善在午间也没有回工厂，他在小吃摊上买了几个包子充饥。由于求钱心切,他就连吃饭的时候也在费心地想办法。他想:"这买车的钱可不是个小数目,我若一次只偷人家几百元钱的话,那我恐怕偷不到半辆车的钱就会被人家发现了。我若想一次搞到一辆车的钱,那我得瞅准机会以后再下手,我必须一次偷到四五千元,那我才能一步到位地解决问题。可这样的机会到哪里找呢?谁的钱包里装了多少钱,我怎样才能知道呢?"周其善想到了这里,他便决定先到银行里看准了谁支了多少钱,他想找准了下手的对象以后再想办法。于是,周其善在吃饱了肚皮后就匆忙地向银行走去,他想到那里寻找偷取的对象。

周其善到了一家银行的营业厅后,就若无其事地坐在厅内的排椅上,装作在等人的样子,而实际是观察存取款的人们。周其善在那里呆了一段时间,存取款的顾客倒是川流不息,可他也没有找准下手的对象。周其善怕呆的时间久了引人注意,他就离开了银行到商场闲逛。

到了下午三点多钟,周其善又一次来到了银行的营业大厅。这一次他可没有白来,他发现一个中年妇女一下子就支取了一万多元的现金。周其善发现了猎取的目标后,他就及时地离开了银行的营业大厅,走到了银行的外面监视着那个女人的行踪。周其善见到那个女人能有四十五六岁的年龄,衣着阔绰、首饰豪华、体型肥胖,一看便知道那个女人是有钱人的家眷。那个女人离开了银行以后,就向一家超市走去,周其善并没有靠近那个女人,而是离得远远地尾随着。

周其善见到那个女人走进了超市,也随后走了进去。周其善在超市里曾两次从那女人的身旁走过,可他虽有贼心却没有贼胆,他并不敢去偷那个女人的钱。周其善在超市里毫无受获,他只好走出了超市在外面等候。

那个女人在超市里买来了瓜果蔬菜及其他物品,大包小包地提着走出了超市,看样子她是准备回家。周其善见那个女人走出了超市,就立即跟随了那个女人,他的眼睛始终在注意着那个女人的手提包上。那个女人由于提得货物重,而且体胖缺力,所以,她每走一段路便把提得物品放在路旁休息一下儿。周其善见到了这种情况后就有了可乘之机,他便主动地走上前去献殷勤,并口中称着大姨要帮助那个女人拿货物。

那个女人为提货物正犯愁,当她见到有人要帮她提货物时,她就感到特别高兴。见周其善是个英俊爽快的年轻小伙子,并且说起话来又是那么的温柔,她的脸上就露出了笑容。她笑着对周其善说:"那太好了,我正为提这些东西犯愁呢,我真得谢谢你。"周其善帮助她提了些较重的物品,那个女人只提了点儿轻的物品,她们边走路边唠叨着家常话儿。那个女人口中不断地夸着周其善好,并向他问起了姓名与工作单位,就连周其善多大岁数,以及是什么地方人和家庭状况她也要问个清楚。周其善是个直爽人,向来不会说谎话,他竟毫不隐瞒地以实相告。周其善和那个女人走路走了二十多分钟,他们才到了那个胖女人的门前。

那个胖女人的住处是座独门独院的双层小楼,她们二人来到门前时,那个女人边找开院门的钥匙,边叫周其善把货物放在地上歇一歇。因为锁门处的位置高,那个女人竟把手中的货物连同手提包一并交给了周其善。钱迷心窍的周其善见到天赐良机,就趁那女人开门时,他便心慌意乱地把贼手伸到了手提包中。不过那个周其善还算是有点儿良心,他只拿了钱的一半装入了他的衣袋中。那个女人把院门儿打开之后,对周其善说了不少的客气话,并邀他到家中歇一会儿再走。可此时的周其善做贼心虚,他就急忙谎说自己有事儿要办,想借故及早地离开那个胖女人。那个女人见周其善执意要走,也就不再强留,但她对周其善却是感激不尽。那个女人诚心地对周其善说:"小周,你若是看得起你大姨的话,那你有空儿一定要来我家玩。我给你一张我丈夫的名片,上面有着我家的电话号码,你若有事儿可以找我帮忙。"周其善此时自知自己做了亏心事儿,他心中忐忑地接过了名片,并口中含糊其辞地应酬了几句话,便匆忙地离开了那个女人家。

周其善偷钱得手以后,就心中胆怯地回到了工厂里。由于害怕被发现,他回厂后吓得连晚饭也顾不得吃便走进了宿舍。周其善所住的宿舍只有供销科的小王和他做伴儿,而小王出差未归,现在就只有周其善他一人住着。周其善回到了宿舍后,便一头钻进了床上的被窝里,吓得晚上连电灯也不敢开。周其善用发抖的双手数着钱,他连着数了两遍,确信偷的钱数是五千五百元整时,又把钱儿装进了自己的衣袋中。

钱得手了以后，按道理来说周其善本应该感到高兴才对，可事情却恰恰相反，他思前想后竟察觉到自己是惹火烧身做了傻事。周其善想："厂里的人们都知道我丢了车，可我若转眼间又买来一辆新车，那这钱儿是从哪里来得呢？更何况我的父母还不知道我的车子丢了，若是我另买一辆新摩托车，日后别人若在我的父母面前露出了这事儿，那不用别人不肯饶恕我，恐怕我的老爸就不肯轻饶。我爸常叮咛我要堂堂正正地做人，就是穷也要穷个干净，决不可走歪门邪道。常言说得好，'若要人不知，除非己莫为。'这世上的纸儿是包不住火的，这丢车之事我的父母迟早是会知道的。更为糟糕的是那个女人在问话时，我竟直肠子全说了实话，那人家会轻而易举地找到了我。"周其善躺在被窝里思前想后惴栗不安。

决心还钱　遇险救难

周其善虽然偷钱到手，可此时却是心事重重进退两难。周其善在心中想到："人们常说你一次当贼，那你则一生是贼，那我这个从未当贼的人岂不是永远背上了贼名吗？这世上的两座山是碰不到一起，而两个人是很容易碰到一起的。胖大姨以后若是见了我的面，那她肯定会毫不客气地喊捉贼，那我就成了人人喊打的过街老鼠。再说那个胖大姨已经知道了我的名字和工作单位，她若向公安部门报了案，那公安人员肯定会找到我，那我恐怕就要监狱里走走了。我若是真的走到了那样的地步，叫我以后怎样做人呢？"周其善想到了这里，他才意识到自己有似泥潭之上履薄冰，他随时都有陷入泥潭中的危险。那时虽然是数九寒冬，周其善的宿舍里既没有生炉子又没有通暖气，可他却被吓得出了一身冷汗。同时在周其善的心中，他的良心也战胜了他的恶心，他知道自己干了一桩见不得人的丑事。周其善经过了反复地思虑之后，他的良心催使他决定把偷到手的钱，要完完整整地送还给那个女人。

早上不到五点，周其善便带着钱离开了宿舍。他出了工厂以后，就大步流星地来到了失主门前。他本想把那些钱塞到人家的院门下，可转念一想又觉得不妥，一来是怕钱到不了失主的手中，那人家肯定还会说是他偷的；二来是觉得自己偷了人家的钱，他应该当面归还负荆请罪，不应躲避事实。周其善同时还有着自己的想法，那就是想求得胖大姨的原谅，要求她别把自己的丑事张扬出去，免得他日后不好做人。正因为有这样的想法，他就在胖大姨的门外等了起来。

冬天的早晨特别冷，尤其是周其善连棉大衣都没穿，他在院门外等了一段时间后就被冻得忍不住了。周其善觉得这样干等着也不是办法，他尤其是想在还完钱之后，他还要回到工厂里上班。周其善见到东方已经映出了红霞，街道上也有人起早跑步，他就走近门前用手敲门，可他敲了几下院门也不见回音。此时的周其善忽然想起了名片上的电话号码，他见到不远处就有个公用电话厅，便急忙向电话厅走去。可周其善连续着拨了三次，可次次皆是无人接听，他见打不通电话，只好又回到了失主的门前等候着。

周其善站在胖大姨的门前，心中还埋怨地想："这一家人家，他们怎么睡觉这样死沉呢？电话的铃声竟惊不醒他们。"周其善实在是没有别的办法了，他只好又重新敲起院门来。周其善这一次是用力地敲门，可只有敲门声而不见里面有回音，此时太阳都出来了，他就觉得有点儿不对头。周其善在心中想到："冬天昼短夜长，他们哪能睡到这般时候还不起床呢？他们就是不起床，那敲门声和电话的铃声也该能把他们吵醒。"周其善此时心中纳闷地想："这个胖大姨的家中都有啥人呢？他们为啥这时候还不起床呢？难道是——。会不会是她见丢了那么多钱而寻短见呢？"周其善没敢继续向下想，他顿时觉得身上起了鸡皮疙瘩，心惊肉跳。周其善心中惊恐再也等不下去了，良心催使他急忙爬墙进了大院，他进院后急忙用手敲打卧室的窗户。可周其善把窗户敲得"咚咚"响，但他仍然不见屋内有任何回音，他见到了这样的情况后心中更加害怕。周其善见屋内放着窗帘，并且烟囱冒着缕缕烟雾，那就肯定屋内有人，他便断定肯定是出了事。此时的周其善心中害怕，他就想悄悄地溜掉一走了之。

可周其善刚要转身，良心就使他又止住了脚步。他想："我不能那样办，我若是一走了之，那个胖大姨的阴影会天天在缠着我。尤其是大姨的笑容和真诚的言语会天天出现在我的面前和响在耳边，她若真的为失钱而寻了短见，那我将会在负罪中而抱恨终身。不行，我一定要搞个水落石出。"此时的周其善是啥也顾不得了，他就急忙在院中找了根木棒，然后用木棒敲碎了窗户的玻璃。周其善用木棒挑开窗帘儿向里看，他发现了炕上躺着两个人，他见那两人躺着一动也不动，在他心中就即刻明白了是怎么回事儿。周其善惊得脱口喊到："啊，是煤气中毒。"周其善此时啥后果也不再想了，他就急忙打开了窗户钻入了屋内。周其善在屋内打开门窗让室内通风透气，他又急忙拨通了医院的120求救电话，他要救护车快点儿来救人。

热心相救　意合情投

周其善见到炕上是两个女人，一个是胖大姨，一个可能是胖大姨的女儿。周其善怕救护车来后耽误时间，他就给那两个女人穿上了外衣，他后然又到外面把院门儿的门闩拉开。周其善没等多长时间救护车便来到了这里，他就同医务人员把两个女人抬上了救护车，然后又把胖大姨的家门儿和院门儿关好，就乘救护车一起同去往医院。

周其善随着救护车到了医院后，就冒充那个胖女人的儿子，并用他偷来的钱交了患者的住院押金。周其善忙里忙外地办理了入院手续，至于那两个女的姓名他也不知道该叫啥，他只是从名片中知道这家人家姓薛，他只好给那母女二人瞎诌了两个名字。

那个胖女人和她的女儿还算是抢救及时，经过了医护人员地抢救后，母女二人才终于化险为夷。医生把两个女人从死神手中夺回生命后，他们就告诉周其善说："你的母亲和你妹妹总算有惊无险了，若是再耽误半个钟头的时间，那她们就全无救了。"周其善见到了险情已过，这才想起了自己的处境，他觉得自己现在是进退两难。周其善在心中自己问自己："我现在是该走还是该留呢？"周其善想来想去，觉得自己还是应该留下来。他觉得一来是她们二人的身体还没有复原，他应该留下照顾她们。二来是觉得自己做了错事儿，他要敢作敢当好有个交代，做人要堂堂正正，逃避现实只会招来更多麻烦。"周其善这样想过之后，便决定留了下来，并神态镇定地护理着那母女二人。由于那母女二人都是急救的重病号，医生就把她们母女安排在隔壁的两个病房内，这样一来周其善就得一会儿看一看胖大姨，又一会儿去看一看胖大姨的女儿。

那个胖女人恢复得较快，她住院后还不到两个小时就清醒了过来，她见自己躺在病床上，心中就纳起闷来。她见到周其善向床前走来时，就起身惊讶地问到："我怎么会在这里呢？你怎么也来到了这里，这是怎么回事儿呢？"当周其善听到了胖大姨的询问后，他的脸一下子全都红了起来。周其善把头低下支支吾吾地说："嗯，我，这……大姨，请你千万别生气，是我昨天偷了你的钱，我今天早晨准备还给……"周其善把整个事情从头至尾陈述了一遍，并请求胖大姨原谅他，还请求胖大姨别把他的丑闻传出去。

那个胖女人听完了之后，激动得两眼流着眼泪说："你可真是个好孩子，我怎么能生你的气呢？我们母女俩还得谢谢你才对。你尽管放心，我是不会把这事儿传出去的。再说，你能知错改错，就是把这件事儿传出去了也不丢人，知错改错才是真正的男子汉。唉，对了，咱们还是去看一看我的女儿吧。""娘，我已经全好了，我都可以下床走动了。"此时，二人这才发现了病房的门前还站着一个人。

此时的周其善见到站着的人竟是胖大姨的女儿时，在心中可就着了慌。周其善怕姑娘再知道自己是个小偷儿，他就急忙打着手势暗示胖大姨，想叫胖大姨别露馅儿。她的女儿却先开口说道："我看你就别难为我娘了，我娘是不懂哑语的。你和我娘刚才的谈话我都听得清清楚楚，哪算啥了不起的事儿呢？人非圣贤孰能无过呢？你敢作敢当就是男子汉，可现在的青年人像你这样的已经太少了。哎，对了，你是我的救命恩人，你叫啥名字呢？我得知恩图报才对。"那个姑娘这番爽朗的话儿，竟使得周其善瞠目结舌支吾不出话来。还是姑娘落落大方，她笑着说："你个大小伙子，怎么竟像古时的大小姐一样呢？"周其善的脸被姑娘数落得发红，他低着头说："我叫周其善。"姑娘听后却"咯咯"地笑了起来，她笑着说："你的名字取得好，可你这个人的品行比名字更好。我叫薛巧儿，咱们两人就交个朋友吧。"周其善见到姑娘说话落落大方，他的心情也就镇静了下来，此时他才有心思窃看薛巧儿。当周其善见到那个姑娘身材苗条面容如花，两眼妩媚脸蛋漂亮时，他在心中就好像打鼓一样响了起来。他在心中赞到："好一个标致的美女子，有似仙女离瑶池。"周其善听说姑娘要和自己交朋友，那当然是他求之不得的美事，可他在口中却谦逊地说："我是一个乡下农民的儿子，你和我交朋友我怕配不上你。"薛巧儿听后却扑哧地一下儿笑了起来，她满脸带笑地说："啥乡下乡上的，恐怕城里的青年人还不能像你这样有良心呢。"薛巧儿边笑着说话儿，边用敬佩的目光看着周其善。

薛巧儿对周其善的好感，实际是与她母亲有很大关系的，因为她母亲昨天晚上曾在她面前夸过周其善，说周其善长得英俊说话温柔。母亲还对女儿说："你将来若能找到那样的女婿，那我就心满意足了。"薛巧儿当时还在想："我娘看到的这个青年，都有啥本事竟使我娘这样喜欢他呢？"当薛巧儿今天听到了母亲和周其善的谈话之后，她就觉得周其善的品德很好。尤其是薛巧儿见到周其善后，她更觉得这个小伙子就是自己想像中的白马王子。周其善和薛巧儿这对儿青年男女，是一见钟情、意合情投。

两相情愿　因偷结缘

煤气中毒并非严重病症，薛巧儿和她的母亲醒后很快就和健康人一样。周其善见到了她们母女二人平安无事，就带着歉意把交住院的押金单据，和所剩下的余款双手交给了胖大姨。薛巧儿的母亲说："这些钱我是得收下的，这是你改过的表现和诚心，可你丢了摩托车的那件事情，那你可千万别告诉你的爹和娘。他们在农村挣点钱儿不容易，今天我就另找钱给你，你另去买一辆新车吧。"当薛巧儿的母亲从身上又找了五千元钱交给周其善时，周其善却再三地推辞不肯收下。薛巧儿的母亲却生气地说："你这个孩子怎么这样不听话呢？你若是再犟，那你就别再叫是我大姨了。"薛巧儿却在帮她母亲说话，她说："你若是再推辞，那你就是不愿和我交朋友了。"周其善见到了再无法推辞，他只好双手把钱收下说："大姨，你的钱我暂且借用一下，等以后我有了钱再还给你。"薛巧儿却用多情的眼光瞅了瞅周其善，说道："你若是以后还的话，那你就得加倍地还，并且得还一辈子。"她边说着话儿，边含情脉脉地笑着。

姑娘的笑容暖流暖遍了周其善全身，周其善此时已解到了姑娘的话儿弦外有音，但他当着胖大姨的面儿，只好目中传情向薛巧儿笑了笑。薛巧儿的母亲早已看透了其中的奥秘，她就笑着说："你们二人一起到商场逛一逛，合适的话那就顺便把摩托车买了。"周其善却说："我看车子就等以后再买吧。我今天没向厂子请假，可也没去上班，我得到电话厅里打个电话说明一下。"薛巧儿急忙说："你何必跑冤枉腿呢？我这里有手机，你就用它吧。"她笑着把手机交给了周其善。周其善接过了手机后，他没有客气也没有回避那母女二人，就向厂里通了电话。只听见他说："喂，王经理你好，我是周其善。今天因为我妈突然病了，所以我就没有来得及请假，请你多多海涵。"周其善刚刚挂了电话，薛巧儿就弦外有音地嬉笑着说："好小子，八字还没有一撇儿呢，你就抢先地叫起了妈来。"周其善急忙对胖大姨说："大姨，请你别见怪，我是实在没有别的办法了，我才向厂方说了一次谎话。"胖大姨却笑着说："那你就等到单位后再解释一下。不过，你以后就别再叫是我大姨了，我已经看透了你们二人的心事。我一辈子只养了这么一个姑娘，我们两口子想儿子想了一辈子，可就是没有那样的福分。你刚才在电话里的那个称呼，我看是最好不过了，那你能否那样称呼我呢？"薛巧儿见母亲把话儿说白了，她就情意绵绵地拉着周其善的手说："你就满足了我妈的要求吧。"周其善见到了喜从天降，就毕恭毕敬地叫了一声："妈。"薛巧儿的母亲高兴得流出了泪花，她双手分别拉着女儿和周其善的手说："好孩子，相聚相爱是缘分，你们二人更是天赐的缘分，要加倍地珍惜。"这一对儿恋人高兴地对母亲微笑着，他们甜蜜地同声说："好"。

  这个周其善万万没有想到，他自己竟传奇式的因当贼而结下姻缘，竟因"偷"而得到一个心爱的配偶。此有词《浣溪沙》一首赞到：

    物失反而去偷钱，偷钱得手良心遣，知错改错把钱还。
    偷钱还钱世少见，善心善举结善缘，世人应该多行善。

哑巴新娘

左挑右选　皆不遂愿

明成祖永乐年间，京师一带（现在的河北省）有个阔绰的赵员外，膝下只有一子名曰赵友。赵友已是二十有六的青春，可仍是单身一人。那时的年轻人尽皆早婚，赵友的同龄人都已经当上了两三个孩子的父亲，可老赵家仍是一孩也没影。赵员外老两口急着当爷爷奶奶，全都抓心挠肝地着急给儿子娶个媳妇，可总不能遂心如愿。

赵家家境富裕，赵友若想讨个媳妇，本该是易如反掌。可事情却恰恰相反，赵友的年龄越大，到赵家说媒的媒婆就越少了，后来媒婆逐渐连赵家的门儿也不进了。这其中原因有二：其一是赵家虽然家财万贯，可赵友生就了一副獐头鼠目尖嘴猴腮的丑相。当时媒婆介绍的姑娘倒是不少，可女方的亲属一打听赵友的长相，马上就拒绝了。其二是对媳妇太挑剔。赵家倚仗着家中有钱，到处扬言说赵家要找一个德貌双全的淑女当媳妇，门不当户不对的不要。媒婆每提到一门亲事，赵家都派出不少家人到女方村里查访姑娘的长相如何？人稳不稳当？会不会和别人吵嘴？嚼不嚼舌头根子等等。"人无完人、金无足赤"，就是品行再好的人，你若想叫别人谁都说好，那也是不可能的事儿。所以赵家的人三打听两查访，女方不是有点儿这样的小毛病，就是有点儿那样的小缺点的，赵家总是不能如愿。这样一来，不是他们赵家左挑右选地挑剔人家，就是人家女方嫌弃他们，赵友的婚事就这样给拖延了下来。

给赵家做媒，一个字，难；两个字，很难；三个字，非常难；四个字，难上加难……说媒的媒婆全都泄了气，渐渐地上门的媒婆越来越少。赵友的父母便着起了慌来，许下包票说："谁若能给我的儿子说成了媳妇，我们就赏她白银二十两。"重赏之下必有勇夫，媒婆又都纷纷活跃了起来。可活跃归活跃，仍是重蹈覆辙，一番折腾后，结果还是外甥打灯笼——照舅（旧）。

人人说好　眉开眼笑

"功到自然成，火到猪头烂"。赵友的婚事这一次终于有了眉目。张庄的张媒婆说媒，把本村的张小姐介绍给了赵家，赵家派人查访后，觉得终于找到了一个称心如意的好姑娘。

这一次怎么就这么痛快这么称心如意了呢？原来赵家还是和以前一样，又派出不少人到张庄去查访，结果很满意。凡是去张庄查访的人回来都说，自己在张庄打听得真真切切，村里的人都说张姑娘长得很漂亮，既勤快又会过日子。姑娘从来也不传口舌，吵架嚼舌头的事儿跟她绝对不沾边儿。赵员外听说之后还不放心，亲自跋山涉水二十多里地去张庄打听。结果查访的情况和别人听到的基本相似，张庄的人都说那位张姑娘的嘴很稳当，决不多言多语；姑娘品行很好，就是别人待她不好，她也绝对不会破口骂人。

赵员外查访之后，心里的一块石头总算落了地，满心欢喜地回到家中。赵家全家人听说找到了一个好媳妇，全都乐得眉开眼笑："这一次终于称心如意了。"

言过其实　竟是哑巴

看完上面所说之事，难免有人问："找个对象怎么还用查访呢？媒婆穿针引线男女双方见面，不啥事儿都了解了吗？"要知道，古时没有结婚的青年男女因受封建礼教的约束，在婚前是不能随便见面的。尤其是在他们那个地方还有个奇特的风俗：他们说没有结婚的夫妻婚前若是见了面，婚后就不能白头到老；若是被对方的亲属见到了，则对子孙后代不利。所以呀，这婚事成不成，就靠媒婆一张嘴了。

人相中了，就差定日子了。赵员外急忙寻人看了黄道吉日，又到女方家中送聘礼，决定两家联姻成婚。赵友结婚那一天，赵家鞭炮齐鸣花轿迎娶，家中大摆筵席、宾朋满座不必细说。

洞房花烛夜，当新郎揭开了红头布和新娘子说话时，登时傻了眼。原来这个精挑细选人皆说好的新娘子，竟是一个不会说话的哑巴。这正是：

三村四乡把亲挑，一心想把美女找。

挑来拣去娶哑女，人皆说好并非好。

（四）街头巷尾

叫钱烧的

归家途中　巧遇故人

我说的这件事，发生在清朝道光二十四年。给一家大户人家当管家的苏林，因为家中有要紧的事儿，就向东家请了两天假准备回家料理。归家途中路过乱石岗时，苏林发现了一个衣衫破烂、发辫上都沾满了杂草的人正蜷曲着身躯睡在乱石之上。苏林近前观看，不由得心中一惊："不会的，此人不会是他。"想过之后，苏林便转身拂袖而去。

苏林所说的不会是他，那这个他指的是谁呢？他正是苏林六年前的少东家，名叫多罗。那个多罗是满人，据说他是八旗之中正蓝旗的王爷之后，也就是说他是名副其实的八旗子弟。苏林在多罗的家中干活儿时，多罗的家中相当富有，土地百倾、骡马成群、丫环仆人众多。多罗光妻室就有六房，他虽妻妾成群，可仍眠花宿柳，天天当新郎、夜夜入洞房，并且嗜酒、嗜赌成性。

苏林和多罗年龄相仿。当时苏林在多罗家中当仆人时，曾因多罗要娶一个名叫杨丽的风尘女子为六夫人，他就在多罗的面前劝说："杨丽是个水性杨花的风尘女子，你不可娶到府中为妾。此人虽有姿色但为人诡诈心术不正，你若娶她为妾必是养虎为患、盾火积薪，望少爷三思而后行。"可多罗贪图杨丽的美色，听不进苏林之言，硬是把杨丽娶到了府中。

杨丽嫁到多罗府中后，从别人口中知道了苏林曾在多罗面前说她的坏话儿，就要报这"一箭之仇"。有一次杨丽在多罗面前，哭哭啼啼诬告苏林对她非礼。多罗心中并不相信此事，但他恨苏林常把他好赌之事告诉他的父亲，就借此机会要赶走苏林。

苏林离开多罗的府中时，还苦口婆心地对多罗说："少爷，你屈我苏林倒也无所谓，但我对你却是一片忠心的。我以前对你说的那些话，都是我的肺腑之言。可你不但不听反把我驱出府外，如此看来你不撞南墙是不肯回头的。"可多罗听不进去，竟毫不留情地把苏林赶出了府门。

苏林边走边想："躺在乱石上的那个人不可能是少爷，我离开少爷的家才仅仅六年，难道他家能一落千丈败得那样惨吗？"可苏林又转念一想："不对，世上貌似之人虽然不少，但能连脸上的黑痣都一样吗？那可就太奇怪了。不行，我得回去看看。"苏林就又转身回到了乱石岗上仔细观瞧，确认躺在乱石上的人就是多罗时，不由得一阵心酸：万万不会想到，短短六年时间多罗竟由少爷变成了乞丐。

句话露底　叫钱烧的

当苏林确认是多罗后，他就弯腰唤醒少爷。可苏林弯腰时，他的发辫却打在多罗脸上，多罗慌忙翻身爬起来。当看见有人站在面前时，他惊喜地叫道："你是——苏林！"苏林说："你真的是少爷！"多罗惭愧地说："啥少爷不少爷的了，我现在已是落毛的凤凰不如鸡，连个平民百姓都不如了。你快别那样称呼我，这样我心里还能好受点儿。"苏林说："你可别这样说，无论如何你也是官宦人家的后代。"多罗说："那都是猴年马月的事儿了，现在提它又有何用？我现在已经变成讨饭的叫花子了。"苏林忙问："少爷，你怎么落魄到了这样的地步呢？"多罗说："你就别提啦，一言难尽啊！我现在就是后悔也晚了。我恨我当初不听你的良言相劝。"多罗咳嗽了两声接着说："好吧，我就把我家的事情告诉你。我现在之所以走到了这样的地步，可以说是拆了房子搭戏台——只顾欢乐不顾家的结果。你走以后的第二年春天，我父亲就病重去世了，我从此便独揽大权。我掌权后全府上下唯我独尊。我整天价声色犬马、无拘无束。可能是我命该如此，就在我父亲去世的当年，家中因不慎失火烧毁了大半家产。我的几个夫人都和我貌合心离，她们见家业不兴就各藏家私。我本想在赌场上大捞一把，可运气不济又连连输钱，我把所剩的家产差点儿输光。当我走到了那样的地步，就连那几个臭娘们也不理睬我，其中两个竟离我而去。我见她们个个心黑，就把她们也当成了赌资孤注一掷，要在赌场上碰碰运气。可我也太晦气了，竟连她们也输了进去。自此以后，我可是雹子打过的棉花——成了光杆了。"

此时的苏林忽然想起六夫人杨丽来，就问道："你的那个六夫人，我走了以后表现得怎样呢？"多罗一听说六夫人，顿时气得两眼冒火："你就别提那个小婊子了，她是头顶上生疮脚底下流脓——坏得透上透。也怪我平时最宠她，我把家中的贵重宝物全交她保管。可这个小婊子红杏出墙暗结情夫，趁我父亲去世家中办丧事时，她竟同奸夫携带宝物私奔他乡，弄得我是水净鹅飞人财两空。"多罗说完后，心情渐渐平静下来，接着又说："这样也好，叫我知道一下没有钱花的滋味，叫我尝一下挨饿的味道。也叫我知道什么样的话是好话，什么样的话是坏话；叫我知道谁是好人谁是坏人；好叫我死后再转世为人时也好有个经验。"多罗说完之后用手扑打着沾得满身的泥土和杂草苦笑了一下。

苏林见他以前的少爷身上沾着泥土，躺在乱石之上也能睡着觉，便想起一桩往事来。他向多罗问道："少爷，你现在躺在石头上都能睡着觉，还睡得那么香。我记得给你当仆人时，我曾给你铺过一次被褥，可你刚躺下就嫌褥子硌得慌。当时我给你整理了好几次，可你都嫌褥子不平。你后来在褥子上面找到了一根头发，你说是那根头发硌得你睡不着觉。你那时怎么哪样不抗硌呢？"多罗听后笑了起来："苏林啊苏林，你可真是傻得可笑，你直到现在还以为是头发硌得我睡不着觉吗？那我今天就实话儿告诉你，不是。若是年轻貌美的女人铺的被褥，再多的头发也无所谓。我是叫钱烧得睡不着觉。"

多罗对苏林的这一番解说，可真是一言道破天机。此有七绝，赠各位看官：

忠言逆耳利于行，良药虽苦可医病。
潮满之时防潮落，若得富贵莫胡行。

金屋藏娇

省城巧遇　情人相聚

　　人生在世多为情所惑，而多情之人则常会引来多难之事。海城市有个叫李长海的人，以前也是个平民百姓，十一届三中全会后，他乘改革的春风暴富起来。李长海在海外有亲属，他就靠天时依地利成立了一家公司。李长海的公司和外商联营搞起了合资化工厂，产品远销欧美，利润高又供不应求。李长海的工厂规模及经营范围逐年扩大，没有几年时间手中的钱财岂止百万？李长海四十刚出头，不惑之年就事业有成，是远近闻名的富商。李长海虽是个有钱人，可他的豪华轿车从不雇佣司机，他向来是自己开着轿车"天马行空独来独往"。

　　李长海年轻有为精力充沛，家中结发妻子名叫晓玲，他还有一个十五岁的活泼儿子。李长海年壮有为长年在商海里奔波，手中钱多常与娇艳美女交往。但李长海交往归交往，却从未动真情，可这一次却是例外。

　　那是李长海在省城时发生的事情。省城离海城还不到三百公里的路程，因业务需要，他常开车到省城去应酬。有一天，李长海在省城和外商谈判，双方一直谈到了下午六点多钟才结束。李长海和外商谈判谈妥之后，又同外商到饭店里会餐，一直到了晚上九点以后才分手。李长海劳累了一天，也觉得有点儿疲倦，便开着轿车准备到自己租的别墅中休息。

李长海开车跑在省城的街道上,晚春的夜晚还下着毛毛细雨,烟雨朦胧中他不敢把车子开快,时速仅在三十公里。当李长海路过省城广场时,迎面跑来一个女子拦车呼救,他本不想停车,可那个女人却在车前挡路。在车灯的照耀下,李长海见是位单身少女,只好把车刹住。李长海降下车门玻璃问道:"你怎么啦?有啥事儿?"只听那个少女急促地说:"快,快救我!后面有三个歹徒要抢我。"李长海在车内向前方观看,透过了暗淡的路灯光亮,见确实有三人向这边跑来。李长海就将车门打开让那少女上车,然后改变了行驶的方向,加大油门儿向前驶去。

车行驶了一段路程后,李长海减慢车速,并借着车内的灯光在反光镜中打量那个少女。只见她年纪约在十八九岁,虽然头发散乱地撒在脸上,却也遮不住她的俊俏脸蛋。李长海问道:"姑娘,你是要到公安部门报案呢?还是要回家呢?"李长海话音刚落,那个姑娘就用恳求的语气说:"大叔,请你行行好,你可千万别把我送到公安局。我是离这里很远的山区农家姑娘,继母和我父亲把我卖给了人家。我父母得了人家一大笔钱,刚才追我的那三人中,就有一个是要娶我的人。我今年才十九岁,可那个人比我大近三十岁,论年龄他比我父亲都大。此事若是报了案,那警察肯定要把我送回家的。我若是回到家中,那几个人肯定要到我家找麻烦,我爹娘肯定还会把我推向火坑。"李长海犯难地问:"你要我怎么办呢?"那个少女又说:"请大叔你就行行好吧,先给我找个住处,等明天天亮了再说。"李长海见姑娘确实可怜,便说道:"那你先到我的住处再说吧。"姑娘点头称好并千恩万谢。李长海也没再说什么,加快了车速向他的住处驶去。

李长海的住处是幢别墅,坐落在既优雅又安静的"百花山庄"别墅区里。李长海把轿车开到了楼前停车后,便和那位姑娘一起下了车,一前一后地走进小楼,只见室内装修豪华,各种电器应有尽有,这是他以高价租用的别墅。那个姑娘进屋后好像很拘谨,呆呆地站在门旁没言没语。李长海问道:"你吃过了晚饭没有?叫什么名字?"姑娘回答说:"我叫郑慧丽,你就叫我小丽吧。因为我随时都要准备逃跑,同时也怕那几个歹徒看出破绽,所以我吃饭时都要顿顿吃饱。"李长海见她呆站在门旁便说:"好吧,那我就叫你小丽了。小丽，我看你的头发都散乱了，你可以先到卫生间去洗洗澡。你洗完澡后就住在卫生间左边那个房间里。"小丽也没有客气，笑着说："那好吧，我先去洗洗澡再说。"说完便自己走进了卫生间。

小丽到卫生间里去洗澡，李长海若无其事地坐在沙发上，他边吸着烟边看着电视。

小丽洗澡并没用多长时间，就双手拢着头发从卫生间内走了出来。只见此时的小丽俊俏的脸蛋带着诱人的微笑；苗条的身躯柔美无比，少女的曲线清楚可见。而此时的李长海，他的眼睛被小丽吸引住了，在他的记忆里，从未见过像小丽这样俊俏的女孩。

此时的小丽倒大方起来，缓步走到李长海面前，从茶壶中倒了两杯茶水，她先双手递给了李长海一杯，然后她自己又拿了一杯。她对李长海微笑着说："你是我的救命恩人，可我又没有啥可回报的，我只好用你的茶水借花献佛敬你一杯了。"小丽喝过了一口茶水后接着说："我上车时在慌乱中没有看清你的面目，竟失口地胡乱叫你大叔，可看你的样子你比我也大不了几岁，从现在开始我就叫你大哥吧。对了，我还不知道大哥的大名呢。"李长海忙说："我叫李长海，我比你大二十多岁。"小丽却笑着说："大哥你可别骗我，我看你连三十都不到。我可不管你多少岁数，我以后叫你海哥就是了。"小丽嘴里说着甜蜜的话儿，身子慢慢挪到了李长海身边，二人便哥长妹短地说起话来，越说越近乎，越说越亲热。哥有情妹有意，李长海和小丽同处一室，很快便难以把持，亲热地共寝一床。

追随浪潮　金屋藏娇

第二天一早，李长海和小丽一直睡到太阳都照到了屁股时才起床。小丽穿好衣服打开窗帘儿，见窗外树绿花艳、鸟鸣蝶舞，就娇声娇气地说："海哥，我们好像是生活在仙境一样，我这不是做梦吧？这是什么地方呢？"李长海笑着说："这是'百花山庄'，景色非常优雅，房租也贵得惊人。你若是喜欢这个地方，那你以后就住在这里，这幢楼房就是你的家了。我把钥匙给你，你可以自由地出入这里。这个地方很安静，不会有人来打扰你。"小丽听后急忙搂住李长海的脖子，吻了他一下："海哥，你真是太好了，我当然愿意住在这里。能住到这样美的地方，我是做梦也梦不到的，可你要常来陪我。"

李长海掏出一叠百元钞票，放到小丽手中说："这钱你先拿着用，去买些首饰和衣服。"可小丽却推辞不要："海哥，你把我当成了啥样的人呢？你是我的救命恩人，我的一切都属于你的。我是真心地爱着你，我若是图了你的钱，那我和风尘女子又有啥两样呢？"小丽的这番话让李长海更加心动，李长海觉得小丽这个女孩和别的女孩不一样。小丽越是这样李长海就越不能亏待她，他就开车陪着小丽到了商场，买了许多首饰和高档衣物、化妆品。自此以后，李长海也和其他大款一样，背着妻子搞起了金屋藏娇。

从那以后，李长海来省城的次数也就越来越频繁了。李长海是从心里喜欢上了小丽，每次来这里都是乐不思蜀、流连忘返。可小丽倒像是个懂事的女孩，她总是提醒李长海说："海哥，你可别因为我把事业耽误了。你就是和我这样，你也别冷落了嫂子，我别无他求。这事儿你可千万别露馅儿，免得嫂子生气。"李长海为自己遇到这样的红颜知己而高兴，对小丽就更加喜欢了。

小丽虽然是那样提醒李长海的，可李长海有时也胡思乱想，想和妻子离婚另娶小丽。但李长海又想到他与妻子同甘共苦、风雨同舟十几载，并且还有一个可爱的儿子，他觉得妻子除了爱念叨外，并没有什么过错。李长海思前想后，便决定维持现状，背着妻子常常私会"金屋"中的娇女。

身被绑架　两头牵挂

且说李长海包养小丽已有四个多月了，李长海的妻子好像也察觉出他有些异常，但她并没有明说。李长海这一次因为公司里忙，将近一个星期没去会小丽了，但他常用电话和小丽联络，他在电话中倾诉对小丽的思念之情。小丽也说自己思念李长海，要李长海抽空来陪陪她。

一天上午，李长海把公司的事务安排妥当后，就迫不及待地开车去了省城。到了省城后，他同小丽在饭馆里吃过了午饭，午休后他就开车和小丽一起游览名胜风景。

　　一直到华灯初上二人才到饭店里吃晚饭，饭后又同往歌舞厅跳舞。李长海玩得特别开心，他没想到小丽舞姿这么好。十一点多钟李长海和小丽才意犹未尽地离开了歌舞厅，有说有笑直奔住处而去。

　　李长海把车子一直开到别墅楼门前，二人下车以后，他和小丽手挽着手地并肩同行。李长海拿出了钥匙开门时，猛然间有人用胳膊揽住他的脖子，并用匕首抵在他的身后。那人低声说："你老实点儿，别作声！你若是敢喊半句那我就杀了你们。"李长海大吃一惊，没等他挣扎，他的两手就被另一个人用绳索绑在了背后。李长海急忙转头观看对方，他借着灯光看见来者是三个面蒙黑纱的人。当李长海见小丽也被人用刀逼着时就慌了起来，忙说："你们别伤害她，你们有什么条件尽管说，千万不要乱来。"李长海心中猜想那三人多是因小丽而来，可揽着小丽的那个歹徒却说："你若是敢喊，那我就先杀了你的小情人！"李长海这才知道对方不是为情而来。

　　果然不出李长海所料，有个绑匪说："我们要的是钱而不是你们的命，你们要是不配合，那我们就得先要了你们的命。"李长海这才明白了三人的来意。就在这时，李长海的眼睛被黑纱蒙住，嘴里也被塞满了毛巾。此时他听见小丽哭着说："海哥，你快来救我！""你别出声！你若是再说话就先宰了你！"此时的李长海不顾自己的安危，却为小丽担心，可因嘴里塞着毛巾没法说话，他也只好干着急。李长海正为小丽担忧之时，竟有两人按住了他，并且还有一人在他的肩膀上打了一针。李长海听见有人说："把他们二人分开押着，不怕他们不听话。"李长海想安慰小丽几句可嘴巴堵着没法说话，好像小丽也被绑匪堵住了嘴，因为他只听见有杂乱的脚步声而听不到小丽的说话声。李长海只知道有两人挟持着他走了一段路后，绑匪又把他拖到了一辆小汽车上，上车后他的身上被绑匪搜了个遍，可绑匪只把他的手机拿了去。李长海的眼睛被黑纱蒙着，没过多久便迷迷糊糊睡着了。

　　等李长海醒来后发觉自己已经不在汽车上，只觉得浑身酸痛。李长海躺着用反绑着的手摸了摸身下，知道自己是躺在一块地毯上。李长海此时又侧耳细听，听到屋内有人睡觉的鼾声，外面有小鸟的鸣叫声，他便知道了现在已是白天。

　　李长海估摸着自己所处的地方，他觉得这里好似是山区的农村，或者和"百花山庄"差不多。就在这时，李长海听到屋外有一人的脚步声，紧接着就听到了开门声。只听见来人把屋内的人叫醒，说是要换那人出去吃早饭。李长海装作睡觉不肯出声。可进来的那个绑匪狠狠地踢了他几脚，开口骂道："你别他妈的光顾着睡觉，该起来为老子办点事儿了。"李长海被踢得疼痛难忍，翻动着身体只能用鼻子发出哦哦的声音。

　　刚进来的那个绑匪又狠狠地踢了李长海几脚，把李长海口中的毛巾抽掉，开口说道："你到了这里要放聪明一点，你就是喊破了喉咙别人也听不到。可话儿还是像以前那样说法，你若是敢喊我们就立刻送你见阎王！你若想活命就得老老实实听话。"李长海问："你们到底想怎样呢？"只听见那人说："嘿嘿，李大老板倒是个爽快人。现在我来告诉你，其实我们也不想把你怎么样，弟兄几个想搞点钱。"李长海忙说："那好办，我身上还有一些现款，我手上还戴了一颗价值五万多块的钻戒，这些东西我全给你们。"那个绑匪说："嘿嘿，李老板不愧是生意场中人，你可真大方，我就代表兄弟们先谢谢你了。"那个绑匪说着，又用脚不停地猛踢李长海的屁股和腰部。李长海痛得身上出汗口中喊娘，口中不停地向绑匪求饶。

　　绑匪说："你可真是抱着金元宝跳井——舍命不舍财的主儿，你以为我们都是讨饭的叫花子吗？你是想再找些苦头尝尝吧？"就在这时，李长海又听到了脚步声和说话声，从门外又来了两个人。李长海怕对方继续折磨自己，急忙开口说："你们不要再胡来，可以先开个价儿。"另外一个人说："嗯，这还差不多。这叫做破财消灾。其实我们也不想向你要多少，你想要保你和你小情妹子的命，八十万现钞就可以了。"李长海见对方狮子大开口，忙说："八十万？我到哪里能凑那么多的现金？"绑匪说："嘿嘿，李大老板倒是挺会客气的。我们所说的这个数目对你来说只不过是九牛之一毛。"没等那个人再说下去，另一个人抢着说："大哥，你不需要跟他再啰嗦了。我告诉你，你有没有那么多钱我们管不着，可你和你情妹子的命可就由我们说了算。"那个人说完又用脚猛踢李长海的屁股。李长海自打出娘胎还是第一次遭受这样的侮辱。

　　商场上的英雄，在绑匪面前变成了狗熊。李长海非常清楚地知道自己的处境，再也充不起硬汉子了，只好低三下四地向绑匪求饶。那个别人称他是老大的绑匪说："这是你的手机，我给你保管了一晚上，现在可以用得着了。现在你和你的妻子通话，你要是敢和我们作对，那明年的今天就是你和你情妹子的周年祭日。"那个绑匪按通手机后就送到了李长海的耳边，他说："电话已经通了，你现在可以和家人说话了。"李长海从手机中听到了妻子的说话声："喂，是长海吗？"李长海心中害怕，却装作镇静地回话说："晓玲，我告诉你件事儿，请你别报警也别害怕，我们被人绑架了。""什么！是怎么回事儿？""我们被绑架了！"没等李长海再说啥手机就离开了他的耳边，只听那个被人称作大哥的绑匪说："李老板夫人，请你把话儿听清楚点儿。你丈夫的小命就在我们的手中！你若是敢报警，马上就让你变寡妇。你若想团团圆圆地见到你男人，那你要用八十万现金赎他的命，你若是不想叫你丈夫死，那你要老老实实地听我安排。你得把八十万现金用纸包好放在旧编织袋里，明天早晨七点四十，要准时到达海城的海边公园。你到了那里不准东瞧西看，把编织袋放到公园'蟹子亭'旁的垃圾箱里后，马上乘八点的班车离开海边公园。你若耍花招或有别的差错，那你丈夫的人头就会落地！"那个绑匪说完后擤了一下鼻涕又接着说："我再重复一遍，你得把八十万……你听清楚了没有？"李长海也不知道妻子和绑匪说的什么，只听见那人关掉了手机的声音。这时那个绑匪又说："这个手机已经完成了使命，得把它毁掉。"那个人说完便走了出去，可屋内仍有人看管着李长海。

　　李长海此时是钓钩吞在肚子里——提心吊胆，既为自己的安危担惊害怕，又为小丽担忧。李长海忧后又担心起妻子来，他想："晓玲会不会为八十万元报警呢？她会不会不管我的死活……"李长海没有胆量向下想。李长海此时既担心害怕，浑身又被踢得疼痛难受，腹中还饥饿难忍。李长海饿得实在挺不住了，就对绑匪说："你们给我点儿吃的吧。"可那人却说："你还是少吃点儿吧，你吃多了就得拉屎，睡觉才是你的任务。"那人竟又在李长海的肩膀上打了一针，没过多久便睡着了。

受罪受难　有惊无险

李长海从睡梦中醒来，口渴、腹饥、浑身酸痛的他也摸不清现在是白天还是黑夜，便开口问道："现在是什么时间了？"只听见看守他的人说："你问这个干啥？"李长海说："我饿得实在受不了，难道你们想把我饿死吗？"绑匪说："就一天不吃饭饿不死你，现在又到了晚上，你还是继续睡觉吧。"李长海说："你们也太没有规矩了，连犯人处死前都要给他喝口断头酒，还要给一顿饱饭呢。"那个绑匪笑着说："我们都是一些天不收地不管的人，可没有那么多的规矩。你放心，我们现在还不想叫你死，稍等会儿就有人来送饭。"李长海等了将近一个小时，才听见外面有人开门进来。那人进屋后打着打火机，把一个烧饼放到了李长海反绑着的手中。那人说道："你架子不小，还得老子伺候着你。这是今天晚上的饭，你少吃点，免得大便麻麻烦烦的。"李长海双手被反绑着，就是有饼也没法吃。他只好央求着说："我的手都被绑得肿了，请你们把我的手放开让我活动一下吧。再说你们这样绑着我，我怎样吃饭呢？"送饼那个绑匪说："好吧，现在还不能叫你死，若你老婆明天不拿钱赎你，你们二人谁也别想活。"那人说完拿出一只手铐，先铐住李长海的一只手，然后才给李长海松了绳索，再把李长海的另一只手铐住。此时的李长海觉得舒服多了，急忙把烧饼送到口中啃。送饭的绑匪说："你要是想少遭点儿罪，就得老老实实地听话别乱动，否则我们对你不客气。"绑匪说完话走了出去。

李长海饿得够呛，大口大口地吃起饼来，还没吞下两口便被噎住了。李长海一天多水米未进，口干舌燥，就是把饼嚼得再细也吞不下。他只好低三下四地说："好兄弟，可怜可怜我吧，弄点水喝喝。"绑匪说："你的穷毛病还不少呢，有了吃的又想要喝的。好吧，我不想咱们到了地府还结冤，这就叫人送杯水来。"只听见那人用手机联络外面的人送来一杯水。

李长海急忙喝了两口，又舍不得把水喝干。李长海手拿着水杯，心中却猛然间产生了一个念头。他想："我这次被绑架没有留下半点儿线索，何不用这个水杯做点儿文章呢？"李长海想过后急忙吃了几口饼，又把杯中的水全喝干，然后用戒指上的钻石，偷偷地在杯底下刻了个"海"字。李长海怕被别人发觉，又在海字上划了个十字儿。一切妥当之后，他才把水杯交给了屋内那个人。

绑匪把李长海铐着的手用绳子捆在腰间，并且用毛巾又堵住了李长海的嘴后，那个人便出了门把门锁上。此时的李长海觉得自己在杯底上刻字太幼稚了，这伙儿职业绑匪是不会那么愚蠢的，他们肯定会把水杯摔碎不留痕迹。李长海想过之后，就想用戒指上的钻石在墙上刻字做记号。

李长海挪动身体刚到了墙角，可他又觉得那样也不妥当："我在墙上刻字太显眼了，绑匪们肯定会发现的，我要找个好一点儿的地方刻，到时候可能起点作用。"李长海此时突然想起了地毯下面是地板砖，他觉得在地板砖上刻字才是个好地方，便趁着屋内无人，急忙用钻石在地板砖上刻下了："李长海受罪之处"七个小字。李长海写完之后，又急忙把地毯铺好，若无其事地躺了下来。绑匪出去不长时间又开门走了进来，用注射器在李长海的肩膀上又打了一针，李长海一会儿便酣然入睡。

李长海这一次醒来，觉得自己浑身酸痛好像是得了一场大病。李长海躺在地毯上没多久，突然听到手机铃儿响，吓得他的心脏差点儿从口中跳出来。当李长海听到绑匪说："那好吧，现在就不再为难他了"，这才醒过神来。绑匪说："贺喜李老板，是你的命大，你老婆还舍不得让你死，现在你该放心了吧。你对我们也别害怕，干我们这一行的也是有职业道德的，只要你的赎金到位，我们是决不会撕票的。你尽管放心，稍等一会儿就有人送来饭菜，只不过到了晚上你才能自由。"绑匪还真的说到做到，一会儿就有人把饭送来了，有菜有肉又有汤、又是包子又是米饭，李长海这一次可放宽了心，狼吞虎咽饱餐一顿。只不过李长海的任务仍然是睡觉，在他饱餐了一顿之后，那个绑匪竟在李长海的肩膀上打了两针。

李长海一直熟睡不醒，直到两个绑匪给他松了绑绳拖他时，他才醒了过来。李长海醒后惊恐地问："你们又要干什么？"其中有一人说："李老板别害怕，谢谢你的合作，我们这就准备给你自由。你的小情妹子刚才就放了，现在该轮到放你了。"绑匪说完又用毛巾把李长海的口塞住，并由两人把李长海拖上了汽车。李长海的眼睛始终被黑纱蒙住，至于是什么时间和坐的啥样汽车，他就一无所知了。

汽车拉着李长海行驶了一个多小时以后才停了下来，两个绑匪把他扶下了汽车，然后把他的手铐打开。其中一个绑匪说："你站这里给我听好了，等我们的车子走了以后，你才能把蒙眼的黑纱和口中的毛巾去掉，但不准你大呼小叫。等我们走远了你再走，你若是不照办，那我们同样会要了你的命！"李长海吓得急忙点头，一直等到听不着汽车的响声后，他才敢抽出口中的毛巾去掉了黑纱。李长海此时虽然觉得身上很难受，但心中还是在自己安慰着自己："谢天谢地，我虽然遭了两天两宿罪，总算是有惊无险保住了性命。"李长海觉得自己浑身像散了架儿一样挺不住了，便就地蹲了下来。

身离险境　察觉真情

李长海在地上蹲了一段时间后，便站起了身子观察自己所处的位置。观察了好长时间，他才认定自己是在省城体育馆附近，他又看了看手表，见是晚上九点半，就慢步向公用电话厅走去。当李长海插入话卡准备报警时，却又把电话挂了起来。因为李长海怕一旦报了警，就会引来一群记者把事情曝光。那八十万元找得到找不到且不说，这事一旦曝光，对自己的声誉与形象大有损害。李长海又重新拿起了电话，先拨通了"百花山庄"找到了小丽，他告诉小丽说他现在已经平安脱险，并询问小丽现在怎样。电话那头小丽哭着说："海哥你在哪里呢？我都为你担心得快吓死了。海哥你在那里等着我，我现在就找车去接你。"李长海听到这样的暖心话儿后，心中便觉得好受多了。李长海急忙在电话中说："小丽你千万别来，你就在家中等着我。我叫辆出租车就可以了，一会儿我就回家。"李长海和小丽啰嗦完了以后，又和他的妻子通了电话，告诉妻子说他平安无事，并说他明天就能回家。

当李长海乘着出租车回到了"百花山庄"时，小丽早就在楼外等着他了。小丽扶着他走进了楼房，坐在沙发上，流着眼泪扒开了李长海的衣服，当她看见她的海哥浑身都是伤痕和紫斑时，就边哭边破口咒骂绑匪，哭得像个泪人儿一样。她的热泪像春风一样吹化了李长海心中的万层冰。李长海此时早已把度日如年的两日之苦抛到了九霄云外，又关心起小丽来，他见小丽的肩部也有针刺的痕迹，便知道小丽也同样受过罪，他就安慰着小丽。当天晚上，两人互相体贴互相安慰，彼此都非常感激对方的关心。

第二天，小丽流着惜别的眼泪，千叮咛万嘱咐地送李长海回海城。

回到家中后，李长海见妻子两眼哭得红肿，仅仅三天竟比以前消瘦了一圈儿，心里也不是滋味。妻子晓玲说："你在电话中说'我们被绑架了'，你所说的'们'字是指谁呢？恐怕我现在就是问你，你也不会告诉我。既然是这样那我就不问你了，你也不必向我解释什么，但我劝你以后再别到省城去了，那里的业务可以叫别人去处理。"李长海忙说："那是不可能的，那里的事儿非我去不可。"晓玲见李长海急成那样，便知道再多说也无用，只好闭口不语。

李长海回家后的第八天，又开车到了"百花山庄"。小丽见到她海哥以后，就像好几年没有见到面一样，那个亲热劲儿就甭提了。小丽撒完娇后，又倒了一杯茶水，满脸带笑地递给了李长海。李长海坐在沙发上边喝茶水边欣赏着小丽的美姿。无意中他的小拇指触摸到茶杯底下有点儿发涩，就好奇地仔细打量。当看到杯底儿发涩的地方竟是他用钻石刻的草写的"海"字时，惊得口中差点儿喊出声来。李长海装作若无其事地把水杯放到茶几上，仍然自己安慰着自己："不会的，这事儿绝对不会是那样的。"为了弄个水落石出，李长海当天睡午觉时伴装睡着了，趁小丽熟睡时便拿着钥匙到了地下室。

李长海开门走进了地下室，见那块地毯没有了，但地板砖上的"李长海受罪之处"却清晰可见。李长海见到那七个小字后目瞪口呆，心中像搬倒了五味瓶：他万万没有想到自己的风花雪月竟是养虎为患；自己的逍遥享乐之地却会变成了受罪之处；自己担惊害怕备受凌辱竟是王三公子蹲庙台——为色所累；他心中天真可爱的小情人竟会是美人图上的画——你爱她她不爱你。

李长海傻了，怒了，尽管羞愧难当也只能报了案，经公安部门侦察终于破获了这起绑架诈骗案,小丽和她的同伙都被捕了。原来小丽的真名叫郑敏秀,以前是省城一家歌舞厅的舞女,舞厅两年前被公安部门扫黄封门后,郑敏秀又伙同她的哥儿们在省城到处招摇撞骗。就在她被捕的前一年,她也是用"美人计"骗过了一位南方大款。

　　经过了这次教训以后,李长海的风流梦彻底醒悟过来,觉得自己就是个特大特大的大傻蛋:郑敏秀称自己是山区的农家女孩,可山区的农家女孩怎么能有那么好的舞姿?她的身上和手上怎会没有半点儿劳动的痕迹呢?"李长海现在是肠子也悔青了,可这世上就是没有卖后悔药的。此有几句谏言相赠各位看官:

　　　　手中钱多莫藏娇,贪色横祸自己遭。
　　　　劝君处世当自律,富贵不淫品自高。

爹小儿大

久战沙场　探亲回乡

　　征战沙场的吕锋已经四十九岁了，他身体健壮精力充沛，十多年的戎马生涯使他由一个普通的农民成长为一名团长。

　　吕锋十二年以前还是个农民，他和他的大儿子吕有义同给一家地主当长工。吕锋给地主家赶马车，儿子在地主家干杂活儿，白天割马草和收拾马圈，晚间喂马。这年初冬的一个晚上，地主家中有一匹白马白天还拉车干活儿呢，晚上突然死在马圈里。地主硬说是给马喂了有毒的草料而致死，并说喂马的人得担当责任。地主在年底付工钱时就扣下了吕锋儿子全年的工钱。

　　吕锋气愤地找地主评理，反被家丁毒打了一顿。吕锋和儿子咽不下这口气，趁着黑夜把地主家的马圈点着了火，结果把马匹全烧死在马圈里。他们连夜逃离了家乡，那时是1943年，正是抗日战争时期，他们父子就一起参军当了兵。

　　父子二人经过了抗日战争和解放战争，全国解放后又参加了抗美援朝战争。吕锋是干苦力的农民出身，吃苦耐劳作战勇猛屡建战功，多年征战逐步提升为团长。在战争的年代里，军队的生活条件很差，就是军官也不能随军带家眷，吕锋十多年中仅回家三次。抗美援朝胜利后，吕锋和儿子都从朝鲜回到了祖国，经组织批准吕锋要回家探亲。可不知道吕锋心中是怎么想的，他竟连儿子都没有告诉一声，就匆匆忙忙地把军务安排妥当，然后自己悄悄地回家探亲。

无故休妻　难坏妻弟

吕锋的妻子是一个老实巴交的小脚女人，斗大的字儿不曾识得一个，只知道严守妇道过日子。她见丈夫从部队回到家中，心里非常高兴，她想念丈夫也同样想念儿子、牵挂着自己的骨肉。她一见丈夫，开口就问："儿子怎么没和你一起回家？"吕锋支支吾吾地说："他，他工作忙，可能抽不出身来。所以我就没有告诉他我要回家。"妻子埋怨他说："你怎么就不告诉他一声呢？也许他也能抽空儿回家，全家人团团圆圆该多好。"当吕锋听到"团团圆圆该多好"这句话儿后，心中觉得沉甸甸的。原来，吕锋在部队里看中了一个女护士长，他若是能和妻子离婚，那个女护士长就嫁给他。可这无缘无故地休妻又怎能说出口呢？吕锋心里很矛盾。当吕锋看到小脚妻子时，心中就泛起了波澜："机不可失、时不再来，我要趁现在还健壮，早点开始我的新生活。当断则断，若拖泥带水啥事也办不成。"吕锋想过之后，提出了要离婚。

妻子听吕锋说要和自己离婚，就觉得犹如晴天霹雳、当头一棒，自己天天盼夜夜想，做梦都盼着丈夫回家，却盼来这么个结果。可她是一个没见过世面的人，无奈只好含着眼泪回到了娘家，把情况告诉了弟弟。

吕锋的妻弟听到姐姐的哭诉后气得目瞪口呆，可他也清楚地知道若是姐夫提出了离婚，别人无权干涉，就是政府部门也得尊重军人的意愿。吕锋的妻弟也实在没有其他办法，只好亲自去说服姐夫。

妻弟到了吕锋家中，对姐夫把道理说了一大堆，把好话说了两大筐，可吕锋现在已是铁了心肠无动于衷。妻弟见要姐夫收回成命实在是难，这下子可就把他愁坏了，叭搭着嘴挠着头皮团团乱转。

老爹无行　爹小儿大

　　妻弟在急难之中忽然想起了自己的外甥吕存义，心中便有了一线希望。他急忙跑到邮电局给外甥打了电话，把家中的实际情况毫不隐瞒地告诉了外甥，并催他火速回家。

　　吕存义是个啥样的人物呢？他娘舅为啥要找他呢？那是因为他的官职比他爹大。别看吕存义只有三十岁，可他作战勇猛心机灵活，在战火中锻炼成长，现在已是师级干部。存义入伍后，领导见他又聪明又机灵，并且骑术高超，就安排他搞通讯工作。有一次部队领导叫他去完成一项重要任务，把一份绝密情报送往上级。存义出发前，领导再三嘱咐要他一定完成任务，说如果遇到意外，在万不得已的情况下，就是把情报毁掉也不能落入敌人手中。存义身带情报打马扬鞭出发后，竟在途中遇到了险阻。

　　敌人好像得到了什么信息，当吕存义骑马跑到半路时，在他的前面突然间有日军和伪军从草丛中钻出。日军和伪军能有三十多人，全都荷枪实弹，站在前面不远处拦住他的去路。吕存义机警地转头向后看，见后面也有敌人二三十，敌人把他团团地围住，并端着长枪威胁他下马投降。吕存义无论是向前冲还是向后跑，都绝对是逃不掉的。危急之中他就下了马，准备伺机行事。

　　吕存义下马后用牵缰绳的那只手用力捏着马的下嘴唇，把马儿痛得四蹄乱刨团团转，敌人无法靠近他。吕存义边捏着马的嘴唇儿逗着大马边说："你们千万别靠近了，这匹马儿太不老实了，当心别叫它踢着。"敌人此时形成了一个包围圈，他们把吕存义和马匹围在中间。敌人认为把人和马都围得水泄不通，吕存义就是插翅也难逃，他们准备连人带马一起逮住。

　　吕存义站在敌人的包围圈内，边斗着大马边观察敌人。当见敌人麻痹了时，他就猛地将身躯紧贴在马肚底下，那马好似通人性一样，竟腾空而起冲出了包围圈。敌人被这一突然变化惊呆了，等他们醒过神来再举枪射击时，大马已经跑远了。吕存义紧贴在马肚下，只听得子弹呼啸而过，可他有惊无险，连人带马都毫发无伤，胜利地完成了任务，上级领导给他记了一大功。

闲篇少说言归正传，且说吕存义接到舅舅打来的电话后，马上向上级请了假，火速地起身回家。

吕存义回到家中时是午间，娘舅正好在他家中。当舅舅的看到外甥回到了家中，像是盼到了救星，心中无比高兴；母亲见儿子回到家中，两眼热泪汪汪，不知道该说啥好；可当爹的见儿子突然回到了家中，心中顿时慌了起来，荒唐梦也被惊得跑到了九霄云外。还没等当爹的说话，儿子却先开了腔："老爸回家探亲，怎么连个招呼都不打？"吕锋说："我，我想你肯定挺忙……"存义没等当爹的把话说完，就直截了当地说："我听说你要和我妈离婚？想不到你倒是挺会赶新潮的。是不是你的官儿当大了呢？依我看要是给你降两级，那你可能就没有这事儿了。"吕锋被儿子数落得面红耳赤、张口结舌，结结巴巴地说："我，我，我不、不离了。我，我这就回部队去。"存义说："那可就随你的便了。但是你无论是回部队还是呆在家中，都要想一想后果，想一想利害关系。你也不是个糊涂人，我也不多说了。"吕锋见到荒唐梦没有做成，反而弄了个猪八戒照镜子——两面不是人。他觉得没脸呆在家里，想赶紧回部队，可妻子极力挽留他，他也只好就坡下驴地留在了家中。

正因为爹小儿大，这才保全了这个圆满的家庭。此处有几句谏言评得好：

身为长辈莫轻狂，休要胡想乱荒唐。
遇事常常要三思，恩情并重才稳当。

对也是错

  人生在世转眼百年,世上的人们多是忙忙碌碌,草草地了此一生,但也有人为社会做出了贡献,得以青史垂名。就官场而论,有的人是为官一场造福一方,励精图治流芳千古;也有的人是得官而忘形,骄奢淫逸唯我独尊,侵吞民财耀武扬威,最终落得遗臭万年。

  那是在"革命无罪造反有理","打倒走资本主义当权派"的"文革"年代,造反派斗倒了当权派,成立了"革命委员会"。当时有一个人民公社(现在改为乡镇)的"革委"主任,召开了辖区内大队长(相当于现在的村委会主任)和农业技术员会议。那位主任读完最高指示后便开始布置春季生产任务,他强调今年要大面积地栽植"倭瓜下蛋"(就是把地瓜种块直接栽到起垄的垄顶上,使种块生根结地瓜,当时地瓜是农民的主要口粮)。为了防止地瓜线虫病和黑斑病,这位主任强调今年的地瓜种要全部用51℃至56℃的温水浸种。他在会议上说:"今年的瓜种必须全部温汤浸种,这是一项农业生产上的革命,谁若是不浸种那就是对抗革命路线。这项生产任务必须要抓紧,各大队要在十天以内完成任务,确保这项生产上的革命,全公社在十天以内都要告捷。"这位主任说完话后,有一个青年技术员据理反对,此人是"度荒"年代的初中毕业生,对科学技术的把关向来很严格。他对主任说:"地瓜种温汤浸种后,必须保持在20℃到35℃之间才不会烂种,连育苗火炕的温度低了都会烂床。而我们地处沿海,现在清明节刚过,地温仅有十七八度。我们这个地方在清明节后常有冷空气入侵,若现在温汤浸种栽地瓜,瓜种则必烂无疑。"可那位主任听了之后一脸怒气,高声说道:"你啰嗦什么?这都是经过了试验的成熟经验!我再重复一遍,今年的瓜种必须全部温汤浸种,十天以内必须完成任务。这是上级的指示,是对革命的态度问题,谁不照办谁负责。"会议之后各大队都积极地行动起来,全公社经过了十天奋战,这项生产任务在全公社告捷。

而那个青年技术员竟偷偷抗旨不遵,暗中叫大队长不要搞温汤浸种。他对大队长说:"我们千万别搞温汤浸种,就是不浸种而栽倭瓜现在都偏早,若是有冷空气入侵怕要受害。我们可以叫生产小队拖一拖时间,并且叫他们别浸种慢慢栽,你在汇报时就说我们大队栽完了。"大队长听了他的意见,就大着胆子没有强调温汤浸种,十天之后,他向公社汇报时也说完成了任务。

十几天后,全公社二百多个生产小队所栽的地瓜全部烂种,损失地瓜种能有几百万斤,耗费的人力财力不计其数。

那位主任在事出之后又召开了大队长和技术员会议,竟把烂种的责任推给了老天爷,说因受北方弱冷空气的影响,是自然灾害引起的烂种。那个青年技术员在那次会议上也没敢多说啥,只说:"我们大队没浸种而栽的倭瓜,地瓜种一个也没烂。"那位主任听后大发雷霆:"领导在讲话,你插什么嘴?别看你们的瓜种没有烂,没烂的错误比烂了的都严重!那就是你们不服从上级的领导。你们不服从上级领导,那可是对革命领导的态度问题,态度问题可是个路线问题。"在场的人们听他大放厥词,谁也不敢再吱声了,暗地里啐唾沫骂他。此有七绝一首相评:

指鹿为马施官威,黑白颠倒是亦非。
人做错时应认错,免得众人口水啐。

聋人答话

洞房对话　所答非问

　　有个人名叫鲁太，两只耳朵特别聋，是因先天不足所致。正因为鲁太的耳朵幼时就有毛病，所以他平日说话时声音就很高，生怕别人听不见。若是别人和他说话，他因听不清别人说的话，常常是答非所问，闹出了不少笑话。

　　鲁太是光绪十四年生人，宣统元年结的婚，结婚时是二十一岁。鲁太是个苦命人，七岁那年他爹娘因吃了生病的驴肉双双殒命。小鲁太既没有兄弟又没有姐妹，爹娘去世后，家中只剩下了他自己。鲁太的童年真是苦不堪言，亲属全都无力照顾他，他只好沿街乞讨糊口，常常是饥一顿饱一顿，在风里雨里受尽了煎熬，被狗咬得满身流血那可是常事。但鲁太还算争气，十四岁就到地主家中扛活，勤快能干，又有眼力，深受东家的喜欢。

　　鲁太生活的那个地方，山上飞禽走兽不少。鲁太白天到地主家中干活，晚上便和同村的青年到山上打猎，然后再把猎物换成钱积攒起来。二十一岁那年，有个十九岁的外地姑娘随逃荒的难民来到鲁太村里，经村里人说媒，这个姑娘与鲁太组成了个小家庭。

　　鲁太所住的房屋是他父亲遗留下的三间茅草房，连个院墙都没有。在鲁太结婚的那天晚上，同村的哥儿们一起到鲁太的家中闹洞房。那伙儿年轻人闹完洞房离开鲁太的家中后，有个调皮的青年就对同伴儿说："我们今天晚上在鲁太的窗外听个悄悄话儿，你们说好不好？"这六七个浑小子齐声说："好。"于是，他们就在鲁太的房外潜伏了起来。等了好长时间，他们才见鲁太从外面回家。可鲁太并没敢直接进屋，而是探头探脑地向屋内看，生怕那伙儿青年捉到他，若捉到了他那闹起洞房来就会没完没了。鲁太确认屋内没有自己的"狐朋狗友"时，这才大着胆子走进屋内将门闩上。那群混账小子又在外面等了一会儿，见到鲁太的屋内熄灯后，才轻手轻脚地靠近了窗户。

新娘子识文断字，便想出个对联儿试一试郎君的文才。只听新娘子说："今日是你我的新婚之夜，咱们就对副对儿吧？"鲁太却回答说："好、好、好，时间不早了，咱们睡就睡吧。"当新娘子听新郎词不达意，就问鲁太："你是有些聋吗？"鲁太回答说："我听你的，朝东就朝东吧。"鲁太因为平时说话习惯了，他的话音都很高，根本就不像是在说悄悄话儿。此时的新娘子急得提高了声音说："你这位大哥好高声，难道就不怕窗外有人听？"由于新娘子这一次的声音大了，鲁太可算听清楚了。鲁太嗓音也更高地说："听就听，咱不怕，小两口儿还能不说话？"在窗外听悄悄话的调皮后生们，听到这一对儿新人的对话时，竟有一人忍不住笑出了声来。新娘子听到窗外有笑声，就急忙推开窗户问是谁，那伙后生见人家发觉了便撒腿就跑。

聋人答话　　常常出差

鲁太夫妇勤俭持家，生儿育女，小日子过得还算可以。有一次，本村的张大爷见鲁太推着独轮车去赶集，就找鲁太顺便办点事情。张大爷塞给鲁太一沓钱对他说："你到了集市上，顺便给我买四根竹竿捎回来。"鲁太点头说好。

鲁太到了集市后，先把自己的事情办妥了，然后就去办张大爷托他的事情，只见他急急忙忙走到卖熟肉的店里。鲁太到了店里后将张大爷给他的钱竟全交给主人，要买这些钱的熟猪肝，可人家肉店里没有那么多的熟猪肝，店主人就给他添了两个熟猪心代替了猪肝。店主人见鲁太买了那么多的货，又额外地给他加了两个熟猪耳朵。店主人笑着对鲁太说："这两个猪耳朵我不要你的钱，是我额外给你的。"鲁太赶完集走在路上时，肚子有点儿饿，他心想："张大爷叫我买猪肝，可并没有叫我买猪心和猪耳朵。我现在饿了，不如把猪心吃了充充饥，那两个猪耳朵是人家额外给的，那我就把它带回家让老婆孩子也换换胃口。"鲁太把两个熟猪心吃了，然后把两个熟猪耳朵放在了自家的筐子里，推着独轮车回家。

当鲁太路过张大爷的门前时，就把买回来的熟猪肝交给了张大爷。张大爷见鲁太给他买了那么多的熟猪肝，一时间竟被弄糊涂了。张大爷心想："我叫他给我买竹竿，可他怎么买了这么多猪肝呢？多半是鲁太的耳朵聋听差了话儿，把竹竿听成了猪肝。"张大爷想到此处，哭笑不得地说："鲁太呀鲁太，我叫你给我买竹竿你却去买猪肝，你的心都放在哪里去了呢？"鲁太听后觉得怪不好意思，急忙说："你问我那心么？我说了你可别生气。因为我的肚子饿了，那心叫我吃了。"张大爷被鲁太说得更加莫名其妙："你都说了些什么，我怎么听不明白呢？你这个人真是听三不听四，长着耳朵好干啥呢？"鲁太听后却心中慌了起来，急忙开口说："我不想干啥，我是想把耳朵带给我的孩子吃，我现在就去拿给你。"张大爷被鲁太弄得毫无办法，气得他是啥话儿也说不出来了。

鲁太到了四十多岁时，耳朵就更聋了，你若是不大声和他说话，他根本就听不到。有一次鲁太在村外的三岔路口捡柴草，有个外地的年轻人从这里路过，就向鲁太问路："大伯，从这里到李庄走哪条道儿？"鲁太却回答说："对，这前面确实有座庙。"那年轻人又开口问："你的耳朵有些聋吗？"鲁太却高声回答说："你问那庙灵不灵？我一说你就明白了。每年的二月二赶庙会，那里都是两帮戏子唱对台戏，赶庙会的人多得很。"问路的年轻人以为鲁太在故意戏耍他，气得不礼貌地骂了一句："你简直是在放屁！"可鲁太听后却接着说："你问我他们演没演过《双鞭记》？演过，他们演得可好呢。戏中扮演呼丕显的那个演员，一口气儿能翻十二个跟头。扮呼延庆那演……"鲁太还在滔滔不绝地说剧情，问路的年轻人却不知啥时就走开了。正是：

聋人来回话，问啥不答啥，
谁还愿意聋？不该开口骂。

婴儿代过

我曾听别人说过这样一段故事,具体是谁说的记不清了。

有个巧嘴媳妇和公公婆婆同居一堂。公公在一天中午吃米饭时说:"今天的米饭煮得真好,这是谁煮的呢?"媳妇赶紧讨好说:"我煮的米饭,你觉得好吃你就多吃点儿。"公公又吃了几口米饭,饭中的沙子竟差点儿把他的牙齿硌掉了。公公又开口说道:"这米是谁淘的呢?怎么还有砂啊?"媳妇急忙说:"那米是我妹妹淘的。"当公公吃饭吃到了碗底儿时,见碗底的米饭烧糊了,便带着埋怨的口气说:"这好好的白米却被烧糊了,既浪费了柴草又浪费了米。"媳妇在一旁马上说:"那可不关我的事儿,是我妈烧的火。"众位看官看一看,这个媳妇的嘴儿多么巧,功劳全是她的,错误全是别人的。煮米饭除了淘米和烧火以外再不需要啥工序了,这个媳妇是啥事儿没干,争功却跑在前头。

可话又说了回来,这世上的事儿可是"酒壶比尿壶,一壶比一壶"。那个巧嘴的媳妇虽是无功争功,可她比那些明明是自己的过错,反而想方设法嫁祸他人的人要好得多。

我所说的这件事儿,发生在宋朝王相爷府中。王相爷的三小姐,嫁给了一个少年得志的状元公。

有一次三小姐陪着郎君回到相府,全府上下对状元公都非常敬重,三小姐对郎君更是关爱有加。相府为状元公接风洗尘举办了宴会,状元公在宴席上喝多了，第二天天都亮了仍然酣睡不醒。三小姐心疼他就没有惊动他，自己起床梳洗打扮。

直到日出三竿状元公才从梦中醒来，醒后发现自己尿了床，感到很窘促。状元公心想："这可怎么办呢？我可是一个体面人物，若是叫别人知道我尿了床，那可太丢人现眼了。我一个新姑爷，怎能丢得起那样的脸面呢？"这位状元公醒了仍然赖在床上不肯起来，苦思冥想如何能遮过丑去。

思来想去也没有想出什么妙策，他只好把三小姐唤到面前，红着脸要三小姐帮自己遮丑。还是女人心眼多，三小姐想了个好办法，她说："正好我二姐昨天回到家中，她怀中有个不满周岁的婴儿。我去把孩子抱到这里来，你再搂着他在床上稍躺一会儿，你就说这床是婴儿尿的。"三小姐说做就做，急忙把婴儿抱来，并叫婴儿同状元爷同躺一床。状元爷和婴儿躺了不一会儿的工夫，便把尿床的过错转嫁到了弱小的婴儿身上。

看官且看，明明是堂堂的状元公尿床，可此时却变成了婴儿尿床。那个冠冕堂皇的状元公，竟和妻子共耍伎俩，让婴儿代他们受了过。这正是：

　　　　世上冤屈多，无故代人过。
　　　　欺弱不懂事，栽赃又嫁祸。

弃实争虚

邓家庄有个老汉名叫邓九，是一个有名的"三国通"。邓九老汉把《三国演义》记得滚瓜烂熟，加之他口才不错，就常在众人面前有声有色地讲述《三国演义》的故事。可邓老汉也有不顺心的时候，每逢这时，就算别人再怎么央求，他也是闭口不语。不过邓老汉有个缺点：只要别人稍一激他，他就会滔滔不绝地讲起《三国演义》来。

盛夏的一天晚上，众邻居因为天热，便坐着小木凳儿手持芭蕉扇在大街上乘凉。邓老汉也在场，此时就有人求着他讲故事，可邓老汉白天和老伴儿吵了几句嘴，心情不舒畅，便推三阻四地不肯讲。就在这时，有一个年轻人说："邓大爷今天不讲了，我给大家讲一段。我也讲三国故事，我就讲火烧赤壁这一段吧。"年轻人讲故事时，故意说叫曹军把战船连在了一起的是徐庶。年轻人还没说上几句，就把邓老汉激出了火儿来。他被气得浑身直颤，大声说："你就别在这里胡诌八扯了，当时到曹营献计把战船连在一起的人，那是凤雏先生庞统。徐庶他是身在曹营心在汉，明里是投身于曹操，心里是向着皇叔刘备的。还是我说给大家听吧。"于是，邓老汉就有声有色地讲起了故事来。

邓九老汉会做豆腐，每年的冬季便开始营业。冬季是农村最闲的一个季节，大家一来是图豆腐房暖和，二来是图听邓老汉讲故事，所以，豆腐房里每天都是满满的一屋子人。

有一次邓老汉正忙活着烧火煮豆汁儿，就没顾得讲故事，可有个调皮后生想激邓老汉讲，先开口说起了三国故事。那个后生把赤壁之战中曹操的八十三万人马故意说成是六十三万，邓老汉气得和他争吵起来。两人都争得脸红脖子粗互不相让。就在这时，邓老汉的豆汁儿已经煮沸溢出锅外，可他也不管，仍然和那个后生继续争吵。在场有人提醒邓老汉说："你们都别再争了，你若是再争下去，这一锅豆汁儿就全跑光了。"可邓老汉却把眼珠子瞪得圆圆地说："你少在这里管闲事儿！你说是豆汁儿值钱还是人值钱？一锅豆汁儿难道比二十万人马还值钱么？"在场的人们都被他逗得大笑不止。

　　那两个人的争吵，可以说是"麻雀争的是无米之糠"。此有诗评说：

　　　　无米之糠两相争，争来争去竟是空。
　　　　价值虽高却是虚，不如务实才正经。